외교관의 사생활

외교관의 사생활

초판 1쇄 발행 2017년 4월 1일

지 은 이   권 찬
발 행 인   권선복
편   집   김병민
디 자 인   서보미
전 자 책   천훈민
발 행 처   행복한에너지
출판등록   제315-2011-000035호
주   소   (07679) 서울특별시 강서구 화곡로 232
전   화   0505-613-6133
팩   스   0303-0799-1560
홈페이지   www.happybook.or.kr
이 메 일   ksbdata@daum.net

값 15,000원
ISBN 979-11-86673-76-8 03810

도서출판 행복에너지는 독자 여러분의 아이디어와 원고 투고를 기다립니다. 책으로 만들기를 원하는 콘텐츠가 있으신 분은 이메일이나 홈페이지를 통해 간단한 기획서와 기획의도, 연락처 등을 보내주십시오. 행복에너지의 문은 언제나 활짝 열려 있습니다.

조국을 위한 헌신적인 삶의 이야기

외교관의 사생활

권 찬 지음

어느 외교관의 열정과 사랑, 그리고 전략
세계를 마주한 치열한 외교현장

도서
출판 행복에너지

| 권 찬

하나의 국가인 '외교관', 그 막중한 책임감

체제, 종교, 이권 다툼 등 세계 곳곳에 첨예하게 대립하며 갈등을 빚는 국가들은 셀 수 없이 많습니다. 당장 우리나라 또한 북한의 도발, 일본의 영토분쟁에 맞서 풀리지 않는 숙제를 거듭하고 있습니다.

국가 간 협상이나 분쟁은 특수한 경우를 제외하면, 호수 위를 헤엄치는 백조의 발처럼 보이지 않는 곳에서 활약하고 있는 외교관에 의해 조정될 여지가 있습니다. 또한 현장에서 숨 쉴 틈 없이 일어나는 상황을 명석하게 해석하고 대응해야 할 임무를 가진 이가 바로 외교관입니다. 잘못된 판단으로 한 국가의 명운이 달라질 수도 있기 때문입니다.

그러므로 외교관은 겉으로 드러나는 이미지와 달리 고달프고

외로운 일입니다. 한 국가를 대표해 홀로 머나먼 외지에서 자신만의 판단으로 긍정적인 결과를 이끌어내는 일이란 결코 쉽지 않은 일입니다.

　이 책은 이념과 체제로 양립된 국가들이 지금보다 더 날카롭고 예민하게 대립하던 과거 냉전 시대에 6개 국가, 특히 석유 생산지이자 지구촌의 화약고라고도 하는 중동의 3개 국가와 외교 관계를 맺는 데 힘을 쏟은 한 외교관의 이야기를 다루었습니다. 만약 여러분이 당시 외교관이라면 어떤 생각을 가지고 어떤 판단을 내려야 하는지 함께 고민해 보고 외교에 대한 식견을 넓혀 보는 기회를 가져볼 수 있을 것입니다.

　아울러 저와 함께 일한 모든 동료와 후배 외교관들에게 감사 인사와 함께 이 책이 우리나라 외교관을 꿈꾸는 미래 세대의 든든한 자양분이 될 것을 기대해 봅니다.

설악면 청심빌리지에서

권　찬

| 추천사 |

| 정태익 한국외교협회 회장

어느 외교관의 열정, 사랑, 애국심
그리고 이야기

　20세기 초 서세동점의 문명사적 격랑 속에서 일제에 의해 세계지도에서 사라지는 비운을 당했던 우리나라는 제2차 세계대전에서 연합군의 승리로 광복光復하였으나, 내부분열, 식민지 지배의 적폐, 소련의 야욕 그리고 미국의 전후처리 미숙으로 남북분단이라는 예상치 못했던 불운이 생겨, 그 상태가 계속되고 있습니다. 이념과 체제를 달리한 남북한은 그동안 생존과 번영을 위해 외교전쟁을 벌여 왔으며 지금도 진행 중입니다.

　유엔결의에 힘입어 1948년 수립된 대한민국 정부는 초창기에는 수교외교, 북한의 무력 침공 시에는 전쟁외교, 산업화시대에는 경제외교, 북한 핵도발 시에는 비핵외교 등 전방위 외교를 전개해오고 있습니다. 저와 권찬 대사는 1970년대 초부터 2000년 초반까지 30년간 외교일선에서 국익 수호를 위해 함께 외교활동을 하였습니다.

권찬 대사는 외국 유학을 하고 안보문제 전문 외교관으로 특채되어 1970년대 초 외무부에 입부하여 북미2과에서 저와 함께 근무를 한 적이 있습니다. 당시 냉전이 절정으로 치닫던 시기로 남북한이 유엔무대에서 외교대결로 긴장의 나날을 보내고 있었습니다. 권찬 대사는 안보문제를 다루는 남다른 식견과 행동력으로 외교입국에 기여하였습니다. 외교관은 정부를 대표하며, 상대국의 정보를 수집하고, 외국정부와 협상하며, 해외교민을 보호하는 임무를 기본으로 삼고 있습니다.

외교관의 기본임무에 충실한 권 대사는 재직 중 우리에게 그렇게 우호적이지만은 않던 중동지역 3개 국가와의 수교를 위해 헌신하였을 뿐 아니라 중동지역에서 활동하는 외교관을 위해 저술활동도 하였습니다.

외교관의 가장 큰 덕목은 애국심입니다. 외교관의 애국심은 국가에 대한 열정과 사랑을 가지고 전략을 펼쳐 국익을 수호하고 증진하여야만 제대로 발휘될 수 있습니다. 한반도 안정과 평화를 지키고 통일의 기반을 조성하는 외교수행이 한국의 외교관에게 최우선 과제인 것은 예나 지금이나 마찬가지입니다.

　권찬 대사가 오랫동안 숙성기간을 거쳐 얻은 중동에 대한 탁월한 지식과 혜안을 살린 훌륭한 중동전략 관련 저서가 출판되었습니다. 이 책이 현역으로 뛰고 있는 외교관들에게 주어진 임무를 수행하는 데 있어서 통찰력과 혜안을 제공해 줄 것이라 기대합니다. 또한 중동문제 전문가들과 일반 독자들에게는 중동에 대한 전문지식과 재미있는 이야깃거리를 제공할 것으로 확신합니다.

　끝으로 우리의 우정 영원히, 한국외교 발전 영원히, 세계평화 증진 영원히, 3가지 모두 파이팅!

| 최정애 국가무형문화재 제19호 선소리산타령 이수자

대한민국의 세계적 위상이
뿌리내리던 시기를 조명하다

현재 우리나라는 전 세계를 통틀어 총 163곳에 재외공관을 설치해 두고 운영 중에 있습니다. 국제연합UN의 회원국이 총 193개국이므로 우리나라는 지구상 거의 대부분의 나라와 국제 외교관계를 맺었다고 할 수 있을 것입니다. 이는 우리 대한민국이 세계에 끼치는 영향력과 국제적 위상이 매우 커졌기 때문에 가능한 일입니다.

하지만 우리의 영향력과 위상을 제대로 알리기 위해 발로 뛰고 노력을 기울인 우리나라 외교관들의 노고 또한 빼놓아서는 안 될 것입니다. 설령 현대문명이 닿지 않는 오지나, 총알이 빗발치는 전쟁터의 한가운데에서 초개와 같이 스러진다 해도 외교관은 그만의 임무를 위해 묵묵히 최선을 다하고 있기 때문입니다.

이 책은 우리가 살아가는 지금 세대보다 앞선 세대를 살았던 한 외교관이 겪었던 체험들이 고스란히 묻어나 있습니다. 이는 그저 우리나라를 대표한 외교관으로서 살아온 한 인물을 표현했다는 것을 넘어 우리나라와 몇몇 국가의 역사까지 관통하는 '작은 역사서'로 기록될 것입니다.

자신의 젊은 시절을 해외에서 나라를 위해 바친 저자님의 열정과 숭고한 헌신에 감동했으며 한편으로 그 열정을 많은 이들이 닮길 바라는 소망이 생깁니다. 또한 이 나라를 아끼는 한 사람의 국민으로서 존경심이 듭니다.

부디 이 책이 여러 사람들에게 읽혀 세계 속에서 당당히 대한민국 외교관으로 활동했던 이들의 노고가 다시금 재조명 받고 널리널리 알려지길 소망합니다.
명창의 우렁찬 소리로 세계평화와 통합을 꿈꾸며….

C·O·N·T·E·N·T·S

C·O·N·T·E·N·T·S

"위대한 희망은 위대한 인물을 만든다"

제1장

나의
세 가지 기적들

반포지효反哺之孝.

내가 요즘 가슴에 품고 사는 말이다. 미물에 지나지 않는 까마귀도 제 어미가 늙고 병들면 먹이를 물어다가 봉양을 한다고 한다. 만물의 영장이라는 사람이 한낱 짐승에 비교를 당해서야 되겠는가. 보은에 대한 생각을 다시금 해보는 시간이 되고 있다.

나는 그동안 살면서 많은 이들에게 사랑을 받고 기도를 받으며 살아왔다. 그들의 은혜가 내가 그동안 걸어온 인생의 길목에서 때로는 길잡이로, 나침반으로, 생명수로 나를 지켜주었으며 나만의 기적을 이뤄내는 데 큰 도움이 되었다.

첫째로 꼽을 것이 나의 청년기로, 장교로 복무하면서 곧바로 미국 유학길에 올랐던 전 과정들이다. 일제 치하와 6·25전쟁까지 치르는 혼란스러운 세상에서 유년기와 학창시절을 보내면서도 피해의식 없이 자랄 수 있게 곁에서 나를 지켜주신 부모님의 노력과 나의 고향인 천년고도 경주에 깃든 신령스러운 기운이 없었다면 나의 타고난 천운이 생겨날 수 없었으리라 생각한다.

두 번째는 나에게 영혼의 세계를 열어준 사람인 박지서 목사님을 만나고 믿음을 갖게 된 것이다. 젊은 나이에 기독교를 접해 믿고 실천하게 된 것은 내 인생에 또 다른 기적이었다. 또한 나의 믿음의 길 위에 'Joy Youth Club' 심상권 목사, 김흥수 목사, 김인수 교수, 김수지 총장 등이 함께 있었기에 항상 든든한 버팀목을 지니고 살 수 있었다. 내 아들 권윤 목사 또한 미국 LA 교회에서 봉직하며 하나님 말씀을 전하는 수고로움을 개의치 않고 있다. 내가 신학대학원까지 가서 하나님 공부를 원 없이 하고 나면서 신비로운 역사에 감동하고 한없이 내려가고 낮아지는 가운데 기적이 이끈 가장 중요한 일이 또 있었다면 청소년들의 와이즈 멘토로 활동하고 있는 점이다. 아이들의 인생 진로 문제를 상담하고 외교관을 지망하는 학생들의 멘토로서 하나님의 부름이 있기 전까지 열심히 일할 계획이다.

세 번째로는 젊은 시절 소원하던 외교관이 되어 세계 각국을 누비며 우리나라의 국격을 높이는 외교활동을 펼치는 삶을 살 수 있었던 것이다. 미국 유학 중 권유 받은 외교관의 길을 두고 고민할 때부터 명예로운 정년퇴임을 하기까지 길다 하면 길고,

짧다면 짧은 그 여정을 웃고 울며 넘어온 기억을 떠올리면 '다시 하라고 한다면 할 수 없을지도 모른다'는 생각이 들기도 한다.

한두 달이 멀다 하고 세계를 떠돌며 걸프 전쟁을 몸소 체험하는가 하면 교민들과 함께 대피하던 순간의 긴장, 김영삼 대통령으로부터 신임장을 받아 특명전권대사로 임명되던 때의 감격까지 외교관으로서 온갖 희로애락을 누릴 수 있었다.

그러나 나는 꿈을 이룸으로써 행복함을 느낄 수 없었다. 바로 '꿈 넘어 꿈'이 있었기 때문이다. 막연하게 들릴 수 있겠으나 나에게는 구체적인 목표인 꿈을 포괄하는 '꿈 넘어 꿈'을 꼭 이루고 싶은 마음이 간절했다. 그것은 바로 나라를 위한 큰일을 해내는 것이었다. 내가 군대를 갈 때도 장교로 지원해서 갔듯이 말이다.

그 꿈은 외교관이 되면서 각기 다른 문화를 가진 나라를 떠돌며 우리나라를 알리고 교민들을 보호하는 일에 무조건적인 헌신을 기울임으로써 점차 현실화 시킬 수 있었다.

내가 외교관으로서의 사명을 마치면서 여러 사람들에게 말하고 싶은 것이 있었다.

외교관이란, 외교란 무엇인가? 더 구체적으로 외교의 본질과 개념이란 무엇인가? 외교는 국가에 어떤 영향을 주고 어떤 역할을 해야 하는가? 또 서구학자들은 외교가 '예술Art인가' 또는 '기술Technology인가' 라고 묻는다.

이런 질문들에 비록 답이 정해져 있진 않겠지만 지금부터 풀어놓을 나의 구체적인 경험이 미래의 외교에 도움이 될 수 있을지도 모른다.

나는 외교관이 뛰면 전쟁이 난다고 믿고 있다. 외교관은 사복을 입은 군인이기 때문이다. 외교가 막히면 결국 분쟁, 나아가 전쟁이 발생한다. 논리와 개념의 싸움이 아닌 힘과 힘의 대결로 향하는 바로 그 직전의 순간이 외교가 빛을 발하는 순간이다.

내가 경험한 바로 외교는 고도의 예술이고 또한 기술이다. 왜냐하면 외교에는 의전Protocol이 필수적인데 이는 곧 최고의 예의를 갖추고 시작한다는 뜻이다. 대화에도 어법이 엄격하고 협상테이블에 앉는 좌석배치까지 정확하게 정해져 있다. 의전에는 일 점, 일 획의 오차가 있어서도 안 된다. 행여 오차가 발생하면 당장 그 현장에서 항의할 수도 있고 회견장에서 퇴장할 수도 있다.

그리고 더 중요한 것은 상대국 대표의 심리에 긍정적인 효과를 주어 상대국 대표가 나의 제안에 동조하고 긍정적인 반응을 보이게 하는 것이 무엇보다 중요하다. 이 측면은 고도의 심리전 기술이 필요한 부분이다. 여기에는 시간Factor도 중요해서 단기간에 이루려 시도하지 말고 인내하며 기다리는 작전도 필요하다. 이렇게 외교는 엄격한 의전과 효과적인 대화능력이 절실히 필요한데 상대방을 설득하는 심리요법이 절대적이라 할 수 있다. 이렇게 외교관이 발로 뛰고 머리로 설득하면 전쟁도 방지할 수 있다고 본다. 그러나 전쟁을 막아내는 일이 어찌 그렇게 쉽겠는가? 문제가 작든 크든, 외교를 수행함에 있어 고도의 심리전이 필요하니 가히 그 경지가 예술이요 또 기술인 셈이다.

한 가지 경험담으로 1987년도 이라크에 근무할 당시 사담 후세인 대통령이 인접국에 이란과의 10년 전쟁의 전비 분담을 요청해서 협상을 벌인 적이 있는데 쿠웨이트와의 협상에서 난항에 부딪치자 그 즉시 전쟁을 일으키고 쿠웨이트를 일방적으로 침공한 사건이 발생하기도 했다. 이렇게 전쟁이란 외교력으로 막아낼 수도 있지만 의외로 쉽게 발생할 수도 있는데 그런 점에서 양국 간의 협상 속 외교의 힘은 아무리 강조해도 지나치지 않는다.

또 하나 강조할 점으로 외교현장에서 상대 대표의 존칭을 쓸 때에도 지극히 조심해야 한다는 것이다. 상대국 대사에게는 항상 H. E. Ambassador and Mrs Kim 이렇게 쓰는데, 행여 실수로 Mr and Mrs Kim으로 편지를 보냈다고 가정해 보자. 분명히 그다음 협상은 깨질 수도 있고, 아니면 오랫동안 진척이 안 될 수도 있다. 왜냐하면 상대가 최고의 의전을 어겼기 때문이다. H. E.는 His Her Excellency의 약자인데 우리말로는 '각하'라는 존칭이다. 상대국 대사大使의 존칭에는 항상 His Her Excellency Ambassador라는 존칭을 붙여야 한다. 또한 대화할 때는 Your Excellency라고 하고 대화를 시작하는 것이 원칙이다.

인류 역사가 말해주듯 커다란 전쟁 앞엔 외교관들이 있었고 역사상 최고의 외교관들은 전쟁을 방지하기 위해 최선의 노력을 경주했다. 나는 비록 우리나라의 전쟁을 목도하진 않았으나 실제로 미사일과 포탄이 터지는 중동의 전쟁터 한복판에서 전쟁을 경험했다.

이와 같은 경험을 조심스럽게 물려주어 세계 사람들이 모두 놀랄 만큼 커다란 기적을 이룬 우리나라가 이웃 국가와 커다란 마찰 없이 외교로써 문제를 잘 해결해 나가기를 소망할 따름이다.

나의 시행착오가 기나긴 인생을 두고 깊이 고민하며 살아가는 젊은이들에게 페로몬Pheromone으로 자리하길 바란다. 이것이 나에게 일어난 기적들에 대한, 도움을 베푼 많은 이들에 대한 보은이다.

"담대히 행하면 재능과 힘과 기적이
저절로 따라오게 되어있다. 지금 그것을 시작하라"

제2장

어린 시절 겪은
격동의 세월

내 고향 경주,
천년의 가르침

    천년 고도 경주, 나의 고향이기도 하다. 신라시대부터 유명한 인물들이 나고 자라, 그 흔적을 남기고 스러진 곳으로서 여전히 많은 이들의 발길이 끊이지 않는 곳이다.

    1937년, 일본 제국주의의 사나운 발톱이 전 국토를 할퀴던 시절에 내가 태어났다. 당시 조국은 일본으로부터 핍박받고 수탈당하고 있어 몹시 힘겨운 상황이었다. 나의 아주 어린 시절 기억에도 우리 집, 이웃, 주변 마을 등 모든 사람들이 다 가난했다. 그래서 더 배고프고 서늘한 추위도 느껴졌던 시절이었다.

    내 위로 누나가 둘이나 있었고 운 좋게도 아들을 선호하던 시대에 셋째 아들로 태어난 나를 온 집안 식구들이 크게 반겼고 귀여움과 사랑을 독차지했었다. 시대상으로 어려웠지만 내 또래 아이들에 비하면 나는 사랑을 많이 받고 자라며 아주 따뜻하고 행복한 유년 시절을 보냈다.

어렸을 때부터 유독 겁이 없고 두려움, 공포심을 몰랐다. 보통학교, 지금의 초등학교를 다닐 나이가 되어 두메산골에서부터 학교까지 매일 산 넘어 십 리 밖까지 걸어가야 했는데 무척 험한 곳이었다. 학교 일로 늦게라도 돌아올라치면 어둑어둑하고 험한 산길을 되짚어 가야 했음에도 불구하고, 무척 씩씩하게 걸어 돌아간 기억이 있다. 또한 달이 휘영청 떠오른 한밤중에도 혼자서 잘 넘어 다녔다. 이런 두려움을 모르는 커다란 배포가 나에게 나중에 큰 도움이 될 줄은 몰랐다.

조금 내성적인 면이 있어 사내아이치고는 부끄러움도 잘 탔지만 끈기가 있어 한번 시작한 일은 마칠 때까지 잘 참아내곤 했다.

거의 대부분의 사람들이 익히 알고 있듯 경주 하면 신라시대 위인들의 발자취가 많이 남아 있는 곳이다. 어릴 적 가장 좋아했던 인물은 김유신 장군이었다. 또한 통일신라의 대업을 이룬 태종 무열왕 김춘추가 세운 역사적 위업과 이야기들은 언제나 가슴을 설레게 하고, 내 고향에 대한 커다란 자부심을 갖게 하곤 했다.

어렸을 때 들은 김유신의 설화 이야기 한 꼭지를 풀어놓아 본다.
어느 날 김유신이 의형제를 맺은 김춘추와 함께 축국이라고 하는 제기차기 놀이를 했다. 그때 김유신이 일부러 춘추의 긴 옷고름을 밟아 찢어놓았다. 그러고는 춘추가 자신의 집으로 들어오게 하고 세 여동생들에게 소개한 후 그중 보희라는 여동생에게 춘추의 옷고름을 달아달라고 부탁을 했다. 그러나 보희는 "어찌 처음 뵙는 귀공자의 옷을 만지겠습니까?" 하며 거절했고, 김유신은 문희라는 동생에게 "네가 달아드리거라." 하고 부탁을 했다. 그랬더니 문희가 "우리 집에 오신 손님께서 난처한 일을 당하셨으니, 비록 솜씨는 없사오나 오라버니의 분부를 받들겠사옵니다." 하고 순순히 응했다. 문희가 춘추를 만난 그날 함박눈이 그렇게 많이도 내려 마치 양 인의 만남을 축복이라도 해주는 듯했다.

그 후 춘추는 김유신과 축국을 하는 날이면 어김없이 문희의 방에 들러 밤새 함께 지내다가 새벽이 되기 직전에 조용히 돌아가곤 했다.

그 후 문희는 춘추의 아이를 갖게 되고, 결국 춘추는 선덕여왕의 허락을 받고 또 정궁부인인 보라 궁주의 허락을 얻어, 경주 왕벚나무 꽃잎이 흩날리는 봄날, 많은 사람들이 보는 가운데 포석사에서 문희와 혼례를 올렸다.

그 후 김유신은 춘추의 정궁부인인 보라 궁주도 임신한 사실을 알고 겉으로 기뻐하면서도 은밀히 뒷조사를 했다고 한다. 얼마 후 보라 궁주가 사내아이를 낳다가 산모와 아이가 함께 죽었고, 마침 임신 중인 문희가 김춘추의 정궁부인이 되었다.

춘추와 김유신은 의형제 관계를 넘어 처남 매부지간이 된 이후 신라 통일대업을 도모하는 데 도움이 될 만한 인재들을 물색했다. 진골 중에서 신중하고 엄격하게 고르고 또 골라 여섯 사람을 선택했는데 그들이 알천, 임종, 술종, 호림, 보종, 염장이었다. 이들은 대부분 왕실의 친척들로, 그중에서도 보종은 미실 공주와 설원랑의 아들이었다. 보종은 슬하에 쌍둥이 딸인 보라와 보랑을 두었는데 딸 보라가 김춘추와 결혼한 기록이 있다.

결국 여기 선택된 여섯 사람이 김유신과 함께 칠성우를 구성했고, 김유신이 좌장을 맡게 되었다. 칠성우는 마치 북두칠성이 된 것처럼 뭉쳤고, 사시사철의 첫 달 초하루 반드시 함께 모여, 신라 대업의 꿈을 의논했다고 한다.

경주 시내 곳곳에 높이 솟은 오름 같은 무덤들은 언제나 일상적으로 보는 것이었으나 항상 신비롭게 느껴졌고, 경주와 이 나라의 역사가 어떻게 이뤄졌기에 아직도 이렇게 큰 무덤이 남아 있을 수 있었는지 신기하게 느껴졌다.

경주 시내 앞으로는 우뚝 솟은 남산이 자리 잡아 있는데 이 빛나는 산에 옥돌과 부처가 그렇게 많이 있었다. 나로서는 내 앞에 살다 간 우리 조상들의 이야기가 궁금했고 호기심을 자극하는 것들이었다.

내 고향 경주만큼 산세가 수려하고 역사가 깊은 고장은 드물다. 주변에 남산을 위시해 그리 높지 않은 산줄기가 포근하게 감싸 안아주고 항상 깨끗하고 맑은 물이 흐르는 곳이었다. 땅을 조금만 파더라도 역사 유물이 나오는 곳으로 비록 현대식 개발이 잘 이루어질 수 없지만 그만큼 역사 유적을 이용한 관광명소로 이름을 떨치고 있다. 지금은 석굴암과 불국사가 세계문화유산에 지정되어 전 세계적으로도 인정받는 역사의 고장이 되었다.

아버지와 어머니의 결혼은 시골에서 아주 보기 드문 양반 가문 사람들의 결혼이었다. 안동 권씨와 경주 김씨는 이 고장에서는 꽤 알아주는 명문가이기 때문이다. 특히 우리 집안은 안동 권씨 양반 가문 중에서도 옛 전통을 고스란히 물려 내려온 유교 집안이었다. 아버지께서는 유학 공부를 매우 많이 하신 분이어서 우리 동네는 물론이고, 산 너머에 있는 먼 동네까지 초대를 받아 다니시면서 동네에 필요한 제문이라든가 문장을 쓰는 일을 도와 주셨다.

우리 집은 논과 밭을 거의 만여 평이나 될 만큼 가지고 있었으나 아버지께서 손수 농사를 지으셔서 굉장히 벅차게 일을 하셨다. 항상 일손이 부족해서 먼 친척 형님들까지 농번기에 5~6명씩 찾아와 농사일을 도왔고, 나도 중학생쯤 되자 같이 농사일에 동원되어 매우 힘든 일을 몇 년간 거들었다.

7살이 되었을 때 나는 아버지로부터 천자문을 배우기 시작했다. 매일 아침 배운 것을 저녁에 아버지 앞에서 다시 읽고 외우기를 심사 받은 후에야 비로소 내 방에 가서 놀 수 있었다.

어떤 날에는 그날 배운 글자를 잘 암기하지 못해서 아버지께서 엄하게 혼을 내시고 종아리를 걷어 매질하셨다. 눈물이 쏙 빠지게 혼난 그 다음부터는 낮에 나 혼자서 암기를 하고 큰 소리로 읽어보다가 어느 구절에서 막히면 어머니께 도움을 청해 완벽하게 글자를 외우곤 했다.

아버지께선 가르치는 것도 그렇고 평소에도 굉장히 엄하셨다. 한 번은 마을 한복판에 있는 커다란 정자나무 아래에서 동네 친구들과 함께 놀다가 나무 위까지 올라가게 된 적이 있는데 마침 아버지께서 귀가하시던 중 나를 발견하시고 굉장히 크게 꾸중을 하셨던 기억이 있다.

이토록 엄하시고 강직하시던 분이 그렇게 일찍 병에 걸려 돌아가실 줄은 몰랐다. 병에 걸리신 다음부터 집에서 누워 심한 고통에 아파하고 고통스러워하시던 모습이 생생하다. 살아만 계셨어도 함께할 시간이 길었을 텐데, 그랬다면 어떻게든 우리 가족이 즐거운 기억과 추억을 많이 만들어 두었을 것을, 두고두고 아쉬움이 남았다.

결국 아버지는 내가 열세 살이 되던 해에 돌아가셨다. 나에게 아버지란 내가 아주 어린아이였을 때 연날리기를 하고, 불꽃놀이를 함께 하던 젊은 모습 한두 조각이 남았을 뿐이다.

내 인생의 진정한 멘토는 어머니였다. 언제나 그리운 어머니이고 어머니가 없는 세상은 믿고 싶지 않다고 생각했을 정도였다.

어머니께서는 말이 많지는 않으신 분이었으나 언제나 깊은 생각을 가지고 있었던 분이었다. 집안 살림살이며, 나의 대학진로 문제와 장래 문제 등 많은 구상을 해 놓으셨다가 아들이 가끔 진로 문제 등을 물으면 그때 평소 생각을 아주 길게 들려 주셨다. 그래서 나를 포함해 우리 형제들끼리 이야기할 때에 어머니께선 평소 공부를 많이 하고 또 생각이 깊으시다는 것을 서로 말하곤 했다.

어머니는 39세의 젊은 나이에 아버지를 보내드리시고 우리오 남매를 홀로 키우셨고, 또 아버지가 남기고 간 그 많은 농사를 혼자 감당하셨다. 그래도 인복이 많으셔서 농사철에는 온 동네 사람들이 다 와서 모내기를 거들어 주었고, 가을 추수 때도 동네 사람들과 먼 친척 형들이 와서 다 처리해 주었다.

집안에 대소사가 생기면 어머니께선 항상 좋은 아이디어를 내놓곤 하셨다. 또한 그 처리 방향을 소상히 일러주시며 좋은 결과를 만들어내곤 하셨다. 집안에서도 어머니가 일처리를 깔끔하게 잘하기 때문에 조카들과 손위아래 며느리들도 다 어머니를 찾아와서 상의를 하고 일을 하면 뒤탈이 없어 좋다고 말했다.

내가 경주중학교에 들어가고 나서는 1년에 몇 차례 학교로 찾아와 나를 보고 가셨다. 같은 반 친구들이 어머니를 보고 나선 '아주 단정하고 고상한 미인'이시라고 말했었다. 키가 작으셨으나 아주 다정한 얼굴에 미소를 끊임없이 짓고 계신 분이었다. 또한 말솜씨가 1등급으로 언제나 말동무를 할 벗을 끼고 다니셨다.

양반가에서 배우신 분답게 유교적 관습으로 집 안에 정화수를 정성껏 올려 촛불을 켜놓고 하루에도 수차례 천지신명에게 기도를 드리는 모습을 보고 자랐다.

내가 대학에 입학하고 나서는 교회에 나가기 시작하며 어머님에게 기독교 교리를 알려드리고 교회로 인도하자 그때부터는 교회 예배에 많은 정성을 쏟으셨다. 그만큼 신앙과 믿음을 깊게 가지고 계신 분이었다.

내가 아마 사춘기 시절을 지극히 평범하고 올바르게 지내며 성장할 수 있었던 것은 어머님의 그 지독할 정도로 깊은 신앙과 기도, 뛰어나게 넓은 성품이 영향을 미쳤던 것 같다. 또한 내가 젊었을 때 매우 중요한 인생관문을 넘길 때마다 함께하시며 나를 위한 기도를 이어갔다. 내가 대학교에 진학하고 고학을 통해 대학원까지 무사히 마칠 수 있었던 것은 아마도 어머니의 기도 덕분이 아닐까 한다.

어머니께서는 마음이 천사 같은 분이셨으나 일의 추진은 불 같은 분이었다. 나에게 생활 속 지혜를 알려주시기 위해 무언중 나에게 직접 행동을 보여주시기도 했다. 나를 꼭 야단쳐야 한다는 생각이 드셨을 때 가장 심하게 했던 말이 "찬아, 이렇게 해보면 어떻겠니."였다.

또 하나 기억에 남는 말씀 중 하나는 1965년 미국 유학을 떠나기 전에 있었던 일이다. 난 아직도 그 말을 잊지 못한다.

"미국은 참 멀고 먼 나라이지만 우리가 사는 지구의 반대편에 있어서 땅을 아주 깊게 파면 미국에 갈 수 있단다."

당시만 해도 해외여행에 대한 개념이 부족하고 미국의 위치에 대해 감도 잘 잡히지 않았던 때라 어린 마음에 미국이 그렇게도 머나먼 나라일까 하고 어머니의 말씀을 귀 기울여 들었던 적이 있다. 그리고는 어머니와 작별인사를 하고 공항으로 가면서 내가 미국의 위치를 제대로 알아내어 어머니에게 꼭 말씀해 드리리라 하는 다짐을 했었다.

내가 그 말을 기억하는 건 아마도 그런 개념이 없던 시절에도 그 정도의 통찰을 지니고 계신 어머니의 현명함과 함께 나를 안심시키려고 애정을 담아 말씀하셨기 때문일 것이다.

어머니께선 나이가 들어가실수록 나와 함께 꼭 사시고 싶어 했다. 내가 직업이 외교관이다 보니 주로 외국에 나가서 사는 시간이 길어서 어쩔 수 없었으나, 그 시간이 지나 국내로 들어와 근무를 할 적엔 큰아들인 내 집에서 항상 함께 살고 싶어 하셨다.

그래서 내가 부산시청에 파견 근무를 나갈 적에도 어머니를 모시고 부산으로 함께 가서 살았다. 부산에서 함께 살 때 어머니께서 평소 좋아하시던 커피를 아침 식사 후에 꼭 함께 마시고 일상 얘기를 나누곤 했다. 저녁에도 어머님께서는 커피를 손수 두어 잔 타서 마시면서 동네 아주머니들과 길게 담소하셨다.

1999년 9월 24일에 며칠 병치레를 하신 어머니께선 갑작스럽게 돌아가셨다. 그때 연세가 아흔 하나셨다. 내가 외교관을 퇴임한 후 사업체를 운영하며 열심히 일하던 차에 큰누님으로부터 소식을 듣고 급하게 부산에 내려왔으나 어머님은 큰아들을 보기를 기다리기라도 하듯이 얼마 시간이 지나지 않아 임종하셨다. 어머님께선 돌아가시기 전 경주 임야 1만여 평의 토지 전 재산을 나에게 유산으로 남겨주셨다. 큰아들로서 형제들을 잘 부탁한다는 의미로 여겨졌다.

어머님은 내 마음의 기둥이었다. 내가 해외에서 생활하고 있을 때나 서울에 떨어져 생활할 때도 나는 어머니를 생각하면서 힘을 냈고, 인생에 절망스러운 순간이 와도 나는 어머님의 힘을 생각하며 제자리를 찾아가곤 했다. 어머님은 나를 지탱해준 큰 나무 같은 존재였다.

어머니의 임종을 알린 큰누님은 여전히 경주에 사신다. 큰누님은 해방 전 결혼을 해서 북한에 직장을 두고 있던 신랑을 따라 평양으로 갔다. 1945년 해방을 맞이하면서 일본인들이 물러가자 큰누님 부부는 고향으로 돌아와 우리와 함께 1년가량 같이 살았었다. 아버지가 농사짓던 땅 10마지기를 나누어주고 이웃 마을에 분가시켜 준 뒤 계속 거기서 사셨다. 자형이 돌아간 뒤 누님은 부모님의 묘를 보살피고 고향을 지키며 우리 형제의 마음의 고향이 되어주고 계신다. 우리가 부모님 생각이 나고 마음이 허해질 때마다 경주로 향해 큰누님을 뵈면 그렇게 마음의 위안이 되곤 했다. 지금도 고향을 찾는 유일한 즐거움이 누님을 뵙고 부모님 산소를 둘러보는 것이다.

일제 강점기 속의
배움터

'안또상'안동찬, 安東燦

내가 국민학교지금의 초등학교에 입학하고 나서 선생님이 나의 이름을 창씨개명해서 부르던 이름이었다. 안또상이란 내가 안동 권씨인데 우리나라 성인 권을 지워버리고 내 가문의 명칭인 안동을 일본말로 부르면서 생겨난 이름인 것이다.

1945년 일제강점기의 끝자락이 되던 해 나는 여덟 살이었고 경주시의 건천공립학교에 입학했다. 학교에 가서 공부를 한다는 부푼 마음으로 갔는데 교실에서 나눠준 교과서를 살펴보니 온통 일본어였다. 집에서 천자문을 배우고 한국어를 쓰던 나로선 도무지 알 수 없는 말과 글자들이었다. 난생 처음 접한 일본어를 배우는데 너무나 어색하고 어려웠던 기억뿐이었다.

어린 마음에 집에서 쓰던 이름도 바뀌고 일본어로 공부를 해야 한다니 분하고 하루아침에 일본사람이 되어버린 것 같아 반감도 들었다.

　내 위의 형 누나들은 이미 한참 전부터 창씨개명과 일본어 교육을 강요당하고 있었다. 일제강점기 말에 이르러 일제의 폭압이 더욱 심해지고, 한국인의 정신을 완전히 말살하겠다는 공포정치가 극에 달하던 시점이었다.

　1941년 12월 8일, 일본이 새벽부터 미국 하와이 진주만을 공습하면서 평화로운 와이키키 해변을 아수라장으로 만든 사건이 발생했다. 이 사건으로 유럽이 쑥대밭이 될 동안에도 꿈쩍도 하지 않던 미국이 제2차 세계대전에 참전하게 된다. 당시 독일의 히틀러가 유럽에서 네덜란드, 오스트리아 등을 침공하고 프랑스를 점령하던 중에도 요지부동이었던 미국이 참전하게 되자 태평양 전쟁은 이루 말할 수 없이 크게 확대되었다.

　미국과 전쟁을 개시한 일본은 우리나라를 비롯해 중국 만주, 동남아 등지에서 더욱 비열한 짓을 저지르면서 수탈을 일삼았고 한국의 많은 젊은이들이 강제 징용당하고 학도병으로 동원되었다. 당시 우리네 삶은 비참해질 수밖에 없었던 것이다.

　이런 시기에 한국의 학교에서는 모든 학생들이 일제가 강요한 황국신민교육을 받았다. 매일 황국신민선서를 외우는 시간 후 학교 수업이 시작되었으며 일본어로 교육받는 나날이 계속되었다.

　어린 나이에 어려운 일본어를 배우기도 힘들었지만 이름도 바뀐 채로 학교를 다니며 일본인으로 살아야 한다는 생각에 점차 반감이 커지면서 학교생활이 무척 지루하게 느껴졌다.

여름 더위가 물러갈 쯤 어느 날, 학교에 갔더니 한국인 선생님이 기쁜 표정으로 우리에게 일본이 전쟁에서 항복했다고 설명해주셨다. 결국 일본이 진주만 공습 이후 전쟁의 승기를 못 잡고 4년도 버티지 못한 채로 원자폭탄 두 발에 항복한 것이었다.

그때 나는 어린 1학년생이었으나 이 소식을 영문도 모르고 있던 마을 사람들에게 전하고 애국가를 부르자고 말하고 다녔다. 온 마을 사람들이 태극기를 꺼내들고 시내에 모여들었고 나는 친구들과 함께 만세를 외치며 거리를 행진했다. 무질서하고 소박한 행렬이었지만 내 기억 속에는 어느 때보다도 감동적인 해방기념 퍼레이드였다.

폐허 속에서 불태운
향학 열정

해방 후 우리나라가 격변의 시기를 겪는 동안인 내 학교 시절을 회고해 보면 그 시절은 무척이나 지루하게 보냈던 것 같다. 언제나 이 시기가 끝이 날까 하는 바람을 항상 마음에 가지고 살던 때였다. 그때는 선생님의 사랑을 받으면서 학급의 분위기를 좌지우지하는 학생에 대해 그다지 부러움을 느끼거나 저렇게 되고 싶다는 생각도 들지 않았다.

주로 운동장에서 친구들과 축구를 하는 데 관심을 쏟았고 쉬는 시간과 방과 후에는 동네 친구들과 몰려다니며 축구를 열심히 했었다. 그때 발가락을 다치면서 발톱이 빠졌는데 그때 그 상처를 잘 치료했음에도 흉이 져서 엄지발톱이 평생 밉상으로 자라났다. 그 정도로 열심히 노는 것에만 신경을 쓰다 보니 초등학교 때에는 성적이 반에서 10등 안팎으로 유지되는 정도, 그러니까 평균보다 조금 나았다.

국민학교를 졸업하고 1950년 중학교 입학시험을 치렀고, 경주중학교에 입학했다. 내가 다닌 경주중학교는 경주 지역은 물론 주변 영천, 울산, 포항 지역에서도 학생들이 모여드는 소위 알아주는 학교였다. 명실상부한 지역 명문학교로서 규율이 무척 엄했고 학생들을 무섭게 지도하는 선생님들이 많았다.

중학교에 입학하고 나서야 나는 공부에 재미를 붙여서 열심히 노력했고 반에서 주로 1, 2등을 도맡아 하며 선생님들에게 예쁨을 많이 받았다. 특히 영어와 수학에 있어서 각광을 받을 만한 성적을 내며 전교 1등 수준에 이르렀다. 원래 수학에는 소질이 조금 있었다는 생각이 있었고, 영어는 내가 성실하게 공부하면서 한몫을 한 것이라 여겼다.

한국전쟁이 발발하고 난 후 학교 건물을 군인들이 사용하기 시작하면서 그제야 전쟁 상황인 것을 실감했다. 경주 지역은 후방부여서 부상병들이 워낙 많이 실려 내려왔고, 군 사령부가 남으로 후퇴하면서 우리 지역뿐만 아니라 다른 지역 학교들도 대부분 군인들이 사용했다.

그래서 아직 어린 1학년생들은 계림 숲 속이나 안압지 주변에 모여서 피난 공부를 하게 되었다. 학교 선배들은 학도병으로 징집되어 일주일 정도 겨우 기본 전투교육을 받아 전선에 배치되었는데 주로 영천과 안강 전투에서 인민군과 대치하면서 많이 희생되었다고 들었다.

주 전선이었던 영천과 안강에서 국군이 완강히 저항한 덕분에 일사천리로 남하하던 인민군들이 저지되었으며, 연이어 9월 15일 인천상륙작전이 성공하면서 인민군들은 패잔병 신세로 북으로 퇴각하게 되었다.

1950년 6월 25일 도발된 한국 전쟁이 3년 이상이나 지루하게 지속되고 있을 때 한국인 모두가 잊지 못하는 한 사건이 있었다. 그것은 바로 미군들의 흥남 철수작전이었다. 한민족의 원수인 김일성이 고의적으로 도발한 한국전란은 초기에는 한국군이 수세였으나 미국을 포함한 유엔 연합군이 적극적으로 전투에 가담했고 또 1950년 9월 미군이 수행한 인천상륙작전으로 인해 전세가 완전히 역전되면서 한국군과 미군을 필두로 연합군이 북진통일을 외치며 북으로 진격하고 있을 무렵 인해전술로 중공군이 늦게 한국전쟁에 가담해 남쪽으로 대량의 병력이 밀고 내려왔다.

아름다운 조국 대한민국 금수강산이 전쟁터가 되면서 뜻밖의 기습을 당한 미군이 퇴각을 결정하고 흥남부두에서 군함과 민간선박 200여 척을 이용해 철수작전을 개시했다. 그때 마지막 수송선인 7,600톤 급 '메리디스 빅토리' 호에 미군 통역장교였던 현봉학 박사의 애절한 호소로 미군의 도움을 얻어 한국 피난민 1만 4,000여 명이 그 철수 수송선에 승선하여 구사일생으로 생명을 건질 수 있었다는 훈훈한 이야기가 있다. 미군 철수작전에 동원된 군함과 민간선박 등 200여 개 수송선에 탑승한 한국인 피난민 수는 총 9만 1,000여 명이라고 한다.

마지막 수송선인 메리디스 빅토리 호에는 정원의 7배 이상이 승선해 죽음의 항구를 빠져나왔다. 책임자였던 미군 10군단장 에드워드 아몬드 소장은 피난민을 태우면서 배에 싣고 있던 장비와 군수품을 전부 버리면서까지 수많은 피난민들의 승선을 허락했다.

한반도 남쪽 거제도까지 가는 데 며칠이 걸렸고 그 사이 무려 다섯 명의 신생아가 태어났다고 한다. 미군들이 이 신생아들에게 태어난 순서대로 김치1, 김치2, 김치3, 김치4, 김치5로 이름을 붙였고, 또 그때가 12월 24일 크리스마스이브 즈음이어서 전쟁 참화 속에 피어난 꽃이자 '크리스마스 선물'로 대우했다고 한다.

이 유명한 흥남 철수 피난선은 영화 '국제시장'으로 다시 태어나며 관객 1,000만 명이 관람하는 흥행을 이루며 더욱 유명해졌다. 흥남 철수작전은 한국만의 사건이 아니라 미군과 연합군이 합세한 국제적 사건이었다.

중학교도 우수한 성적으로 졸업하고 나서 이제 고등학교에 진학을 해야 했는데 처음에는 우리 지역에서 가장 명성이 높은 경주고등학교에 입학하려 했다. 그런데 입학 전 한 친구가 넌지시 말을 꺼내기를 국가에서 학비를 지원해주면서 운영까지 하는 국립고등학교가 생겼는데 시험을 보지 않겠느냐고 하는 것이었다. 졸업 후 취업도 보장이 된다는 장점이 있었다.

아버지께서 돌아가신 후였고 어머니가 힘들게 일을 하시는 것을 알고 있던 나로선 그곳에 입학한다는 것도 그리 나쁜 선택은 아닌 셈이었다. 친구 따라 강남 간다고 그저 가벼운 마음으로 시험을 보러 갔다. 가난하고 공부를 잘하는 학생들이 대거 몰리면서 경쟁률이 치열했기 때문에 들어가기 어렵지 않을까 하는 반신반의를 했으나 발표하는 날에 살펴보니 덜컥 합격이 되어 있었다. 고민을 해보다가 이것도 운명이고 팔자인가 보다 하는 마음이 들어 국립고등학교를 택했다.

이 학교가 바로 국립체신고등학교였고 이곳에 다니면서 덕분에 집안의 부담을 덜고 공부를 착실하게 할 수 있는 시간을 가질 수 있었다.

부산에 있는 체신고등학교로 진학하면서 넓은 바다가 있는 곳으로 가니 속이 뻥 뚫리듯이 시원하고 별천지 같은 세상을 볼 수 있었다. 거기에 기숙사 생활을 하면서 마음 편하게 공부할 수 있는 여건이 갖춰져 있다 보니 시골 학생에게는 너무나도 좋은 환경이었다.

이때 만난 친구들인 문두세, 김진동, 문영환, 구원서 등과 더불어 우리는 청년운동모임 '헌신회'를 조직하게 되었다. 힘겹게 피난길에 오른 피난민들이나 상처 입은 군인들이 무질서하게 돌아다니던 것을 많이 볼 수밖에 없는 때여서 어린 마음에 그들을 돕겠다는 마음들이 하나로 뭉친 것이다.

젊은 청년들의 사회봉사와 기여라는 명제에 취해서 사명을 지키자고 외치는 의리의 용사들이 된 우리는 매주 1회씩 모임을 가지고 청년들이 사회정의를 어떻게 세워서 실현시킬 수 있을 것인가를 중점적으로 토론한 기억이 생생히 남아있다.

실천사항을 조금이라도 수행해 보기 위해서 매월 일정 금액을 갹출해서 고아원과 양로원에 월 1회씩 방문해서 기부했다. 그때는 어느 누구의 지원이나 코치 없이 순수하게 젊은 청년이자 학생으로서 자발적으로 사회정의를 세워보고 싶은 열정과 간절함이 있었다.

그래도 어린 시절이라 친구들과 추억을 쌓고 싶은 마음은 어느 누구나 같았다. 문득 바다가 눈에 들어온 어느 날, 나와 친구들은 함께 바다로 놀러갔다가 큰 변고를 치를 뻔했다. 친구인 문영환, 문두세, 김진동이 부산의 광복동 영도교 부두에서 수영을 하러 함께 가자고 한 것을 무심코 좋다고 해서 부두까지 찾아간 것이다.

"느그들 수영 잘하나? 내기 한번 할까?"

"야, 근데 오늘 파도가 좀 세게 보이지 않나?"

"괘안타, 한번 해보자."

바다가 조금 거칠었지만 호기심에 친구들과 나는 모두 바다에 들어가 수영을 했다. 얼마나 지나지도 않았는데 숨이 거칠고 파도를 이기기 힘들어 나오려고 한 순간, 갑자기 휘몰아치는 집채만 한 파도에 휩쓸려 바다 속으로 끌려 들어갔다.

정확히 가늠할 수 없지만 적어도 몇 백 미터 이상 바다로 떠밀려난 듯싶었고, 정신을 차려보니 바다 한가운데였다. 이미 물을 너무 많이 먹은 나는 기진맥진하면서 허우적거리고 있었는데 마침 순찰을 돌던 해경들이 쏜살같이 배를 몰고 와 구조될 수 있었다.

그야말로 구사일생이었다. 만약 그 상황에 겁에 질려 힘을 제대로 쓰지 못했다면 그대로 익사했을지도 모르는 아찔한 상황이었는데 그때도 나의 대담한 성격이 빛을 발했는지 그래도 나름 차분하게 육지 쪽을 찾기 위해 애쓰고 있었고 덕분에 천운이 따랐던 것이다.

그렇지만 그때 휩쓸려가면서 바위나 뚝 같은 곳에 부딪치면서 생긴 것 같은 상처가 꽤 깊어 1년 동안 상처를 치료하는 데 애를 먹었던 기억이 난다.

"기적이란 보통 사람의 힘으로
이루기 힘든 일을 쉽게 성취했을 때 하는 말이다"

제3장

첫 번째 기적,
인생의 꿈을 향한 도전

서울에서의
생업과 학업

고등학교에 이르러서야 공부에만 집중할 수 있는 환경을 갖추게 되니 성적도 자연스럽게 좋을 수밖에 없었다. 최상위권의 성적을 받으면서 고등학교를 마칠 쯤 대학에도 욕심이 생겼다. 우리 동네에서는 대학생이 한 명도 없었고, 우리 집안이 워낙 평판도 좋고 어머니께서도 내가 뜻하는 바를 밀어주시고자 하셔서 나는 대학교에 진학할 생각을 가지고 입시공부에 박차를 가했다.

대학교는 한국외국어대학교를 지망했는데 딱히 이유가 없었다. 나는 지방에 있어 정보에 어두웠고, 서울대학교나 그 밖에 대학에 대해서는 전혀 문외한이었다. 그저 서울에 있는 대학 중 한국외국어대학교가 좋다는 이야기밖에 들은 것이 없어서 그냥 지원했을 따름이었다.

나 때에는 직접 원서를 들고 대학을 찾아가서 시험을 치르고 합격 발표가 나길 기다려야 했는데 나도 나름 기대 반 걱정 반으로 합격자 명단을 살폈던 기억이 떠오른다.

다행히 나는 합격을 했고 고향에 내려오자 동네에서 유일한 대학생으로서 동네 사람들로부터 한동안 선망의 대상이 되었다. 그때만큼 이웃사람들에게 많은 기대를 받은 적이 없어 쑥스럽기도 했고 기쁘기도 했다.

나는 끈기도 있었지만 칭찬을 들으면 더욱 신바람이 나서 더 잘하려고 노력하는 성격이었다. 그래서 고향사람들의 기대에 맞게 내가 무언가라도 해서 성공해야겠다는 생각이 들었던 것 같다. 다만 그 덕분에 20대 청년 시절 학업에 집중하느라 그 흔한 연애 한 번 할 시간도 없이 지낸 것이 아쉬웠다.

영어과에 입학을 해서 영문학을 전공할 것을 마음먹고 그중에서 서양문학을 열심히 탐독했으나 그리 쉽지만은 않았다. 처음에는 서양문학에 대해 열의를 가지고 학교에서 추천해주는 영어 원문 소설을 밤새워 읽었다. 나름 문학의 언저리까지 가봤다는 느낌도 들었지만 어느 정도 선에 이르자 아무래도 나로선 무리라는 것을 느끼고 말았다.

특히 학교에서 전공 수업에 영국인 교수들이 많이 들어와서 영어로 강의를 진행하다 보니 문학에 대한 개념을 파악할 수가 없었다. 조금은 아쉬웠지만 서양문학을 배우겠다고 시작한 나의 계획은 우선 어렵고 먼 길임으로 인식하고 잠시 멀리해 두기로 했다. 대신에 문학보다는 영어 자체를 더욱 깊게 공부하리라 마음을 먹고 방향을 전환하니 조금 더 쉬우면서도 희망의 등대가 잘 보이는 듯했다. 그래서 영어회화능력을 더 길러서 영어로 브리핑을 할 수 있으면서, 영어로 협상까지 진행할 수 있는 실력을 기르겠다고 결심하고 공부에 매달렸다. 그때는 시사영어와 영자 신문 사설을 매일 아침 번역해 보면서 실력을 쌓아가는 방법이 제일이었다. 그리고 어느 정도 실력이 붙자 영자신문에 청년문제와 사회문제 등을 영어로 논평해서 기고하기도 했다.

상경 후 생활은 말 그대로 주경야독이었다. 타향살이가 그렇듯 항상 쪼들리는 생활이었고 학비를 내야 할 땐 언제나 돈이 궁했다. 그래서 처음엔 가정교사를 하며 학교 등록금을 벌어야 했고, 교통비를 아끼기 위해 몇 정거장씩은 걸어 다니기 일쑤였다.

그러던 중 우연찮은 기회에 좋은 일자리를 구하게 되었는데 바로 국제전신전화국이었다. 이곳은 개인 또는 회사 간에 오고 가는 국제전화 전신 내용을 국가가 공신력 있게 처리해주는 곳이었다. 지금도 광화문사거리에 높은 빌딩이 있는데 그 당시에도 24시간 세계 어디에서든지 국제 전신업무를 관리하는 곳이었다.

이곳에 들어가 일하면서 대학공부보다 직장이 우선인 셈이되었고, 내가 대학교와 대학원을 졸업하고 유학을 가기 전까지는 나의 든든한 생활기반이 되어 주었다. 나름 좋은 일자리라 생각하고 열심히 일해 몇 개월치 월급을 모아 시골 어머님께 보내드리는 기쁨과 보람을 맛보았다. 그리고 그때부터 시골에 홀로 계신 어머님이 학비 걱정을 하실 일이 없도록 했다. 그리고 부모님께 내가 번 돈을 보내드리는 것이 얼마나 소중하고 커다란 기쁨인지를 그제야 알았다.

어렵게 학교도 다니고 돈도 벌던 시절에 그나마 내가 내 또래들과 어울릴 수 있는 시간이 있었다. 바로 'Joy Youth Club'이라는 영어동아리였다. 이 동아리는 서울 내 여러 대학에 다니는 학생들이 모여 함께 영어로 토론하고 공부하는 모임이었다.

서울의 종로 5가의 빨간 벽돌집이 있었는데 그곳이 미국인 선교사가 지내던 곳으로 나를 포함해 서울에서 영어를 좀 할 줄 안다는 대학생들 60여 명이 매주 1회 모여 모든 말을 영어로 하며 미국인 선교사의 주관하에 토론회를 열곤 했다. 나는 그 모임에 나름 심혈을 기울이며 참석하고 있었고 나중엔 모임의 리더를 맡기도 했다. 우리는 매번 모일 때마다 사회에서 쟁점이 되는 문제를 골라 영어 원고를 작성한 다음 우리끼리 토론을 펼치곤 코리아 타임즈나 코리아 헤럴드 신문에 기고해서 사회적 반응을 살피곤 했다. 이 모임에서 쌓은 영어 실력이 나중에 크게 도움이 될 것이라곤 생각지 못했다.

내 대학생활에 있어 나는 충실하게 살았지만 약간 아쉬운 점이 있다. 나는 그 젊은 날 일상생활을 살아가는 데 쫓겨 느긋하게 술을 한잔 마신다거나 내일을 위한 젊은 토론을 한번 벌이지도 못하면서 살았다. 생활은 그저 반복이 아니라 창조라고 했던가. 매일 직장에서 돈을 벌기 위해 일하고, 밤낮으로 시간을 내어 공부하면서도 사회 구성원의 한 사람이라는 시민의식으로 스스로의 생활을 창조해 보고 싶었다.

또한 이보다 더 중요한 우리의 낭만을 마음껏 키우고 누려보고도 싶었다. 개나리나 진달래 같이 순수하면서도 백합꽃 같이 어기차고 발랄하며 장미꽃과 같은 성숙한 참 생활을 한껏 누려보고도 싶었다. 당시 눈여겨보던 소설가 구인환의 시를 한번 음미해 본다.

살아간다는 것은
미상불 즐거운 일
가파르고 살기 힘겨운 세상이라고 하지만,
사월의 훈풍을 마시고
푸른 하늘을 바라보며 산다는 것은
하늘이 주신 축복이 아닐 수 없다.
영상을 감도는 날씨의 변덕 속에서도
수양버들은 새파래지고

작약은 대지를 뚫고 나오며,
목련은 그 귀공자다운 꽃잎으로 살며시
미소를 짓지 않는가?
일터에서 우울한 일을 당하고,
자녀 교육과 살림에 힘겨운 경우라도
이러한 계절이 주는 미소는
메마른 우리의 가슴을 부풀게 하고,
또 내일에의 희망을 가지게 한다.

대학원에 있는 동안
변해버린 세상

　대학교 생활이 눈 깜짝할 새에 지나가버리고 다시 진로를 생각해야 할 때를 맞이했던 때였다. 그때 나는 공부에 대한 끝없는 갈망에 시달리고 있었고 대학 공부로는 충족이 되지 않아 대학원에 진학하기로 결심했었다. 또한 전공 분야도 바꿔 오래전부터 공부해보고 싶어 했던 정치외교학을 전공할 뜻을 두고 고려대학교 정치외교학 대학원에 입학신청을 해 시험을 치렀고 무사히 합격하였다.

　대학원에 입학을 하니 모든 것이 새로웠다. 교수님들은 모두 우리나라 학계에서 각 분야로는 쟁쟁한 분들만 계셨고, 강의로는 정치사상, 외교의 이론과 실제, 국제정치정세 분석 등 나에게는 너무나 흥미롭고 재미있는 주제들을 가르치고 있었다.

　그러나 강의 스케줄만큼은 전혀 여유롭지 못했다. 우선 기본 강의를 다 듣고 나서 교수님이 지정하는 주제별 발표를 매번 준비를 해야 했고 그 밖에 강의실 교육까지 따로 참석해야 해서 정신없이 바쁘게 뛰어다녀야 했다. 그리고 나는 주경야독을 계속 이어가던 상황으로, 국제전신전화국에서의 업무를 게을리할 수 없었다. 이 모든 일을 병행하고 있었기 때문에 나에겐 공부 시간이 제대로 주어질 수가 없었다.

그러나 신은 자신이 할 수 있는 만큼의 시련을 주신다고 하셨던가. 나는 그때의 일을 모두 좋아했고 하나도 놓치고 싶지 않았기에 나의 젊음을 믿고 잠을 줄여가며 시간을 아끼고 모든 시간을 쪼개서 살아가는 요령을 터득해 나가기 시작했다.

그렇게 살기 시작한 지 어언 2년이 지났을까, 부지런하게 돌아다닌 보람이 있게 대학원 졸업에 필요한 학점은 거의 다 이수할 수 있었다. 바로 그해였다. 박정희 장군과 군대 수뇌부가 이끈 대한민국 헌정사상 최초의 군사 쿠데타가 일어나 장면 정부를 타도해 군부가 세워진 것이었다.

그들이 수립한 군사혁명위원회가 자리를 잡아가고 있었고, 군부에서는 혁명공약 6개조를 발표해 사회 전반에 걸쳐 쇄신과 개혁을 단행할 것을 공포한 상황이었다. 군부가 당시 무능한 민간 정부와 기성 정치인들에게 국가와 민족의 운명을 맡겨 둘 수 없다고 단정해 행정, 입법, 사법의 삼권을 완전히 장악하면서 사회 전체적 분위기가 서늘하고 예측 불가능한 공포감이 퍼져있었다.

쿠데타에 동원된 군대는 해병 제1사단과 공수단, 제6군단 포병부대였으며, 판단컨대 당시 민주당 정권은 무능하고 부패했다는 평가를 들을 만한 상황이었다. 또한 장면 총리가 이끄는 민주당 정권은 신파와 구파로 양분되어 윤보선의 구파와 보기 민망할 정도로 갈등과 상호비방을 그치지 않고 있었다.

나는 어린 나이였음에도 정치에 신물이 나고 역겨웠으며 국민들에게도 지루하고 식상하게 하는 것이라 생각이 들었다. 이러한 정권을 두고 일부 군인들이 "더 이상 국가와 민족의 운명을 정치인에게 맡겨둘 수 없다"며 쿠데타를 일으켜도 좋다는 결론을 낼 수 없다 하더라도 최소한 그런 빌미와 명분을 제공한 것은 분명했다.

군사혁명이 성공에 이른 것으로 본 군사위원회는 혁명공약 중 반공을 국시의 제일로 삼아 반공태세 재정비를 강화할 것이라고 발표했다. 그 결과 박정희 장군이 내린 첫 번째 명령은 '용공분자의 색출과 체포'였다. 이 명령하에 구금된 사람의 수만 4천여 명이 넘었으며, 그중 기소되어 유죄 판결을 받은 사람이나 사형선고를 받은 자도 나왔다. 또한 군 미필자는 사회활동이 제한되고 병역의무를 마치지 않으면 직장에 다닐 수 없어 우리나라 모든 젊은 남성들에게는 군 입대가 최우선인 분위기가 조성되었다.

필자 또한 대학과 대학원을 다니면서 군 입대를 계속 미뤄왔던 터에 분위기마저 그러하니 입대를 해야겠다는 생각을 하게 되었다. 그런데 막상 입대하려고 하니 학생들이 한꺼번에 몰려 입대하는 것 자체가 쉽지 않았다. 그런 사회적 분위기 속에서 나는 장교 입대를 결심하게 되었다. 하지만 그것은 더욱 쉽지 않았다. 우선은 대학원 공부와 졸업논문을 준비하는 문제도 대단히 중요했기 때문에 입대문제와 더불어 기회를 보고 있었다.

그러던 중 그 다음 년도 초에 해병대 장교 후보를 모집한다는 신문 기사가 보도되었다. 평소 생각대로 훈련이 센 해병대 장교 시험에 도전하고 싶어 지원하게 되었다. 시험은 1차부터 3차까지 치르는데 막상 시험장에 가보니 상상했던 것 이상으로 훨씬 많은 장정들이 운집해 있었다. 1차 시험을 보고 나왔는데 깜짝 놀랍게도 50명을 선발하는 자리에 이날 7천여 명이 왔다는 이야기를 들을 수 있었다.

2차와 3차 시험인 면접을 다 보고 난 후 며칠 후 신문을 통해 발표된다는 이야기를 듣고 귀가했다. 며칠 뒤 동아일보를 보고 합격한 것을 확인했으며 다시 며칠 후 해병대 진해 훈련소로 소집통보를 받게 되었다.

무적 해병대 훈련에서
배운 인생

　내가 성인이 되면서 제일 먼저 조직적인 사회경험을 한 곳이라 한다면 바로 군대일 것이다. 장교로서 군대의 조직과 작전, 인력 배치 등의 노하우를 경험하고 얻을 수 있는 많은 일들을 할 수 있었기 때문이다.

　1962년 3월 12일 개인적으로 한평생 잊지 못할 그날부터 나는 군인 된 자세로 사회활동을 일체 단절하고 군대의 장교로서 기품과 자질, 군사 기술 획득에 전심전력을 다하였다. 듣던 대로 해병 장교 훈련은 격심했고 힘들었지만 각오한 바 있어 견딜 만했다.

　매일 아침 5시에 기상하자마자 완전무장 집합한 다음 50명 전원이 10여 리 바깥까지 뛰는 구보 훈련에 더하여 진해시 외곽에 있는 천자봉우리까지 신속히 올라갔다 내려온 후 또 구보로 부대까지 달려오는 체력훈련이 연일 이어졌다. 훈련 중 다리가 부러진 후보생도 있었고 긴급히 병원에 후송되는 후보생도 속출했다.

기억에서 잊히지 않는 훈련은 밤 0시에 비상 출동하는 훈련이었다.

별빛조차 보이지 않을 만큼 깜깜한 밤중에 나와 동기 후보생들은 막사에서 수송차에 올라타 한참을 달려갔다. 올라가는 길이 길어 주위를 살펴보니 도무지 알 수 없는 산이었고 한 치 앞도 구분이 안 갈 만큼 울창한 숲 속을 달리고 있었다.

그렇게 더 한참을 들어가 멈추자 내리라는 지시가 떨어졌다. 신속히 하차하고 나니 교관은 우리에게 '여기서부터 부대로 복귀하라'는 지시만을 남긴 채 다시 수송차를 타고 떠나버렸다.

아무런 단서도 없이 알 수 없는 곳에서 우리는 도무지 부대의 위치를 짐작할 수 없었다. 허나 우리는 명령에 살고 죽는 군인이라는 것을 다시 명심하면서 컴퍼스 하나만을 들고 산 속을 이리저리 헤매기 시작했다.

우리는 결국 날이 샐 때까지 동서남북으로 길을 찾아다녔으나 결국 해가 어느 정도 뜨고 나서 사방이 분간이 가고 나서야 부대로 복귀할 수 있었다. 복귀하고 나서야 한 50여 리 이상 산 속 길에 들어갔다는 것을 알 수 있었다.

그만큼 해병대에서는 가혹할 정도로 신체와 정신을 극한에 몰아넣는 훈련을 반복했었다.

아직도 잊지 못할 추억으로 남아 있는 훈련이 있다. 하루는 진해 앞바다에서 배를 타고 멀리 나간 다음 총과 무거운 배낭을 멘 채 헤엄쳐 생환하는 훈련을 했다. 얼마쯤 허덕이고 난 후 어느 섬에 도착했는데, 다른 섬으로 이동해서 그곳에서 배를 타라는 것이었다. 우리 동기생들은 마지막 남은 체력을 다 쏟아서 다음 섬으로 헤엄을 쳤고 무사히 살아 돌아왔다. 이런 기억들은 평생 잊지 못할 추억이 되었으며, 제대한 후에도 지금까지 살아오면서 어지간한 힘든 시련도 견디는 원동력이 되었다.

이렇게 혹독한 군사훈련이 진행된 6개월 후 나를 포함한 동기생 50명의 해병장교 후보생들은 단단한 체력과 정신무장을 갖추고 해병 소위로 임관되어 첫 보직을 받았다.

나의 첫 보직은 인천 강화도 소재 해병대 강화부대 소대장이었다. 현지에 가서 그때는 아직 김포와 강화도를 연결하는 다리가 없어 똑딱배를 한 시간쯤 기다린 다음 타고 건너가 부대가 있는 마니산 고지로 올라갔다. 부임하고 나서 맡은 부대원들은 모두 정신무장이 잘 되어 있어 매일 과업을 성취하는 데 어려움이 없었다. 매일 밤에는 향도 1명과 전령을 데리고 북한과 대치 중인 일선에서 완전무장으로 임진강을 지키는 해병대원들을 순찰하는 임무를 불철주야 수행했다.

그렇게 1년 반을 소대장으로 근무하고, 특별교육을 받은 뒤 정훈장교가 되어 우리 부대뿐만 아니라 전 부대를 다니며 해병들의 정신교육을 담당했다.

정훈장교로 근무할 당시에는 주로 사병들에게 정신교육을 하는 일을 맡아 해병의 정신에 대해 많이 강조했다. 즉, 군인으로서 복무자세와 임무에 대해 강조하는 교육이었다. 일단 우리가 남자로서 군복무라는 국가의 의무를 다하고 있는 만큼 후방의 가족을 생각하며 최선을 다해 달라는 이야기를 했고, 우리는 그중에서도 남다른 사명감을 가진 해병대이기 때문에 충실하게 복무를 하면서 국가에 충성을 다하라는 것을 주제로 삼아 교육했다.

또한 Once marine, Always marine한 번 해병은 영원히 해병의 정신을 계속 외우게 하며 용감한 해병정신을 유지할 수 있도록 당부했다. 내가 왜 사병들에게 그러한 정신교육을 강조하게 되었냐 하면 임관 초기, 신임 장교 시절 겪은 어떤 사건 때문이었다.

진해에서 기초교육을 모두 마친 다음 해병대 소위로 임관을 한 직후였다. 동기생 5명이 어느 날 진해 시내에 현장시찰을 나간 후에 귀대할 시점에 다 같이 택시를 탔다. 그들이 무사히 귀대를 했으면 좋았으련만, 불행하게도 기사의 실수인지, 차량의 문제인지 택시가 길가의 작은 하천에 풍덩 빠져버렸다. 물이 차있는 하천에 빠졌으니 갑작스럽게 물이 차오르면서 자동차 문이 열리지 않아 모두가 당혹스러운 가운데 애를 먹다가 겨우 차 문을 열고 빠져나오긴 했으나 모두 부상을 입고 만 것이었다. 한 명은 이마가 찢어졌고, 한 명은 목과 얼굴에 상처를 입었으며 나머지는 각각 팔과 다리에 찰과상을 입었다. 응급상황 속에서 그들이 인근에 병원을 찾아 간단한 치료만 받고 겨우 귀대 시간에 맞춰 부대로 들어오긴 했으나 그들이 입은 상처가 밖으로 드러나 있는 만큼 무슨 일이 벌어진지 소문이 퍼지는 것은 시간 문제였다.

사고는 났으니 어떻게 처벌을 받을지 걱정하며 그들이 상관에게 보고를 한 후로부터 나와 동기 50여 명은 그때부터 아침과 저녁 훈련 두 차례씩 몽둥이로 매를 맞았다.

우리 신임 장교들의 훈련과 교육을 담당하고 있던 임기현 대위와 방기호 소위는 참 존경할 만한 해병대 선배였으나 그때만큼은 가차 없이 우리를 몰아붙였다.

"너희들이 그러고도 해병이냐?! 정신 못 차리냐?!"

신임 장교로 임관하자마자 시내로 나가서 사고를 치고 귀대를 하면서 해병의 명예를 실추시켰으며 아울러 우리들의 부족한 정신력을 메우겠다는 이유로 우리는 거의 한 달 동안 매를 맞았다. 처음 훈련장교가 되어 들어왔을 당시 정신교육 차원에서 맞은 몽둥이에 버금갈 정도로 매를 맞았던 것으로 기억한다.

정신력이 약하니 몽둥이로 매를 때려야 한다? 나는 어쨌든 이유가 있는 체벌은 효과가 있다고 보는 입장이다. 나는 평생을 살면서 그때의 체벌을 기억하면서 용감한 해병대 정신을 몸 속 깊이 새기고 있다. 내가 정훈장교로서 정신교육을 담당할 때 그때의 기억을 떠올리며 교육을 진행했고 행여 자신의 행동이 해병의 이미지에 누가 되어서는 안 된다는 점도 명심하라고 지시했다.

그렇다고 쓴 소리만을 한 것은 아니었다. 우리 해병대는 언제나 강한 정신력으로 무장되어 있는 만큼 군 복무를 잘 마치기만 하면 사회에서 인정받는 사람이 되어 어느 분야에 있어도 항상 성공을 거둘 수 있을 것이라고 격려도 해주었다. 목숨을 건 인천상륙작전과 도솔산 작전을 거치면서 항상 승리는 우리 무적해병의 것이었으며 역사가 되었다는 자부심 어린 역사 교육과 함께 무적해병의 경험과 정신을 꼭 계승해야 한다고 말할 때는 사병들의 눈에서도 반짝반짝 빛이 남을 느낄 수 있었다.

열심히 근무를 하다 보니 어느덧 임관 2년 차가 되어 중위로 진급하게 되었다. 그때는 후방지역인 포항 제1사단으로 옮겨 1년 반을 더 근무했다. 장교였기 때문에 2년 2개월 근무인 일반 해병과 달리 최소 3년 반을 근무해야 제대할 수 있었다.

우여곡절 끝의
제대와 유학길

1965년 5월 31일, 동기생 중 1차로 제대하면서 바로 미국 유학길에 올랐다. 이 속에는 몇 가지 어려움이 있었는데 여기서 밝혀두고 싶다.

국내에서 대학원까지 졸업했지만 나는 항상 향학열에 불타고 있었고 지식의 갈증에 목말라했다. 그때 일선 소대장 근무 시 하나의 특권이 있었는데 월 1회 서울에 휴가를 다녀올 수 있는 것이었다. 20대 청춘 시절 항상 머릿속에 있는 큰 과제는 배움이었고 그것을 해결할 수 있는 것은 유학이라고 생각했다. 미국에 가서 선진 학문과 신기술을 배우고 싶었지만 여러 가지 여건 중 단 한 가지도 쉽게 해결할 수 있는 것이 없었다.

당장 미국 명문대학에 입학하기 위해서는 자격도 문제지만 돈이 많이 필요했다. 당시 모아둔 돈은 없었고, 소대장으로 있으면서 받은 봉급은 두 달분씩 모아서 시골에 계신 어머님 용돈으로 부쳐드리며 작은 보람으로 여기고 있었다.

그런 고민들에 휩싸여 있던 나는 휴가 때마다 서울에 있는 미국 대사관을 찾아가 미국 명문대학들의 장학생 선발현황을 알아보곤 했다. 그러던 중 1964년 말 미 국무성 장학생을 선발한다는 소식을 듣고 기쁘게 귀대할 수 있었다. 12월 말이 되어 미 대사관에서 국무성 장학생 선발시험에 응시했고 운이 좋게도 선발인원 2명 중 한 명으로 합격할 수 있었다.

얼마 안 있으면 제대 날짜도 다가오기 때문에 이 모든 것이 순조롭게 진행될 것 같았으나 또 다른 장벽이 생겼다. 당시 미국 린든 존슨 대통령이 월남전을 신속하게 끝낼 요량으로 우리나라 박정희 대통령에게 한국군 참전을 간절하게 요청한 것이다. 이 요청을 박정희 대통령은 흔쾌히 승낙하면서 전 군에 지시해 모든 장병의 휴가 중지 및 영관급 장교들의 제대 금지령을 전군에 하달한 것이다.

때마침 나는 미국 국무성 장학생에 선발되어 설레고 들뜬 마음으로 하루 속히 제대날짜만을 손꼽아 기다리고 있었는데 월남전 파병으로 제대가 무기한 연기되었다고 해 괴로운 심정이었다. 내가 속해 있던 연대장 조 모 대령과 상의해도 뾰족한 수가 없었다.

지금 생각하면 인간은 역경과 고난을 통해 세상을 알고 지혜를 배우는 것이라 생각된다. 고심을 하다가 용기를 냈다.

해병대 최고지휘관인 해병대 사령관 공정식 중장을 찾아가

청원하기로 결심한 것이었다. 그때 사령부는 서울 용산구의 언덕에 위치해 있었는데 나의 신상명세서와 반드시 제대해야 하는 이유와 해병대의 인재양성 차원에서 제대를 허락해줄 것을 명확하게 글로 써서 사령관 집무실을 찾아가 문을 두드렸다. 하급 장교가 본인의 개인 신상 문제로 최고지휘관을 직접 찾아간 것은 해병대 역사상 전무후무한 일이었을 것이라고 생각된다.

허나 어렵게 찾아간 사령관실에서 공정식 중장과 대화를 하고 내 사정을 소상히 알렸음에도 일언지하에 거절당하고 말았다. 다만 서류는 두고 가라고 하여 서류를 두고 씁쓸한 기분으로 사령부를 떠났다. 그런데 어인 일인지 사령관과의 면담 후 열흘쯤 지난 뒤 연대장실로 급히 올라오라는 전갈이 왔다.

가보니 뜻밖에도 나의 제대 건의가 받아들여져 사령관으로부터 재가가 나왔다는 소식이었다. 나와 함께 독신자 5명이 제대명령을 받았다는 소식도 들었다. 하나님께 감사한 마음이 저절로 들었다.

이후 일사천리로 여권 수속을 마치고, 문교부 시험도 치른 뒤 5월 31일자로 제대했다. 그 시기에 유학생은 정부가 주관하는 유학시험에 합격해야 여권이 발급되었다. 여행가방을 꾸리는 중 미국에서 비행기 티켓과 여비가 배달되자, '이것이 정말로 실제고, 현실로 일어나는 일이구나' 하는 생각이 들었다.

여러 어려움을 겪으며 겨우 미국 노스웨스트 비행기에 몸을 싣고 좌석에 앉으니 만감이 교차하면서 내가 근무한 부대 정경과 고국의 산하가 머릿속에 어른거렸다. 당시는 미국 등 외국에 나가기가 힘든 때였으나 나는 유난히 쉽게 떠날 수 있어서 큰 다행이라고 생각했었다.

　어릴 적 어머님께선 땅속 깊은 곳에 가면 미국이 있다고 했었다. 나는 그때 지구대탐험이라도 하는 듯 그 머나먼 곳으로 날아서 가는 것이었다. 미국에 도착하면서 곧바로 신학기를 시작할 텐데 얼마 전만 해도 강화도 마니산 산등성이를 오르내리던 내 몸이 이제 깨끗한 도서관과 교실에서 미국 교수님의 강의를 들을 몸이 된다니 신기하기만 했다.

미국 유학길에 오른
젊은이의 꿈

1965년 6월, 드디어 미국 땅을 밟게 되었다. 내가 도착한 시간은 저녁 7시가 넘어서였다. 며칠 밤 며칠 낮을 비행기에서 보내고 나서 어두컴컴한 시간에 공항에 도착해 많은 여행객들과 플랫폼을 빠져나오기 시작했다.

출구로 빠져나오자 마중 나온 사람들 속에서 내 이름 'Chan Kwon'이 눈에 띄었다. 내 이름이 쓰여 있는 피켓을 든 노부부가 나를 마중 나온 것이었다. 나는 크게 반가워하면서 그들에게 다가가 'I'm Chan Kwon'이라고 말했더니 환한 미소로 맞아주며 자신들은 내가 들어갈 대학교의 이사들이라고 소개했다. 또한 미국 유학생활 동안 미국에서의 아버지, 어머니가 되어줄 것이라고 말했다. 뜻하지 않게 귀중한 인연이 되었다는 생각에 너무 기뻤다.

그들은 나를 뷔페로 안내해 미국 음식들을 맛보게 했다. 그렇게 많은 음식들을 보게 될 줄은 상상도 하지 못했다. 그 종류와 맛이 너무나 풍족하여 어린 마음에도 미국이 지구상 최강 부강 국가라는 생각이 들며 혼자 감탄하였다. 처음 보는 미국은 나의 눈에는 별천지로 보였다. 그 모습에 어머니 생각이 나고 고향 모습이 내 눈에 어른거렸다.

문득 그런 의문도 들었다. 6·25 전쟁에서 우리를 도와준 강대국으로만 알고 있던 미국의 부는 어떻게 해서 생겨난 것일까? 하나님이 지구상에서 미국이란 나라만을 축복하신 것일까?

저녁을 먹고 난 뒤 밖으로 나섰는데 넓은 식당 마당 한가운데 여행용 가방 1개가 덩그러니 놓여 있었다. 내 이름이 적힌 명찰이 달린 가방이 혼자 나를 기다리고 있었던 셈이다. 정신없이 나오느라 까맣게 잊고 찾지도 않은 채 공항을 나왔는데 어떻게 여기까지 와있었을까? 지금도 미스터리한 일이라고 생각한다.

다시 노부부의 차를 타고 함께 한참을 드라이브하는데 그때 달렸던 길이 아직도 인상에 깊게 박혀 있다. 시원스럽게 고속도로를 질주하면서 자동차란 것이 이렇게도 좋은 것이었는가를 새삼 다시 느끼게 되었고, 그 넓은 자동차 도로를 수많은 차들이 가득 메우고 헤드라이트를 켠 채 달리는 모습은 위압감이 느껴질 정도였다.

6차선 고속도로를 100킬로미터 이상의 속도로 질주하면서 한참을 달리고 나서야 도로를 벗어나 주택가로 들어왔는데 사과나무에 주렁주렁 달려 잘 익은 사과들이 양 길가에서 향긋한 냄

새를 풍기고, 좁은 길 위에도 많이 떨어져 있었다.

자동차로 한참을 더 달려 들어가서 사과나무 숲 속에 있는 저택 앞에 멈춰 섰다. 부인은 내 짐을 들고 2층 방까지 올라와 내가 묵을 방이라고 안내하며 길 위에 떨어진 사과들을 창문가에 쭉 늘어놓으니 그 향기가 기가 막혔다.

다음으로 1층 목욕탕으로 안내하며 샤워한 후에는 물기를 깨끗이 닦아놓으라고 일러 주었다. 나는 먼 여행길에 피곤한 줄도 전혀 모르고 미국 부모의 친절한 안내에 감동하여 첫 밤을 보내며 미국 생활이 시작되었다.

다음 날 아침 식당으로 내려갔더니 식사가 잘 준비되어 있었다. 뜨겁게 구운 토스트와 차가운 우유를 부은 시리얼은 너무나 맛이 있었고 한 접시를 눈 깜짝할 사이에 다 먹었을 만큼 푸른 과일도 맛있었다. 거기에 베이컨과 계란 프라이까지 아주 든든한 식사를 했다. 아침 식사 후 가방을 들고 내려오니 부인께서 집 앞에 차를 대기시켜두고 있었다. 첫 등굣길에 부인은 나를 어린이 태우듯 친절히 안내하며 학교 도서관 앞에 내려놓고 학교를 마치는 시간인 오후 3시에 오겠노라고 했다. 너무나 큰 도움에 나는 가슴 깊이 감사하며 학교 당국에 도착 신고와 대학에 공부할 학과목 등록 절차를 마치고 도서관으로 가서 필요한 책들을 찾아보았다.

조금씩 생활에 적응하면서 왜 이사장들께서 나에게 이렇게 잘 대해주는 것인지 생각해 보았다. 나중에 들은 이야기이지만 그들은 후진국에서 미국으로 유학을 올 정도인 사람은 그 나라에서 대단한 인재이자 엘리트일 것임을 이미 짐작하고 있기 때문에 미국에 대한 긍정적인 인식을 심어주고 더욱 대단한 일을 할 수 있도록 철저하게 잘 대해준다는 것이었다. 그 이야기를 듣고 나서 나는 '미국인들은 정말 하나님으로부터 축복받을 만한 심성을 지닌 것 같다'고 생각했다. 한국과 미국의 수준을 비교해서 생각해 봐도 그 당시에는 정말 지옥과 천당에 비견할 정도였다. 그런 천당에 사는 사람들이니 상상으로나마 하나님의 축복을 듬뿍 받는 건 당연하다고도 생각해 버렸다.

며칠 뒤 미국 아버지께서 나를 부르더니 앞으로 매일 할 일이 있다고 말했다.

"찬, 우리가 너의 공부를 돕듯이 너도 우리의 일을 조금 도와주었으면 좋겠구나. 첫 번째로 이곳으로 들어오는 길에 있는 넓은 사과밭에는 사슴과 노루가 2마리씩 산단다. 매일 아침저녁으로 나가서 이들이 무엇을 하는지 자세히 살펴보거라. 먹는 건 무엇을 먹는지, 좋아하는 장소가 있는지 말이다. 그리고 두 번째로 사과밭에서 사과가 익을 때가 되면 1상자가 되었든, 2상자가 되었든 네 힘이 닿는 대로 사과를 수확하는 일을 도와주길 바란다."

"네, 그렇게 할게요."

그렇게 나는 이사장 부부의 일을 조금씩 돕는 것으로 더부살이하고 있다는 약간의 부담감을 덜어낼 수 있었다. 그런데 사실

돌이켜 생각해 보면, 이것도 나를 위한 일이었던 셈 싶다. 매일 학교에만 왔다 갔다 공부만 하는 생활이 짐짓 지루할 수도 있으니 동물을 친구 삼을 수 있게 관찰대상을 만들어주고, 종종 운동도 필요하니 사과 수확을 도우면서 땀을 흘리는 기회를 마련해 주신 게 아닌가 한다. 참으로 고마운 분들이다.

세계 최강국의 매력에 빠진
만학도

미국에서의 새 학기가 시작되었다. 샌프란시스코 주립대학 정치학 석사과정을 통해 미국의 선진 교육을 받게 되는 것이었다.

샌프란시스코 주립대학은 캘리포니아 주립대학 중 교수진이 가장 좋았고 행동과학Behaviour Science이 가장 뛰어난 학교로 유명했다. 학자금이 다른 주에 비해 낮은 편이었으나 대학에서 장학금을 받기 위해서 학생들은 평균 성적을 B+ 또는 All A 정도로 유지해야 했다.

특히 대학원 학생들은 교수와의 세미나 과정에서 발표와 토론에 적극 참여해야 했다. 그렇기 때문에 온종일 도서관에서 매일매일 교과목 준비에 전력을 기울이는 것이 나의 일과였다. 그 결과 첫 학기에 All A 정도의 성적을 받을 수 있었다.

주말에는 미국 학생들이 함께 드라이브를 나가자고 했으나 나는 도서관에서 밤 11시까지 의무적일 정도로 자리를 지켰다.

그때 주로 공부한 것이 국제정치학이었다. 국내에 있을 때 외국어대학교에서 영어영문학을 전공했고, 고려대학교 대학원에서는 정치외교학 석사과정을 마쳤기 때문이었다. 그때는 외교관이 되겠다는 생각보다는 국제관계 연구를 통해 한국이 앞으로 나아갈 방향을 내다보면서 강대국과의 관계를 쉽게 정립해 나갈 수 있으리라 생각했다.

국제정치학, 폴리티컬 리더십 등 전반적인 정치학 관련 공부를 하면서도 알 수 있었던 것은 이 대학에는 세계에서도 유수한 미래 지도자들이 다 모여 연구에 몰두하고 있다는 사실이었다. 나 역시 뒤처질세라 밤낮으로 도서관 생활에 몰두하면서 국제정치학 관련 분야의 대가인 케니스 월츠Kenneth N. Waltz의 저서 『국제정치이론The Theory of International Politics』, 『사람, 국가 그리고 전쟁Man, the State and War』 두 책을 두 번이나 정독하면서 한국에서 공부했던 시절에 접하지 못했던 많은 개념들과 이론을 배웠다.

그리고 『미국은 왜 중국을 잃었나America Failure in China, 1941-1950』라는 책은 중국 공산화 과정과 그 후 미국에 불어 닥친 매카시즘 광풍에 대해 치밀하게 파헤친 명저인데 이것도 두 번이나 정독했던 기억이 난다.

미국 외교정책에 대해서는 1차, 2차 세계대전의 역사와 참전 전략, 또 중국 장개석 정부의 후퇴와 모택동의 공산화 과정과 미국의 컨테인먼트 정책, 또 미·소 간의 핵 전략 등을 연구했다.

샌프란시스코 주립대학의 졸업 요건은 두 가지로 얼핏 쉬워 보이지만 절대 그렇지 않았다. 첫 번째는 학점 이수에 필요한 수업을 모두 듣고 좋은 성적을 받으면, 5명의 교수들과 인터뷰를 진행해야 했다. 교수들 앞에서 구두시험을 몇 시간씩 치러야 하는 것으로 그 관문이 가장 어려웠다. 교수마다 최소한 3가지 이상씩 질문을 하는데 질문의 난이도가 상당해 처음부터 쉽게 통과하는 학생은 거의 없었다. 두 번째는 졸업논문 작성이었다. 주제를 정해 논문을 작성하고 담당교수에게 제출해 고견을 듣고 수정해가며 최종적으로 그 논문이 심사에서 통과가 되어야만 하는 것이었다.

두 가지 심도 있는 요구조건을 충족하고 나면 비로소 영광스런 졸업을 하게 되는데 나는 2년 차에 졸업에 필요한 학점을 모두 이수하고 나서 졸업을 준비했다. 역시 어려운 관문인 구두시험은 정말 어렵게 통과할 수 있었다. 워낙 긴장했던 탓인지 돌아서고 나니 교수님들이 했던 질문은 아예 기억조차 나지 않고 내가 했던 대답도 중요한 것 일부 외에는 생각이 제대로 나지 않을 정도였다.

그 후 졸업 논문의 주제를 「한국의 정치지도자들의 사회적 배경」[1]으로 정하고 6개월가량 논문 작성에 매달렸다. 논문을 위해 읽은 책만 해도 백여 권에 이를 정도로 철저하게 준비해서 담임

---

1. (학위논문) Social backgrounds of the emergent political leadership of Korea, 1948-1960
  : by Chan Kwon'at RISS Linked Datahttp://data.riss.kr/resource/Thesis/000006962472

교수의 승인을 받은 후에야 비로소 정치학 석사 학위를 취득할 수 있었다.

나는 나중에 국내로 돌아가 대학교에서 학생들을 가르칠 때 내 노력이 한껏 배어 있는 졸업논문을 한국정치학회 논문집에 원서 그대로 발표하면서 학문적 성과를 인정받기도 했다.

그렇게 행복하기도 하고 치열하기도 한 미국 유학생활 4년째인 1969년 봄, 나는 외교학과 국제정치학 석사과정을 마칠 수 있었다. 졸업식 때 캘리포니아 주립대학에 다니는 한국 유학생 약 60여 명이 찾아와서 축하해 주면서 그날 밤 학교 카페테리아에 모여 조촐하나마 축하연을 열어주었다.

축하연 중에도 나는 공부 욕심에 사로잡혀 있었다. '어서 다시 박사학위를 공부할 준비를 서둘러야겠다'는 생각뿐이었다. 그 생각을 교수님들에게 말씀드리니 흔쾌히 받아주시며 많은 격려를 해주셨다. 그렇게 박사과정 입학 준비를 하고 있던 어느 날, 갑자기 어깨 근육이 심하게 뭉치면서 통증이 밀려왔다. 자세를 바로잡으며 통증을 완화해 보려 했으나 소용이 없어 병원에 가니 피로누적이라는 이야기를 들었다.

유학을 오자마자 처음부터 어려운 석사과정을 밟는 동안 휴식도 없이 밤늦게까지 도서관에서 공부를 하고, 강의실과 세미나실을 오가며 너무 무리를 했기 때문이라는 생각이 들었다.

몸 이곳저곳 안 아픈 곳이 없었고 그러다 보니 공부보다는 이제는 조금 쉬어간다는 기분을 가져야겠다는 생각이 들었다. 또한 미국 사회의 실상을 한번 돌아보고 파악해 봐야 할 기회를 가지는 것도 좋겠다는 생각으로 직장을 가지기로 결심했다.

'한국에서는 취업을 위해선 박사가 필요하긴 한데, 굳이 취득을 해야 하는가 하는 회의감도 생기고…. 미국에서는 10%의 학생들만이 대학교에 다니는데 나는 대학원까지 나온 몸이니 내가 직장을 구해서 한 달에 얼마나 벌 수 있는지도 회사를 통해 겪어 보자.'

그렇게 나는 잠시 공부의 뜻을 접고 미국에서의 화려한 직장 생활을 해보기로 마음먹었다.

뉴욕 하트포드 보험회사
매니저로 활동

직장을 찾아보던 중 미국에서 큰 보험회사로 손꼽히는 하트포드 보험회사The Hartford Insurance Company에서 간부 모집 광고를 낸 것을 보았다. 이것저것 가릴 처지가 못 돼서 무조건 시험에 응시했는데 의외로 쟁쟁한 미국인들 틈에서 합격이란 결과를 받았다. 무려 60:1의 경쟁을 뚫고 합격한 것이어서 나도 깜짝 놀랄 정도로 의외의 결과였다고 생각한다.

며칠 후 합격한 회사에서 간부양성 학교로 입교하라는 통지서와 함께 이사 경비를 수표로 보내왔다. 아메리카 대륙 서쪽 샌프란시스코에서 동쪽 코네티컷 주까지 비행기로만 하루 종일 걸리는 대륙 횡단의 먼 길이었다. 아침 7시 비행기를 탑승해 로스 앤젤레스LA를 거쳐 워싱턴D.C를 지나 코네티컷 주에 도착하니 시간이 벌써 저녁 8시경이었다.

미국은 보험의 나라라고 할 수 있다. 미국의 보험회사는 은행보다 금융계열에서 상위권에 속한다. 한 예로는 은행에서 돈이 부족하다고 하면 보험회사에 가서 대출을 해 올 정도였다. 그래서인지 미국에서 보험회사에 다닌다고 하면 꽤 상류층의 사람으로 인정해 주기도 한다.

코네티컷 주 공항에 도착하니 회사 간부들이 마중을 나와 숙소까지 안내해 주었다. 코네티컷 주의 주도인 하트포드의 지역회사답게 간부학교 자체도 훌륭하고 숙소도 아늑했다.

간부학교에서의 생활은 아침부터 저녁까지 꽉 짜여 있어서 대학 교육과정과 다를 바 없었다. 미국의 역사부터 시작해 보험 수령 기술 등 전문적인 기술들을 온종일 수업 받아야 했다. 이런 하드 트레이닝 수업은 오랫동안 치열한 입시와 학교생활 속에서 단련된 내게는 비교적 쉽게 느껴졌다. 더군다나 교육 외적인 부분은 굉장히 대우를 잘해줘서 학교보다도 더 좋았던 곳으로 기억에 남는다.

간부학교에서 3개월의 전문 과정을 마친 후 나는 뉴욕 지사에 배치되었다.

뉴욕에 대한 첫 느낌은 간단히 말해 '매우 추웠다Very cold'. 한국의 겨울보다 더 춥다는 생각이 들었었다. 나중에 평균 겨울 기온이 영하 15~20도를 오간다는 이야기에 추운 기후가 수긍이 갔다. 나로서는 그런 기후가 처음이었기에 적응에 어려움을 느낄 정도였다.

숙소는 뉴욕에서도 가장 아름다운 곳으로 알려진 스태튼 아일랜드에 있었다. 숙소에서 맨해튼의 회사까지 자동차로 약 30분 거리여서 추운 기후에 대비도 할 겸 출퇴근 용도로 새 차를 구입했다.

새 차를 타고 매일 맨해튼의 으리으리하게 높은 빌딩의 사무실까지 출퇴근하다 보니 완전하게 미국 시민이 된 듯했다. 그당시 나는 미국 시민권은 보류하고 영주권만 소유하고 있었다.

뉴욕 지사에서 내 사무실에는 거의 100명이나 되는 직원들이 근무하고 있었는데 대부분 고등학교 내지 대학을 졸업을 한 뒤 취직을 한 일반 사원들이었다. 나는 온종일 그들과 상의하였고 그들은 자신들이 1차로 접수한 보험 안건에 대해 검토를 마친 후 최종 승인을 받을 가치가 있는 보험계약서만 내게 가져와 최종 검토를 요청했다. 하루에 50여 건가량 서류가 올라왔는데 나는 그것을 일일이 검토해 합격과 불합격 판정을 내렸다.

퇴근시간은 오후 5시였는데 10분 전부터 손을 씻고 가방을 챙겨 5시 정각이 되면 마치 달리기라도 하듯 일제히 엘리베이터로 달려가는 모습이 무척 인상적이었다. 그래도 나는 간부인만큼 그날 전체의 성과를 파악한 뒤 약간 늦게 퇴근하는 습관을 가졌다. 5년 동안의 미국 생활 중 이때가 가장 여유가 있었고 행복했었던 시절이 아닌가 싶다. 급여도 많이 줄 뿐만 아니라 직장인으로서 신용도가 높아 프리빌리지Privilege가 많이 제공되면서 어딜 가나 많은 혜택과 편리를 누릴 수 있었다.

그렇게 1년 정도 미국 생활에 재미를 붙이고 있던 중 서울의 친척 어른들이 이제 돌아와서 한국에 자리 잡고 일해야 하지 않겠느냐고 귀국을 종용했다. 당연히 공부가 끝났으면 귀국해서 국내에서 일을 해야 보람도 느낄 수 있고, 또 선진문물을 조국 선진화에 보태야 한다는 것이었다. 특히 그 당시 문교부 장관을 지낸 권오병 장관님이 간곡하게 부탁했던 것이 기억난다.

당시 한국 유학생들은 대체로 공부를 마치면 미국 시민이 되어 영구적으로 정착하는 경우가 많았다. 어떻게 보면 당연한 수순이고 귀결이었다. 안정된 직장에 어딜 가나 식탁에 풍성하게 차려지는 음식들, 세계 최고 수준의 공산품, 선진화된 제도와 문화 등 젊은이들이 뿌리칠 수 없는 것들이 가득했다. 과거 내가 살던 조국과 비교조차 할 수 없는 최강국 미국의 부를 피부로 느낀 가난한 후진국의 젊은이로서는 아메리칸 드림을 실현할 수 있는, 절대로 포기할 수 없는 곳이 바로 이곳이기 때문이다.

일본이나 중국, 동남아에서 미국에 유학 온 학생들 중 미국의 선진문화와 풍족한 문화생활에 푹 빠지지 않는 이가 없었다. 그래서 계획된 학업을 마치고 순순히 곧바로 자국으로 돌아가는 학생들 수는 아주 적었다.

내가 듣기로는 일본에서 온 학생들의 귀국하는 수는 극히 드물었고, 한국에서 온 학생 역시 드물었다. 나의 경험으로 봤을 때도 처음에 와서 적응할 때에는 고생스럽지만 적응기가 끝나고 학업을 마칠 때면 미국의 유수한 기업에서 고용 제의도 들어오고 영주권도 쉽게 내주겠다고 하는 등 생활 여건이 많이 좋아지면서 환경이 달라진다. 그 좋은 환경에 빠지게 되는 것이 대부분인 것이다.

나 또한 그 때문에 많은 내적 갈등에 시달렸다. 귀국 문제를 두고 며칠을 깊게 생각하다가 미국을 쉽게 포기할 수 없지만 우리나라 대한민국의 실정을 직접 가서 확인하고 싶었고 선배와 은사님의 자문도 구하고자 해서 1개월간 회사에 휴가를 신청하고 한국에 다녀오기로 했다.

청교도 정신과
미국이란 나라

누구든지 미국에서 1년만 살아본다면 미국이란 나라가 얼마나 대단한 국가인지를 평가할 수가 있다. 나의 경험은 이러했다.

첫째, 미국은 기독교 대국이라는 것이었다. 내가 바라본 미국 국민의 일거수일투족은 크리스천화化가 되어 있었다. 그것은 미국인의 정신적 힘이고, 생활의 원동력처럼 보였다.

둘째, 세계 최강의 경제 대국이었다. GNP와 수출 규모는 지구상 어느 나라와도 비교할 수 없고 풍부한 문화생활을 누릴 수 있었다. 일례로 미국에서는 부활절이 되면 어느 가정에서나 칠면조 두 마리를 볼 수 있고 차고에 두 대의 차가 주차되어 있다.

셋째, 인간이 누릴 수 있는 자유의 천지, 자유가 넘쳐흐르는 인간 중심의 대국이었다. 외국인으로서 미국에 살아본 사람이라면 누구나 절실히 느낄 수 있는 자유선언 제1조가 있다. 얼마 전까지도 백인과 흑인은 좌석이 따로 분리되어 있었으며 흑인에게 투표권이 부여된 것도 아주 최근인 1965년이었으며 통행할 수 있는 길도 따로 있었다.

프랭클린 루즈벨트 대통령의 부인인 엘리너 루즈벨트 유엔 인권위원회 위원장이 만든 '세계인권선언' 제1조에도 명백히 선언했듯이, 모든 인간의 존엄과 권리가 동등하고, 천부적으로 이성과 양심을 부여받았다는 사실을 강조하고 있다.

1) All human being are born free and equal in dignity and rights. 모든 인간은 태어날 때부터 자유로우며 그 존엄과 권리에 있어 동등하다

2) They are endowed with reason and conscience and should act towards one another in a spirit of brotherhood. 인간은 천부적으로 이성과 양심을 부여받았으며 서로 형제애의 정신으로 행동하여야 한다

읽을수록 감칠맛이 나고 깊은 울림이 오는 구절이다.

이 '세계인권선언'이 1948년 12월 10일 유엔총회에서 통과될 때 이것을 두고 사람들은 "엘리너 루즈벨트의 인간승리였다."고 칭송했다. 여사는 소아마비를 앓아 휠체어를 탄 남편 프랭클린 루즈벨트를 독려해 대통령에 오르도록 내조했던 유명한 부인이었다.

미국 사회와 인권에 대해 또 하나의 단상이 떠오른다.

조선일보 칼럼 '태평로'에 실린 김태익 논설위원의 '히라바야시의 훈장'이라는 글이 있다. 히라바야시는 제2차 세계대전 당시 미국 정부가 일본계 미국인들을 강제 수용할 때 이를 거부하고 징역형을 받고 옥살이를 한 일본계 미국인 대학생으로 70년이 지난 2012년 미국 오바마 대통령으로부터 그해 미국정부가 인권 향상에 기여한 민간인에게 주는 최고 등급의 훈장을 받았다.

제2차 세계대전이 한창이던 1941년 일본은 나치 독일과 파시즘의 이탈리아와 동맹을 맺고 한국과 중국은 물론 동남아 일대를 침략, 태평양전쟁을 일으켰으며 이어 하와이의 진주만 미 해군기지를 기습 공격해 전 미국을 공황상태에 빠트렸다. 민간인을 포함해 많은 인명과 물자의 피해를 입은 미국은 이를 계기로 제2차 세계대전에 참전을 선언하고 미국 내 12만여 명의 일본계 미국인들을 잠재적인 적으로 간주해 캘리포니아 등 미국 내 10개 지역의 사막에 만든 강제수용소에 수용했다. 그 안에는 학교와 병원이 있고 주민자치위원회도 두게 했다. 물론 가족 생이별이나 학살, 강제노동 같은 것은 없었다. 나치 치하의 독일이 수백만 유대인을 수용해 혹독한 노동과 학살행위를 저지른 것과는 하늘과 땅 차이다.

하지만 당시 대학생이던 일본계 미국인 히라바야시는 엄연한 미국 시민들을 일본계라는 이유만으로 강제 수용한 것은 국가에 의한 폭력이라고 맞서서 투쟁했다. 히라바야시는 1년간 감옥

생활을 마치고 전쟁 후 사회학자가 되었고 1983년 대학교수에서 물러나자 다시 일본인 강제수용소의 불법성을 고발하는 일에 뛰어들었다. 1987년에는 연방 대법원이 당시 미국 정부가 일본인 강제수용소를 세워야 할 만한 군사적 이유가 없었다는 점을 인정해 45년 만에 히라바야시에게 무죄 판결을 내렸다. 이 판결 후 당시 조지 부시 미국대통령이 "일본인 강제수용소는 전쟁 중 우리가 저지른 최악의 실수"라고 사죄하는 편지와 함께 한 사람당 배상금 2만 달러를 일본계 시민 12만 명 전원에게 보냈다.

'히라바야시의 훈장'을 곰곰이 생각하면 과거 일본이 태평양전쟁을 일으키며 한국과 중국에 대해 수백만 명의 인명을 빼앗아가고 강제 징용, 일본군 위안부로 인권을 유린한 자신들의 전쟁범죄에 대해 뉘우치고 사과와 배상하기는커녕 과거의 역사를 부정하고 책임을 발뺌하고 있는 현실을 비교하지 않을 수 없다.

이 칼럼은 70년이 지나서까지도 그런 역사의 해원 작업을 하고 있다는 데 미국 사회의 건강함이 있다고 평가하고 있다. 아직까지 일본에게서 진정한 사과와 배상을 받지 못하는 우리에게 히라바야시 같은 인물이 없는 것이 아니라 올바른 목소리를 들어줄 귀가 일본에 없기 때문에 일본이 '더 좋은 나라로 나아갈 길을 놓치고 있다'고 뼈아픈 충고를 곁들였다.

귀국 후 교편생활과
외무부 특채

내가 미국 생활 5년 만에 휴가 겸 일시적으로 귀국한 것이 1970년 1월이었다. 20대에 한국을 떠나 30대 초반의 나이가 되어 돌아온 것이다.

한국에 돌아와서 가장 좋은 점은 어머니와 함께 지낼 수 있는 것이었다. 집으로부터 든든하게 지원을 받던 나는 미국의 대학원까지 나와서 한국에서는 어떤 직장을 다닐 수 있을지 매우 설레는 마음으로 지인들을 만나 뵈러 다녔다.

맨 처음 인사를 드리려고 대학교의 옛 스승님들을 찾아뵈었다. 나를 지도해주신 몇몇 교수님들은 고려대학교에서 성균관대학교로 옮겨가 계셨다. 당시 삼성 그룹의 이병철 회장이 성균관대학교를 인수하면서 고려대학교 교수진을 많이 초빙했었다.

오랜만에 만난 스승님들은 나를 반갑게 맞아 주었다. 앞으로의 계획을 함께 논의하는 자리에서 미국에 다시 들어가 몇 년간 보험회사 일을 더 하고 싶다고 말했더니 고려대학교 대학원 때 나의 논문 지도교수이셨던 오병헌 교수님이 넌지시 말씀을 꺼내셨다.

"찬아, 이렇게 귀국을 했으니 1년 정도라도 대학에서 학생을 가르쳐보는 경험을 쌓아 보는 것이 어떻겠느냐?"

"제가 할 수 있을까요?"

"미국에서 대학원을 나왔으니 교재는 원서로 해서 수업을 맡아. 그리고 네가 배운 것을 아는 대로 설명해준다고 생각하면 돼."

"알겠습니다. 그렇다면 해보겠습니다."

잠깐 생각한 끝에 성균관대학교도 좋은 학교이니 학생을 맡아보는 것이 좋겠다는 생각이었다. 그때부터 교수님이 9월 학기부터 수업을 맡아달라고 하고 자신의 강의 중 절반을 주며 전임강사 자리를 내주셨다. 전혀 예기치 못한 일들이었음에도 마음을 다잡고 학생을 가르치는 데 열성을 쏟았다.

그런데 휴가로 한 달가량 한국에 돌아왔던 것이어서 기간이 지나니 미국의 회사로부터 수차례 전화로 다시 복귀해 일하라는 독촉이 왔다.

하트포드 보험회사에서 나를 뽑은 이유는 아시아인이 해당 지역에서 대학원까지 나온 엘리트에다가 미국 현지에서도 수준 높은 교육을 받고 꽤 오랜 기간 미국 문화에 익숙해져 있으니 조금 더 경력을 쌓게 한 후 회사가 아시아권으로 진출할 때 나를 본부장으로 삼을 계획을 갖고 있던 것이었다.

　두 달여간 있으면서 고민 끝에 나는 한국에서의 사정을 설명하고 더 이상 함께 일할 수 없다는 뜻으로 사직서를 보냈다.

　사직서를 받은 다음에도 회사 측에서는 돌아오기를 바란다며 사정하는 전화를 했으나 다시금 정중하게 거절하자 복귀가 어려움을 깨달았는지 짧은 기간이었지만 섭섭하고 아쉽다는 편지와 함께 1개월분 월급과 퇴직금을 합해 수천 달러에 달하는 수표를 보내주었다.

　1년 만에 그만두고 귀국한 것에 대해 회사에 미안했고 한편으로는 감사하기가 이를 데 없었다. 유급 휴가에다가 퇴직금까지…. 그때 미국이란 나라에 감동했으며 정말 신사의 나라임을 재차 확인했다.

　그 후 2년 동안 나는 성균관대학교 법정대학에서 강사로 일하며 젊은 날 미국에서 배운 외교 분야 이론과 신개념을 학생들에게 마음껏 가르치고, 나를 이끌어준 스승님들과 재미있고 뜻깊은 시간을 보냈다. 당시 성균관대학교에는 고려대학교에서부터 나와 연을 맺은 스승님이 계셨는데 바로 문창주 교수님과 오병헌 교수님 그리고 차기벽 교수님까지 세 분이었다. 문 교수님은 정치사상, 오 교수님은 국제관계, 미국정치, 미·소 관계 등, 차 교수님은 국내정치 등을 맡아 강의하셨다. 나는 미국정치 원서 강의와 국제 관계론 등의 수업을 집중적으로 맡았다.

지금 생각해도 나는 색다른 환경에 잘 적응하고 참고 잘 견뎠다. 내심 뿌듯한 마음으로 국내 대학에 머무를 생각을 하면서 한편 미국 생활의 재미를 억누르고 잊기 위해 노력하기도 했다. 내 인생의 결정적인 전환점이 이처럼 우연하게 찾아왔다. 만약 그때 휴가차 나오지 않았다면 나는 뉴욕의 편안한 사무실에서 영원히 빠져나오지 못하고 미국시민이 되어 문화생활을 즐기며 살았을지도 모를 일이다.

寡言無患과언무환 말이 적으면 근심이 없다
愼言無尤신언무우 말을 삼가면 허물이 없다

인간은 기도하는 대로 갈 길이 정해진다. 미국의 대통령 에 이브러햄 링컨은 어떻게 해서 훌륭한 인물이 되었는가? 누구보다 실패를 많이 겪었기 때문이다. 햇볕을 계속 쬐면 땅은 사막이 된다. 비가 오고, 눈이 내리고, 바람이 거세게 불어야 옥토가 될 수 있다.

프랑스의 장관이었던 플뢰르 펠르랭은 해외 입양아 출신으로서는 처음으로 프랑스 내각의 IT 정보통신담당 장관에 임명된 사람이다. 역시 고난과 역경은 사람을 크게 키운다는 훌륭한 본보기이다.

나 또한 편안함을 버리고 대신 더 큰 길을 찾아, 고난과 역경을 택했다.

인생을 살아가는 데는 오직 두 가지 방법밖에 없다.
하나는 아무것도 기적이 아닌 것처럼,
다른 하나는 모든 것이 기적인 것처럼 살아가는 것이다.

제4장

두 번째 기적,
조국을 위한 외교관의 삶

외교의
새 바람

한국에 입국한 지 1년 정도 흘렀을 때 나는 한창 학교에서 수업을 하며 생활에 재미를 붙이고 있던 중이었다. 어느 날 한 친구로부터 외무부 외교관 특채 시험 공고가 나왔으니 한번 응시해보지 않겠느냐는 권유를 받았다.

알아보고 나니 친구가 알려 준 시험은 일 년에 정기적으로 한 번 뽑는 정규 외무고시가 아니라 외국에서 선진문물을 접하고 많은 지식을 쌓아 귀국한 석학들 위주로 선발해서 국내의 외교 인력에 특별히 수혈함으로써 우수 외교관을 양성하겠다는 특별 선발 시험이었다. 한두 가지 정도의 외국어를 그 나라 고등학생 수준으로 구사할 수 있어야만 특별히 채용하는 것으로 외무부로서는 야심차게 시행한 시험이었다.

1970년대 초는 당시 제3공화국 정부, 박정희 대통령이 재선 이후 민선 대통령으로서 충분한 기반을 만들고 있을 무렵이다.

그래서 정부에서는 전반적으로 쇄신과 개혁의 바람을 일으키고 있었다. 외무부도 정부 부처 중 외풍이 가장 약하다고 하는 곳이었음에도, 쇄신의 바람을 일으켰던 것이었다.

일종의 문호 개방인 셈이다. 그때 특히 미국에서 공부한 석·박사들이 10여 명 선발되었으며 이들이 새로운 피가 되어 조직에 섞이게 되었다. 외무부에 신선한 바람을 불어넣고 경쟁을 유도해 더 우수한 조직이 되도록 노력을 가했다.

나는 어릴 적부터 외교관이란 꿈을 어렴풋이, 그러나 항시 지니고 있었으나 그 접근방법을 몰라 시도하지 않고 있었다. 그런데 친구로부터 좋은 정보를 받아 불현듯 나의 마음속에 옛 꿈이 반짝반짝 살아나 때가 드디어 왔구나 하는 생각이 번쩍 들었다.

두루두루 알아보던 중 당시 외무부장관이 훗날 대통령 자리에까지 오른 최규하 씨라는 것을 알게 되었다. 그분은 나와 구면으로, 내가 미국 유학 중일 때 찾아뵈면서 외교관이 되는 길에 대해 직접 물어본 적도 있었다. 새로운 도전을 앞둔 마음이 또다시 설레어 왔다.

외무부장관 집무실로 찾아가 인사를 드리며 그에 대해 논의를 드리니 적극적인 마음을 가지고 응시해보라는 말씀을 해주셨다. 덕분에 더욱 용기가 났다.

그 외에도 몇 가지 과목을 시험을 보는지 외무부에서 상세히 알아본 다음 마음을 담담히 가지고 응시를 준비했다. 외국어로 영어와 불어, 국제법과 외교사, 국사, 국제정치, 경제학 등 1차와

2차에 나누어 시험을 치르고 최종 선발을 하기 때문에 최대한 마음을 가다듬고 긴장하지 않으려 애썼다.

일주일 후 개별 통지로 합격의 기쁜 소식을 듣고 나는 무릎을 꿇고 엎드려 하나님께 감사의 기도를 드렸다. 인생의 최대의 전환점이 온 것이었다.

미국 유학 기간 동안 국제정치학과 국제관계에 대해 공부했고 강단에서 학생을 가르치고 있던 상황이어서 나에게 유리했던 것 같다. 외무부 사무관으로 발탁되어 내가 그동안 배운 지식을 활용하면서 실무를 동시에 경험하게 되어 나에게는 굉장히 큰 행운이었다고 생각했다.

젊은이들이 대학에서 전공한 학문을 사회 직업 현장에서 곧바로 활용할 수 있다는 것은 개인의 발전으로나 국가적으로나 매우 중요하고 다행스러운 일이다.

이렇게 나는 다시금 인생의 결정적 전환점을 맞게 되었다. 이처럼 우연하게 찾아온 순간이 돌이켜 보면 나의 인생에 있어 대전환점이 된 것이다. 미국의 한 보험회사 간부로서 미국시민으로 살 수도 있던 내가, 한 선택에 따라 국내 대학의 교수로 학생들을 가르치게 되고, 다시 우연하게 들은 외교관 특채 소식에 마음이 동해 초급 외교관의 자리에까지 온 것이다.

매 선택의 순간처럼 나는 이번에도 '내가 해야 할 일'을 결정하는 순간을 마냥 기다리지 않고 스스로 만들어 냈다. 우연하게 혹은 엉뚱하게도.

외교관이 되고 신분이 공무원으로 바뀌면서 나는 미국과 남북미를 주관하는 외무부 북미1과에서 미국 전문가로 일을 하게 되었다.

외무부 내에서 나는 동료들보다 좀 더 빠르고 효율적으로 업무를 익혀 추진할 수 있었다. 영어 발음이 미국인과 비슷하다고 하여 입사 초기에는 장·차관급 고위직 외국인 인터뷰 시 통역을 맡기도 했으며, 외교문서 작성에도 참여해 능력을 인정받았다.

덕분에 동남아지역 문제나 국제기구 업무 분야를 지원하는 일에 함께하는 등 다양한 경험을 할 수 있는 기회가 많았다.

당시 한 달을 일하고 나서 받은 외교관 봉급은 아마 5만 원이었던 것으로 기억난다. 서울에서 혼자 살기에도 빠듯한 금액이었다. 가만히 생각을 해보다가 원래 대학교에서 강의하던 일과 신문 기고를 그만두지 않고 당분간은 병행을 해야겠다고 마음먹었다.

영어신문과 잡지인 코리아 해럴드와 코리아 타임즈에 기고하는 것은 돈도 중요했지만 내 공부를 많이 할 수 있던 일이었다. 영어 공부도 하고 전 세계가 돌아가는 사정을 계속 살필 수 있었던 일이었다. 그런데 어느 날이었다. 최규하 장관님 집무실에 내가 기고하던 영자 신문 1부를 올려드린 적이 있었는데 갑자기 나를 호출하셨다.

"권 군, 지금 이 글 자네가 기고한 것 맞나?"

"네, 장관님. 제 글입니다."

"이제는 영자 신문에 더 이상 기고를 하지 말고 중단하게. 그리고 공무원으로서 되도록 언론을 통한 발언을 삼가도록 하게."

장관님은 신문 기고를 비롯해 어느 언론을 통해서건 의견을 되도록 노출시키지 말라는 말씀을 하셨다. 아마도 장관님은 노파심이 들어 신문에 기고한 논평과 기사 가운데서 단어 몇 개를 가지고 약점을 잡고 꼬투리를 물고 늘어질까 봐 염려해서 그렇게 말씀하신 듯했다. 그 말을 들은 이후로 두 번 다시 영자 신문에 내 원고를 기고하지 않았다.

대학 강의의 경우는 공무원으로서 평일 낮에는 근무를 해야하니 피치 못하게 학생들의 수업 시간을 모두 주말로 조정해야했다. 다른 선배 외교관님들 또한 봉급이 너무 적다 보니 부업으로 영어 번역 일을 맡거나 수필을 발표하면서 생활비에 보태는 이가 적지 않았다.

대학 강의는 내가 해외 대사관에 나가기 전까지 1년여 정도계속 진행했다. 많은 피로가 쌓이긴 했지만 먹고살기 위한 돈을 벌기 위해 어쩔 수 없었다. 1973년 일본의 대사관으로 처음 파견을 나가기 직전, 나는 한 유능한 외무부 동료 직원에 대학 강사자리를 물려주고 그 일을 계속하며 생계를 유지하라고 일러주었다. 대학에는 여차저차 사정을 설명한 이후 정식으로 사직하였다.

차츰 다양한 업무를 접하면서 시간이 갈수록 외무부에서 매우 중요하게 처리하는 일인 순환보직 실시에도 신경을 쓰지 않을 수 없었다. 본부와 해외 공관 간 보직을 변경하는 일이 바로 순환보직제로, 외무부에서 1년에 두 차례, 봄과 가을 백여 명의 직원들의 외국과 국내 보직을 교대하는 사령을 내고 있었다.

그래서 외무부 직원들은 3년가량 한 곳에서 근무하고 나면 다음은 어느 나라로 파견이 될지 서로 의견을 나누며 궁금해하곤 했다. 여담으로는 해외 근무가 많다 보니 이사가 잦아 이삿짐 꾸리는 방법, 살림살이를 최대한 적게 가지는 방법을 연구하기도 했다.

이 순환보직제도 덕분에 외교관이라면 누구나 어학 능력을 준비해야 하고, 수십 번의 해외여행을 각오해야 한다. 개개인의 성격과 기호에 따라, 어떤 직원에게는 신나고 좋은 일일 수도 있으나 어떤 직원에게는 성가시고 번거로운 일일 수 있다.

우선 해당 국가의 현지 근무에 필요한 어학 공부, 그곳 실정에 대한 공부, 자식들의 적응과 교육문제 등이 큰 문제가 되기 때문이다. 예를 들어 국내에서 공부도 잘하던 아이를 갑작스럽게 외국 학교로 보낼 경우 보통 6개월 정도는 아이에게 큰 고통이 아닐 수 없다.

내가 본부에서 약 2년 반가량 근무했을 때, 나 역시 해외파견에 대해 염두에 두고 있었다. 아니나 다를까 총무과장이 나를 호출해 면담했다.

"이제 곧 있으면 본부에서 일한 지 3년이 다 되어가죠? 외국
공관에 한 번 나가야 하는데 해외 파견에 대해 혹시 어려운 점
이 있거나 불만이 있습니까?"

"아닙니다, 저도 각오하고 있었습니다. 보내주십시오."

"그럼, 조만간 파견 나갈 거로 알고 있도록 하고, 처음 나가는
것이니 준비 잘 하십시오."

그렇게 나는 첫 해외 파견 근무를 수락하게 되었다.

첫 근무지
일본 대사관

　면담 이후 나는 일본 도쿄의 일본주재 한국대사관 3등 서기관으로 발령을 받았다. 그때부터 출국하기 3개월 전부터 일본어 회화와 독해를 공부하기 시작했다.

　내 나이대는 사실 일제 치하 당시 어린 시절을 보내긴 했지만 너무 어린 시절이었기 때문에 일본어를 많이 배운 세대는 아니었다. 내 나이에서 5~6살은 더 먹은 형님들은 일본어를 곧잘 했지만 나는 아주 어린 시절 잠깐 배운 것이었기 때문에 일본에 파견 나가기 위해 일본어를 다시 배운 것이다. 그래도 조금씩 시간을 내어 배우며 출국 직전까지는 어느 정도 준비를 착실히 했다는 마음가짐으로 떠날 수 있었다.

　일본주재 한국대사관은 도쿄 미나토구에 위치해 있었다. 일본에 도착해 대사관 직원들과 처음 만나게 되자 친절하게도 숙소로 삼을 주택 구입과 출퇴근용 차량 구입에 대해 상세히 알려주었다.

막상 실제 부임해보니 한국에서 배운 회화와 독해로는 대사관 업무를 보기에 어림도 없이 부족한 상태라고 느껴졌다.

나는 분명히 배운 말이었는데도 전화기가 울려 수화기를 들면 첫 마디인 "모시모시여보세요?"조차 입에서 제대로 떨어져 나오질 않았기 때문이었다. 더군다나 현지에서의 외교활동은 거의 일본어로 진행되고, 일상생활 언어가 아닌 고급 일본어 구사 능력을 필수적으로 갖춰야 하는 상황이었다.

그래서 대사관에서 매일 아침 근무시간 전 1시간씩 실시하는 일본어 조기 교육반에서 공부를 다시 했다. 대사관에서는 일본어 선생을 초빙해 필요한 직원은 누구나 등록해서 공부할 수 있도록 했는데 100명 가까운 공관 직원 중 거의 절반이 수업을 받았다. 처음에는 통화조차 어려웠던 일이였지만 덕분에 3개월, 6개월이 지나면서 일본어를 자유롭게 쓸 수 있었다.

이곳에서 일본어를 배우며 일본 언어에 대해 한 가지 재미난 점을 알 수 있었다. 바로 서민용 언어와 귀족용 언어가 따로 존재한다는 사실이었다. 서민용은 일상 대화나 방송에서 주로 나오는 말이고 귀족용은 정치가나 기업 대표들이 친분을 나눌 때 주로 사용하는 언어였다.

예를 들자면 우리나라 말로 '~이 있습니까?'를 물을 때 일본어로 '~아리마스까?'라고 하는 서민용 언어가 있다면 귀족용 언어로는 '~이랏샤이마스까?'라고 한다는 것이다.

처음에는 구별되지 않을 것이라 생각했지만 그 당시 일본어를 가르쳐주는 선생님이 이 언어를 사용하는 장소나 상황이 매우 뚜렷하다며 대사관에 근무하면서는 못 배운 서민들처럼 말하면 안 된다는 것을 알려주었다. 같은 말인데 서로 구별해서 배우려니 어렵기도 하고 익숙하게 사용하기까지 매우 힘들었던 기억이 난다.

이렇게 일본어 실력이 늘어나자 주일대사 보좌관으로 일하기 시작했다. 그러면서 외빈들의 영어 통역을 내가 전담하게 되었다. 미국에서 유학을 하면서 영어 발음이 원어민과 거의 같았기 때문에 내가 통역 업무를 맡게 된 것이었다. 보좌관 업무는 다양한 분야의 전문성이 요구되었기 때문에 나에게는 정말 신나는 일이었다. 다만 오전 7시에 사무실에 출근해야 되고 저녁 11시 가까이까지 대사님 활동을 함께 해야 했기 때문에 업무는 매우 고된 편이었다. 또한 밤늦게까지 국내에서 걸려오는 긴급 지시나 업무 전화를 받아 밤새 준비를 해야 해서 든든한 체력과 기동력이 요구되는 일이었다.

나는 그때 김영선 대사님을 모셨는데 민주당 시절 재무장관을 역임한 경제통 정치가 출신이었다. 직전에 근무했던 이호 대사의 후임으로 부임했는데, 일본어가 능통하여 일본인보다 더 잘 일본어를 구사한다는 평가를 받기도 했다. 일본 정계 국회의

원, 장관, 총리 등을 만날 땐 탁월한 식견과 일본어 구사로 외교관들 사이에서 인기가 높았었다.

일본에서는 대사관 근무할 때 내외적으로 여건이 굉장히 좋았다. 왜냐하면 일본사람들이 대사관에 대해 인식이 매우 좋고 어딜 가든 대우가 극진하기 때문이었다. 특히 우리나라 100만 교포들의 존경심은 이루 말할 수도 없었다. 정부의 권력 기관에서 근무한다는 사실만으로도 굉장히 높은 사람으로 대우해 주어 개인적으로 외교관 근무지로 일본이 가장 최적화되어 있다고 생각한다.

일본 근무시절 가장 특기할 만한 사건은 1973년에 발생한 육영수 여사 피살 사건이었다. 이로 인해 한일 외교관계가 극도의 긴장상태에 이르렀었다. 왜냐하면 범인인 문세광은 일본에 살고 있던 재일한국 청년이었는데 체포 후 수사과정에서 그가 사용한 권총이 일본 파출소에서 훔친 무기임이 밝혀진 것이다.

일본 여권을 가진 범인이 일본 경찰의 총으로 한국의 영부인을 사살했다는 것에 박정희 대통령은 대노할 수밖에 없었을 것이다. 그래서 일본 정부가 한국 정부에 공식적으로 사과해야 한다는 문제까지 대두되었다. 이로 인해 한·일 양국 간에 팽팽한 긴장감이 꽤 오랫동안 지속된 적이 있다.

1974년에는 1973년과 정반대격인 외교적 사건이 터졌다. 이

른바 김대중 씨 납치사건이었다. 당시 김대중 씨는 1971년 치러졌던 제7대 대통령선거에서 야당인 신민당의 대통령 후보로 출마해 박정희 대통령과 팽팽한 대결을 벌였던 거물 정치인이었다. 이후 김대중 씨는 1972년 유신체제가 선포되자 해외로 출국, 일본에 거주하며 박정희 대통령의 유신체제를 신랄하게 비판하여 정부의 미움을 받던 상황이었다.

그런데 한동안 소식이 없더니 어느 날 갑자기 해외 언론에서 한국 정부에 의해 주도된 김대중 씨 납치사건을 대서특필로 보도한 것이다. 이 사건으로 한국정부가 수세에 몰렸다. 납치범 일당이 일본 영토에서 체류 중인 김대중 씨를 일본 정부의 양해를 받지도 않은 채 강제로 납치해 배에 태워 현해탄을 건넜으며 도중에 바다에 빠뜨려 살해를 하려는 공작을 펼친 것이 사실로 밝혀져 한국 정부가 아주 난처한 입장에 처하게 된 것이다.

더군다나 당시 대통령의 오른팔 역할을 하던 이후락 중앙정보부장지금의 국가정보원장이 지휘해서 저지른 소행이라는 것도 드러났기 때문에 한국 정부로서는 변명의 여지조차 없었다.

결국 당시 김종필 국무총리가 방일해 일본 정부에 공식적으로 사과하는 해프닝이 벌어져 국제적인 망신을 샀었다. 나는 그당시 주일대사 비서실에 근무하면서 직원들과 연일 밤 11시까지 퇴근도 못 하고 대사실에 모여 숙의하면서 본국의 현명한 대처를 기다리곤 했다.

네덜란드 근무와
박정희 대통령 서거

일본 동경에서 근무 후에 두 번째로 받은 해외 포스트가 바로 유럽의 네덜란드 대사관이었다. 해외 지역 근무에 많이 익숙해진 나는 외교의 원칙과 방법도 소상히 익혔기에 내가 맡은 업무에 많은 자신감이 생겼다. 매일 아침 나는 가지런히 씻고 정리하면서 '내가 맡은 업무인 외교를 통해 나의 조국에 커다란 보답을 할 것'이라는 다짐을 하고 출근에 나설 정도였다.

그 당시 내가 열정적으로 일하며 네덜란드에 대해 분석한 결과를 문서로 작성했던 것을 소개해 본다.

홀랜드인의 높은 의지 | 1983.8. 외무부 재외국민과장 권찬

1. 인공의 자연조건

홀랜드인들은 하느님이 이 지구를 창조하셨다면 화란은 홀랜드인이 창조했다고 자부하고 있다. 이는 홀랜드를 두루 살펴보

지 않고는 이 말이 실감나지 않는다.

화란에 오랫동안 사노라면 어찌하여 화란이 동화의 왕국이고, 풍차와 튤립의 왕국인가를 날로 새롭게 실감하게 마련이다. Gorgeous Sunset, Attractive Women, Beautiful Restaurants, 진하게 가슴에 남는 홀랜드의 인상이다.

1978년 9월 헤이그 '스키폴' 국제공항에 내리니 도심의 푸른 초원이 한꺼번에 시야에 들어왔다. 그 한가운데 농가가 있고 그 농가의 지붕 위에 매달린 거대한 풍차의 모습이 석양에 비치니 그 정경은 한 폭의 풍경화였다. 또한 화란에는 산이 없고 질펀하게 펼쳐진 푸른 초원만이 끝없이 이어지고 있으며 인구 수만큼이나 많은 1,400만 두의 얼룩소와 1,400만 두의 양 떼들이 유유자적 거닐고 있어서 나그네의 여정을 한껏 돋궈 주고 있다.

원래 홀랜드는 태곳적 독일 땅의 북서쪽 끝에 붙은 뾰족뾰족한 작은 섬들이었다. 그것을 옛적 조상들이 섬과 섬을 이어 육지로 개간한 것인데 독일에서 흙을 실어와 섬 사이를 바둑판 모양으로 땅을 이으면서 물은 인공운하를 파 처리했다고 한다. 그래도 흙이 모자랐던지 오늘의 홀랜드 땅은 3분의 2가 바다보다 낮다.

홀랜드는 국토의 3분의 1이 공원이고 나머지 3분의 1이 푸른 목장이며 나머지 지역이 공장과 주택, 도로 등이고 산이 없고 넓은 평야뿐이어서 실제 면적은 한국보다 적으나 시민이 사용하는 가용 면적은 한국보다 훨씬 크다.

홀랜드 사람들은 현재의 넓은 공간과 지면도 부족하다고 불평들을 하고 있다. 그들은 현재 1,400만 명의 인구수가 너무 많다고 판단, 1,000만 명 선까지 끌어내려야 한다고 주장하고 아이들을 낳지 말자고 설득하며 그대로 실행하고 있음을 보았다. 부부 2명이 1명의 자녀를 가지면 인구수는 자연적으로 감소되게 마련인데 화란인 가정에는 아이가 1명 또는 전무한 가정이 많다.

그들은 인구가 1,000만 명 선으로 줄어들면 보다 넓은 공간과 보다 나은 직장을 가질 수 있다고 믿고 있다. 가족계획은 자연발생적으로 시행되고 있으며 이는 화란인들의 합리적인 사고방식에 기존하고 있다.

사실 인구 증가율은 경제 발전의 고도와 상관관계에 있음이 사실이다. 경제가 어느 정도의 고도 수준까지 성장하면 인구증가율은 떨어지게 마련이다. 그러다가 국민복지의 경지가 보다 높은 수준에 이르게 되면 인구증가율이 다시 상승하게 된다는 사실은 선진국에서 쉽게 찾아볼 수 있다.

4월이 오면 홀랜드의 넓은 들판에는 5색의 튤립이 넘실대기 시작한다. "께께노프" 튤립 꽃동산의 정경은 정말 대장관이다. 2억의 구라파 인구가 이 튤립 꽃밭을 구경하기 위해 4월이 오면 연중행사인 양 이 꽃밭에 장사진을 이루며 찾아든다.

홀랜드에 들어오는 관광수입도 엄청나거니와 매일 아침 제트 비행기로 중동과 미국, 하물며 동경까지 싱싱한 튤립 생화를 공급해주고 연간 10억 달러의 순익을 올리고 있다. 생화 재배에도 그들 특유의 기술혁신과 의지력을 발휘하고 있음을 보았다.

2. 유럽의 작은 거인, 경제대국 홀랜드

홀랜드 사람들은 한국 영토의 절반이 조금 못 되는 국토에 1,400만 명의 인구로 연간 600억 달러의 수출과 600억 달러의 수입을 올려 총 1,200억 달러의 엄청난 무역을 거래하고 연간 3만 불의 높은 국민소득을 올리며 태평세월을 구가하고 있는 것이다.

땅과 인구는 적어도 구라파의 거인으로 경제대국이다. 국내의 유수업체인 Dutch Shell이나 Philips 전자회사 등은 연간 매출고만 해도 500억 불을 올리고 있어 웬만한 국가의 정부예산을 상회하고 있고, 홀랜드에는 이러한 국제 규모의 상사가 여러 개 있다.

실제 국민 경제 생활에서 보아도 Dutch Pay, No Lira 등 홀랜드인의 인색함을 풍자한 언어들이 많다. 9개국의 EC제국에서 자동차를 사면 차 뒤에 그 나라의 국명을 표시하게 되는데 화란인의 차에는 NL^{Netherland의 약자}을 표시하고 있다. 그런데 돈을 낭비하지 않기로 이름난 홀랜드인이 이태리 로마에 관광차 놀러가도 샌드위치만 사먹고 쓰레기만 남기고 돌아오니까 이태리인들이 붙인 별명인데 홀랜드 사람이 오면 '리라'^{이태리 화폐명}가 들어오지 않는다고 No Lira라고 놀려대고 있다.

홀랜드 사람과 돈 거래 관계에서도 수차 느껴보지만 돈 계산에는 너무나 철저해서 정이 넘치는 동양인들은 항상 손해를 보게 된다. 석유가 한 방울 생산되지 않으면서도 석유파동에도 끄떡없이 넘긴 나라가 홀랜드인 것이다. 그들은 북쪽에서 채굴하는 천연가스를 국내에서 필요한 석유 분량만큼 팔아서 국내 수요에 충당하고 있으며, 교통수단으로 자동차 대신 자전거를 더 즐겨 이용하며 에너지를 절약하고 있다.

홀랜드인의 시가지 도로에는 길이 4개로 되어 있는데 이는 자동차, 말, 자전거, 인도 등으로 구분되어 있으며 더욱 재미있는 것은 자전거가 자동차에 우선해서 지나도록 신호등이 조절되어 있다.

실업률이 적고 석유파동을 동요 없이 치르는 나라, 부러운 만큼 내실 있는 경제규모, 항상 미국인을 Paper Tiger로 깔보고 있으며 독일인을 빗대며 화제에 올려놓고 공격하는 유럽의 작은 거인들이다.

3. 사실혼의 남녀들, 새 결혼관

홀랜드인의 남녀 간 사랑은 독특하고 자유스러운 듯했다. 고등학교를 졸업하고 성인이 되면 그들은 부모의 품속을 일단 떠나 마음에 드는 이성異性을 찾아 아파트를 얻고 실제로 동거하면서 결혼을 위한 Testing Period를 갖는다. 이러한 동거인들이 한 아파트에 2쌍, 3쌍 함께 거주하는 것을 실제로 흔히 본다. 그들의 결혼식은 먼 훗날의 이야기이고 교육과 개성과 가정환경이 다른 두 사람이 실제로 사랑할 수 있는지의 가능성을 테스

트해 나가는 것이다. 사랑을 위한 형식인 결혼식보다는 우선 양인이 깊이 있게 사랑의 천일야화를 엮어나갈 수 있느냐 하는 것을 중요시한다.

물론 그들은 사실혼에 들어가서 생활하면서 "My boy", "My girl"이라 부르는 친구이자 사실적인 부부 관계에 있는 파트너들인 것이다. 그들은 아이도 갖지 않은 채 10년 정도 같이 살면서 서로 직장을 갖고 공부하며 각자 취미생활을 즐긴다. 그러다가 서로 합의 후에 아이를 갖게 되며 세월이 흘러 그 아이가 크고 "오래도록 같이 살아보니 취미나 사고방식이 나와 맞는구나, 나의 완벽한 파트너가 될 수 있겠다."고 확신한 경우 그때서야 비로소 간단한 신고 절차를 통해 정식 결혼을 하는 것이다.

동거인 10쌍 중 Testing Period에 성공하여 결혼까지 이르는 쌍은 7쌍 정도. 이렇게 결혼 전에 오랜 동거 생활을 지내고 늙어서 하는 결혼이므로 이혼율이 적을 수밖에 없다. 그들의 통상적인 결혼 연령은 남자 35세, 여자는 32~33세이다.

이 경우에도 홀랜드인의 사고는 지극히 실질적이고 현실적이어서 Purity보다는 Production을 중요시하고 있다.

대서양 위의
고속도로

　화란 전역에 설치된 규모 있는 대공원이며 예술적인 인공운하는 화란인의 의지와 높은 심미안을 알 수 있는 대작품이라 할수 있다. 화란인들은 북쪽 대서양에 100리나 되는 고속도로를건설했는데 30년간의 긴 공사 기간 끝에 이루어졌다. 인간 두뇌와 투지의 최고 정수에 속하는 대토목공사임을 실감치 않을 수없다.

　필자는 그곳에서 근무하는 동안 이 바다 위의 고속도로를수없이 달려보았으며 이 고속도로 한 중간에 차려놓은 3층의 Cozy Restaurant에 들러서 대서양 파도 소리를 들으면서 화란인의 국력과 의지를 피부로 느껴 보았다. 고국에서 손님이 오면 꼭이곳으로 안내하여 홀랜드인의 스케일을 설명해주기도 하였다.

　바다 위의 고속도로! 과연 누구의 창의력일까? 반세기 전의공학기술로 어떻게 그것이 가능했던가? 투자 재원만으로도 정부 예산의 3분의 1에 해당하는 막대한 금액, 30년의 긴 공사, 인간의 끈기와 투지의 결정체이다.

기초 공사에는 비행기로 큰 돌과 바위를 실어 와서 대서양 바닷속에 하나씩 하나씩 떨구었다고 한다. 그들은 명실공히 댐 건설의 세계적인 선구자로 자부하고 있다. 최근 중공의 10억 불 황하 댐 공사의 건설 수주가 화란인 회사에 낙찰된 사실은 조금도 이상하지 않다.

댐 건설과 운하 건설, 또 생화 재배에도 기술 보국을 이룩한 1,400만의 홀랜드인, 일찍이 세계 식민지 개척에도 눈을 떠서 미국 남부를 최초 식민지로 개척했고 인도네시아와 수리남을 식민지화하여 한때는 식민지 강국을 자부하며 영광된 과거를 쌓은 홀랜드였다.

개인이 잘살고 유복한 것도 개인의 의지에 크게 달려 있음과 같이 국가가 부강하게 되는 탓도 그 나라의 구성원인 국민의 높은 의지에 크게 좌우됨은 부인할 수 없는 사실이다.

오늘의 홀랜드는 자연적 조건이며 경제적 부 모두가 그들 국민의 높은 의지와 투지로 이룩한 업적들이다. '국민의 높은 의지' 이것은 부강한 국가 건설의 필요충분조건이며 그 나라 국민의 운명을 높은 경지로 인도해주는 기본 요소인 것이다. 바로 이것이 우리 민족에게 절실히 필요로 하는 정신적 요소라고 생각됨은 필자 혼자만의 생각일까?

논문에서 밝힌 것처럼 네덜란드인들이 바다를 가로질러 방축을 쌓은 후 생겨난 여의도 넓이만 한 바닷물 호수를 볼 수 있었다는 것은 나로선 매우 신기했다. 네덜란드 정부에서 이 어마어마한 호수의 물을 모두 퍼내고 담수로 채울지, 흙으로 메워 토지로 쓸 것인지 결정을 못 했다는 이야기에 우리나라 시화호나 새만금의 조성과 개발 방식을 두고 고민하는 것과 비슷하다는 생각이 들었다.

이 엄청난 업적을 우리나라 사람들도 많이 알고 지냈으면 좋겠다는 생각이 들었다. 내가 네덜란드 대사관에서 1등 서기관으로 선임급에 있다 보니 친구들을 초청하는 데 그리 부담스럽지 않은 입장이어서 대학생 때 동아리 활동 겸 영어 공부를 했던 JOY모임의 후배들을 부르기로 결심한 것이다. JOY 멤버들은 일찍부터 해외에 대해 눈이 뜨인 친구들로 기회를 준다면 얼마든지 올 수 있으리란 생각이 들었다. 내가 미국 대학에서 유학을 할 때에도 아무도 아는 사람이 없는데 전화가 왔다고 해서 받아보면 JOY 멤버일 정도로 해외 이곳저곳에 나가 있기도 했다.

한국으로 연락해서 JOY 멤버 중 넉넉한 사정에 있는 아이들을 50명 초청해서 네덜란드의 문화에 대해 소개하고 이곳저곳을 구경시켜주는 자리를 마련했다. 아이들은 내가 보고 놀랐던 네덜란드의 둑을 보고 감탄하기도 하고, 네덜란드 외무성 장·차관과 인사하는 자리도 가지면서 한국과 네덜란드의 관계 등에 대해 식견을 넓히는 자리를 가졌다.

그리고 보면 우리나라와 네덜란드는 인연이 깊다. 유럽사람 중 최초로 하멜이 제주도에 표류하면서 유럽에 우리나라가 알려진 것이 아닌가. 우연의 일치라기보다는 그만큼 네덜란드가 바다를 제패했던 민족이며 탐험정신이 강한 이들이라고 볼 수 있을 것이다.

내가 초청한 청년들이 네덜란드 대학생들과도 교류할 수 있도록 다리를 놓아주고 친밀한 유대관계를 이어가라고 격려해주면서 나도 외무성에 많이 들르며 우리나라와의 무역관계 개선에 많은 힘을 실어달라고 요청하기도 했다. 이 일이 나중에 나에게 큰 기쁨으로 돌아오게 되었다.

내가 숙소로 삼아 지낸 곳은 시내 인근 주택가의 한 3층짜리 빌라형 아파트였다. 우리나라에 비하면 높은 고층 아파트는 매우 귀한 편이고 대부분 단독주택이거나, 3층 높이의 빌라형 아파트가 대부분이다. 가장 신기한 것은 거의 모든 빌라 주위에는 운하가 있어 물이 집들을 엄호하는 모양이라는 점이다. 왜 물이 주택 주위를 둘러싸게 했을까?

또한 바다보다 낮은 땅 면적이 70%나 되는 나라에서 거의 모든 주택 주변에 운하를 파서 물을 가두었으니 이게 웬일인가? 처음 보는 나로서는 모두 신기하기만 했다. 그리고 유럽은 비가 많이 오는 곳인데 비가 아무리 많이 와도 운하의 수위는 항상 일정하게 유지되었다.

오랫동안 넓은 땅을 가진 미국에서 살다 온 나는 네덜란드라는 작은 나라의 새로운 주택문화와 물 관리를 보고 놀란 점이 많았다. 그리고 비록 땅은 작지만 그 땅을 다스리는 국민의 마음은 매우 크면서도 개방적이었다. 작은 나라 국민들의 큰마음, 그것에도 한편 놀라고 감동을 받았다.

감동을 받은 만큼 나는 더욱 이곳에서 해 나갈 일에 대해 고민했으며 그 연결선상에서 우리나라 외교관들이 타국에서 고급 외교 전략을 펼치기 위해 무엇이 필요할지 연구해 소논문을 구성하고 본부에 제출해 우수한 평가를 받은 바 있다.

80년대 외교력 강화와 외교관 자질문제

〈KOREAN DIPLOMACY IN THE 1980'S AND ITS OVERSEAS SERVICE〉 - Chan Kwon, First Secretary, Korean Embassy to The Netherlands

주요내용

- 80년대의 세계질서 변경, 아국우리나라의 정치 및 경제력 신장에 따른 외교력 강화 필요
- 외교구성원의 자질 향상 필요
- 해외주재 외교관의 외국어 실력 향상 필요
- 결론 및 건의 사항 :
  - 채용 후 및 부임 전 외국어 훈련 강훈 필요 - 1인 1어학전

문제도 현실화

■ 본부귀임직원 재훈련 필요 – 국제정치, 경제, 통상 및 어학
■ 중견간부의 단기 주요국제세미나 필수참석
■ 부인어학훈련수당제도 필요

*참고자료

KOREAN DIPLOMACY IN THE 1980'S

AND ITS OVERSEAS SERVICE

Chan Kwon
First Secretary
Korean Embassy to
The Netherlands

Introduction

The foreign policy of the Republic of Korea clearly has
been and will continue to be preoccupied with the basic problems
of defense security and economic well-being. They can hardly
be resolved unless we maintain a good diplomatic relationship
with countries of importance to us. Diplomacy is vital to
our survival in this sense. Accordingly, the Republic of Korea
must have a foreign service of the highest quality. In other
words, the overseas service needs to be served by people who
have a thorough grasp of Korea's economic and political ob-
jectives, and understanding of the world in which Korea is
operating, and firm policy direction from the Government. It
is important that the officers of the overseas service be
highly trained and experienced, so that they can compete on
equal terms with those of the foreign services of other countries,
whose standards are usually very high indeed. In short, the
present standards for recruitment - which is primarily of
college graduates - could be supplemented, from within the
Government and the private sectors. Considerably greater
efforts should be made in training, both initially and in mid-
career, especially in foreign languages. It is true, however,
that our Government at present is well equipped with admin-
istrative machinery which makes it easier to work out realistic
and coherent policies in the foreign policy field and which
provides the effective means of carrying out these policies.

The overriding concern of this study is (a) to undertake a comprehensive review of the most effective ways of a recruiting system for the foreign service officers, and (b) to review the training system for these officers who would pursue and protect Korea's interests overseas in connection with Government's international policies, defense requirements, the furtherance of Korea's trade and economic interests, the dissemination of public knowledge about Korea and its international activities.

This study is to review the means not the ends; how the personnel of foreign service could best be recruited and trained to ensure that Korea's foreign policy objectives could best be achieved. This report is, therefore, concerned primarily with the foreign Language training requirements for the foreign service officers. The importance of innovation and effort in the training programs as the key to our future cannot be too strongly stressed and this is a point which underlies the writer's thinking throughout the study.

Recruitment and Training

The structural changes in the world power situation in the 1980's have placed us in a situation where we must rely to a very much greater extent than ever before on our own diplomatic efforts and resources. It is therefore of vital importance that the Government and the country at large be able to respond positively to the changes and obtain full

advantage from the new opportunities to which they give rise.
Then, Korea should have a foreign service of the highest quality,
whose officers can compete on an equal footing with those of
other countries, where standards are very high indeed.

Generally in considering recruitment and training, we
have in mind the attitude and abilities we believed necessary
in the career officer of the overseas service in these days.
He needs to be familiar with the political and economic aspects
of our national interests. He also should be able to live
and operate effectively in a wide range of environments out-
side Korea, and he needs to possess qualities of versatility,
commonsense and intellectual ability which will enable him to
hold his own in almost every area of policy at certain level.

What I want to point out then is that the area in which
the greatest effort needs to be made is foreign language
training. While the Ministry has in recent years been able to
devote greater resources to language training, it seems to me
that a very much greater effort now needs to be made.

In my view, every overseas service officer going to his
first posting should be equipped with a thorough knowledge of
at least English and desirably one other language. Knowledge
of one of these should include not only spoken fluency but a
familiarity with the culture, so that he can move with assur-
ance among opinion leaders in other countries. It will be
Neither cheap nor easy to provide all recruits with this first
foreign language, although some of the annual intake will al-
ready have a satisfactory or partial knowledge of one. A

4

useful contribution to the training of those only partly
equipped might be met by special university courses as well as
by courses at technical institutes, not only in the language
itself but also in the cultural background. In the past, it
could be argued that less than adequate fluency in a foreign
language and understanding of the cultures and outlook of
English speaking peoples could be accepted,but these arguments
seem less cogent today, when our economic and political sit-
uation requires us to establish relations in depth with a
wide range of peoples whose culture, language and outlook
differ widely from ours.

   I feel equally strongly that short refresher courses
after returning to Korea from a post abroad should be avail-
able to appropriate points in an officer's career. This could
take one or more of the following forms: Summer courses at
a special university, visits to industrial and trade under-
takings, further foreign language study as required.
It is equally important that the Ministry periodically selects
the qualified senior officers for dispatching to such popular
international seminars on Nuclear Strategy, International laws,
etc. There is,for example, a regualr annual summer course on
international laws in the Hague, where many senior diplomats
from the Embassies, Foreign Ministries from various countries,
judges and lawyers used to participate.   I also presume that
the need for language training of spouses must be recognised.

And training in a second foreign laguage, assuming that it is
not a difficult one, probably need to be taken, at least initial-
ly for all junior officers, beyond an adequate level offluency
in speaking.

In conclusion, this study recommends that:

(a) post-recruitment training programmes including management
and administration should be significantly expanded for all
members of the overseas service;

(b) every foreign service officer going to his first posting
should desirably be equipped with a thorough knowledge of
English and a working knowledge of one other foreign language;

(c) refresher courses should be available at appropriate times;

(d) qualified senior officers be sent to such regular semminars
as those of the Hague Academy of Internal Laws, the Institute
of Social Science, etc., on nuclear strategy and international
laws;

(e) tuition for the foreign language concerned should be
available to spouses before they accompany their husband to
a foreign language coutry.

The writer is fully aware that such programmes as recom-
mended in the report will be relatively expensive and will
require additional resources and personnel. I am convinced,
however, that such measures are essential if the Korean Foreign
Service is to meet the challenges in the 1980's that lie ahead.

- the end-

최근 읽은 서적명(당지 소재 국제사법재판소 "헤이그 국제법 아카데미" 하계세미나(6주 간) 에 참석중 읽은책들임)

Books

1. Jorge Castaneda   <u>Legal Effects of U.N. Resolutions</u>, Columbia University, New York, 1969.

2. Max Sorensen (ed)   <u>Manual of Public International Law</u>, MacMillan and Company, 1968.

3. J. Kaufmann   <u>Conference Diplomacy</u>, 1968.

4. C.P. Snow   <u>The Two Cultures and a Second Look</u>, Cambridge, 1964.

5. I. Brownlie   <u>International Law and the Use of Force</u>, Oxford, 1963.

6. M.B. Akehurst   <u>The Law Governing Employment in International Organizations</u>, Cambridge University Press, 1969.

7. S. Sucharitkul   <u>State Immunities and Trading Activities in International Law</u>, Stevens and Sons Ltd., 1959.

그렇게 네덜란드의 생소한 생활환경에 익숙해져갈 때쯤 나에게 있어 아직도 아찔한 기억으로 남아 있는 일이 일어났었다. 중견 외교관으로서 한창 무슨 일이든지 자신이 있던 시절, 나의 커리어에 가장 큰 손실을 안겨줄 수도 있었던 일이 순식간에 일어난 것이었다.

그날도 어느 날과 다를 바 없었다. 평상시대로 대사관 직원들과 열심히 그날의 업무를 수행하고 나서 저녁 6시에 퇴근해 집으로 돌아왔다. 가족과 함께 저녁을 먹고 잠시 책을 읽다가 잠에 들었다. 그렇게 새벽이 지나갈 무렵, 벼락같이 울리는 전화벨에 놀라 나는 비몽사몽간에 전화를 받아 들었다.

"불이에요! 지금 대사관에 불이 났다고요!"

불이라니…. 놀랍게도 지금 대사관에 화재가 일어났으니 속히 현장으로 나오라는 전화였다. 잠결에 받은 전화여서 머릿속이 복잡했고 도무지 분간이 서지 않다가 한결 정신을 차리니 새벽 4시경이었다. 그제야 부랴부랴 옷을 겨우 꿰어 입고 자동차를 몰아 대사관에 도착해보니 평소에 정말 아름답다고 여기던 우리 대사관이 잿더미로 변해 있었다.

그저 망연자실한 마음으로 전 직원에게 다시 연락을 하면서 부산을 떨었다. 직원들이 하나 둘 모이고 주재국의 소방차 수십 대가 동원되어 공관 건물에 난 화재를 진압해 불이 모두 소진되어 갈 때쯤 날이 밝아왔다.

나의 마음에는 '이걸 어쩌나' 하는 막막함뿐이었다. 우리가 있어야 할 대사관 건물이 모조리 타버렸으니 당장 어쩔 도리도 없고 할 말을 잊은 채 그저 멍하니 서 있을 뿐이었다.

하지만 그대로 있을 순 없었다. 회의가 필요했으나 회의할 장소도 없었기에 우리 전 직원들은 굳은 표정으로 당시 연하구 대사님의 관저로 모두 모여 대책회의를 했다.

외무부에서도 가장 존경받으셨던 연하구 대사님은 관록의 베테랑이시자 대선배님으로 우리가 기댈 곳은 대사님뿐이었다. 모두가 머리를 맞대고 앉아 대략적인 화재경로를 추적해 보건데 원인은 전기누전에 의한 실화失火일 것이란 결론을 내렸다. 이에 가장 먼저 보험에 의한 손실 회복이 가능한지 여기저기 문의했다.

화재로 인한 후속 작업은 좀처럼 만만한 일이 아니었다. 건물 주인에게 연락하고 또 보험회사에 화재원인과 보상청구 등 필요한 조치를 취하고 그 다음은 대사관 건물을 새로 구하기와 임시방편으로 어디에서 일상 외교업무를 볼 수 있을까 하는 당면 문제를 검토하면서 외무부 본부와의 이해와 협조를 구하는 문제를 하나하나 짚어나갔다.

원상복구를 위해 당면한 문제를 해결해 나가면서 가장 큰 걱정이 들었던 것은 화재에 대한 책임이었다. 사실 실화로 인한 책임 문제는 궁극적으로 공관장에게 있다고 볼 수 있지만, 당시 나는 대사관 총무과장을 맡고 있었고, 외교 업무 외에 대사관 안팎에서 일어나는 대소사를 책임질 의무를 가지고 있었다. 그

랬기에 나는 이번 일이 모두 나에게 책임이 있다는 생각이 들어 그 모든 과정이 힘이 들고 마음이 아팠다. 평소 건물에 대해 신경을 썼다면 아주 사소한 일이었을 것이 큰 화를 일으켜 해외에 나와 고생하는 직원들에게 더욱 큰 부담을 안겼다는 생각이 들었다. 그래서 본부에서 어떤 처벌을 내리더라도 달게 받을 각오를 하고 마음의 준비를 하고 있었다.

생각해 보면 일생에 처음이자 단 한 순간이었으며 또 해외근무 시절에 당한 사건으로는 너무나도 당황스러우면서 커다란 불행이 닥쳐온 것이었다.

그러나 대선배님이신 연하구 대사님은 누구에게나 존경받는 그 특유의 관대함과 소상한 배려를 베푸시면서 나를 비롯한 전 직원들에게 힘을 북돋아 주셨고 큰 상심을 하지 않도록 함께 그 책임을 기다렸다. 지금 생각해보면 그 어떤 누구도 쉽게 가지지 못할 대범함과 여유로움을 지니신 대선배이셨던 것을 새삼 느끼게 된다.

얼마 후 외무부 본부에서 보내온 장관님의 서신이 도착했다. 어느 누구도 쉽게 펼치기 어려운 내용일 것이라 생각했으나 서신의 내용은 '단순 화재만으로 외교관을 처벌하는 것은 있을 수 없다. 무엇보다 직원들이 다치지 않은 것이 다행이며, 해외에서 고생하는 직원들의 노고가 큰 만큼 나쁜 일을 서둘러 극복해 정상 업무에 돌아갈 수 있도록 본부에서는 신속하게 지원할 것이다'라는 것이었다.

이에 전 직원들은 안도의 한숨과 함께 크게 사기가 올라 업무 원상복구에 더욱 열을 올렸다. 새로운 대사관 건물도 순조롭게 정해 이전함과 동시에 직원들은 모두 심기일전으로 새롭게 출발할 결심을 마음에 새겼다.

본부의 따뜻한 배려가 담긴 서신으로 가장 큰 안도를 받은 것은 나였다. 자칫 외교관으로서의 삶을 접어야 할 수도 있었던 큰일이었음에도 주변의 배려와 지원으로 다시 일어설 힘과 용기를 얻게 된 것이었다.

만약 그렇게 되었다면 나 스스로 자책과 실망을 하면서 슬픔에 잠긴 세월을 보냈을 수도 있었을 것이다. 그 끔찍한 사건 뒤에 별 탈 없이 새롭게 출발할 수 있는 힘을 얻게 된 것에 얼마나 하나님께 감사드렸는지도 모르겠다. 다시 한 번 아멘.

이렇게 저렇게 크고 작은 일들을 겪고 난 뒤 1979년이 되었다. 1979년 10월, 우리 한국사에 굵직하게 남게 될 큰 사건이 일어난 해였다.

그해 10월 26일이었다. 우리 직원들은 모두 아침 일찍 출근해서 일상 업무를 준비하고 있었다. 그런데 집무실 한 쪽에 미국의 동향을 알기 위해 켜 놓은 TV에서 미국 CNN 뉴스특보가 흘러나오며 대한민국의 박정희 대통령의 신변에 커다란 일이 생겼다는 뉴스를 볼 수 있었다.

그 소식에 놀란 대사님 이하 모든 직원들은 TV 앞에 모여 뉴스의 출처와 후속 보도가 무엇일지를 기다리며 긴장을 하고 애타게 보도를 추적하고 있었다. 속 타는 마음으로 느린 하루를 보내고 난 뒤 우리 모두는 늦은 저녁 뉴스로 '대통령 유고'라는 짧은 보도를 보게 되었다.

전 직원들이 반신반의하며 그날 밤 침묵과 근심에 싸여 있었다. 그 다음날 아침이 되자 외무부 본부에서 공식 통고가 내려왔다.

– 박정희 대통령 비명 서거

전 직원들이 무거운 침묵 속에 울음을 삼키고 있었다. 어찌 그런 일이 벌어질 수 있단 말인가? 박 대통령의 충복인 중앙정보부 김재규 부장이 큰 정치적인 의도가 아닌 사소한 감정을 이기지 못하여 그런 끔찍한 일을 벌일 수 있단 말인가?

차지철 경호실장의 실책도 크다는 생각이 들었다. 소문으로는 차지철 실장이 술 취한 박 대통령을 업어 귀가했다는 얘기도 있었다.

영부인 육영수 여사를 떠나보내고 굉장히 슬픈 시간을 보내고 있을 박 대통령을 조금 더 다른 방법으로 모실 수 없을까 하는 의구심이 들기도 했다. 혁명을 일으킨 군인으로 누구보다 정신력은 대단하리라 생각되는 박 대통령이 술에 취할 수도 있겠지만, 보기에 민망스럽게 경호실장이란 사람의 등에 업혀 귀가한다는 것은 차지철 실장의 대응으로서 좋지 않은 방법인 듯싶었다.

좀 더 따뜻하게 보살피고 위로해 주어야 했었다. 서울 외곽 미사리 작은 산 위에 박정희 대통령의 별장이 있었는데 며칠이라도 편히 쉬시게 할 수는 없었을까? 연일 폭주하는 일정을 소화하고 저녁에는 술에 취해 헤매는 대통령을 경호실장이 자기 등에 업어서 귀가한다면 본인도 고달프거니와 대통령을 모시는 방법에 큰 문제가 있었지 않았나 싶다.

때가 늦었으니 어찌하랴? 만시지탄이었다.

그렇게 그해 가을이 끝나고 겨울을 맞이하던 중 나는 또다시 중요한 임무를 맡게 되었다.

'UAE, 즉 아랍에미리트 정부와의 외교 관계를 교섭하고 새 대사관을 개설하라'

본부에서 나에게 아랍에미리트로 가서 대사관을 마련하고 새로운 관계를 열어두라는 장관님의 훈령을 보내온 것이었다. 이번 일은 중동 지역에 새 지평을 여는 외교 확장 사업의 일환으로 나를 선발한 것이었다. 그 당시 중동은 우리나라의 산업 발전에 필요한 석유를 위해서라도 반드시 돈독한 외교관계가 필요한 지역으로 나는 그 중요한 임무를 맡게 되어 심적인 부담을 크게 안게 되었다.

떠나기 전 내가 업무들을 마무리하면서 그동안 함께 일하던 네덜란드 측 사람들과도 인사를 하는데 네덜란드 외무성에서 연락이 왔다.

"미스터 권, 훈장이 나왔습니다. 정말 축하해요."

"네? 무슨 훈장을…?"

놀란 내가 사정을 확인해보니 내가 그동안 학생들을 불러 네덜란드를 소개하고 한국과 네덜란드의 관계를 돈독하게 만드는 데 일조한 공으로 여왕 페트리샤의 이름으로 네덜란드 1등급 수교훈장이 주어졌다는 것이다. 수교훈장은 오로지 교섭사항에 공훈이 있는 외교관만이 받을 수 있는 귀중한 것이다.

네덜란드 1등급 수교훈장

그래서 외무성을 찾아가니 네덜란드 외무성 아주국장아세아태평양 관할 국장이 반갑게 맞아주며 훈장을 수여해주었다. 연하구 대사님을 비롯해 우리 대사관 직원들은 모두 기뻐하면서 훈장 수여 기념과 나의 전송기념을 겸한 파티를 열어 교포들과 함께 축하하는 자리를 만들었다.

네덜란드 또한 나에게 많은 기억을 남긴 곳이다. 우리의 활동비를 담은 금고만을 남긴 채 대사관 건물이 모조리 불타버려 절망에 사로잡힌 기억과 나에게 의미 있는 훈장을 받은 기억들 모두가 소중하게 남아 있다.

그렇게 1979년 겨울까지 다사다난했던 네덜란드 대사관 임기를 마무리하고 새해를 맞이하며 나는 본부의 훈령 1장을 가슴에 품은 채 미지의 세계인 이슬람의 나라, 아랍에미리트 아부다비로 향하는 비행기에 몸을 실었다. 그때 나는 한 계급 상승한 대사대리의 신분을 받았다.

아랍에미리트UAE 정부와
교섭하라

훈령을 받자마자 새로운 각오를 다지며 열사의 나라 중동으로 떠날 채비를 차곡차곡 시작했다. 사실 외무부 외교관으로 근무하면서 잘 모르는 국가에 가서 대사관을 새로 개설하는 일이란 누구나 경험할 수 있는 일은 아니다. 나 또한 30여 년의 긴 근무 기간 동안 단 한 번 있었던 일이었고 주재국의 고위층과 만나 외교 관계를 수립하는 일은 좀처럼 쉬운 일이라 할 수 없다. 또한 나는 기독교인으로서 이슬람교가 국교인 지역으로 들어간다는 것 자체가 감회가 남달랐다고 해야 할 것이다.

어찌 되었든 나는 만감이 교차하는 가운데 잘 모르는 지역으로 가게 되면서 중동인의 생활과 그들의 국민성에 대해 크나큰 궁금증을 가지게 되었다. 열사의 나라, 죽음과 같다고 하는 모래사막, 일부다처제의 제도가 있으며 낙타 젖을 생산하는 아주 생소하기 이를 데 없는 곳이라는 정보들을 알게 되니 점차 중동에서의 외교 활동에 대해 실감이 가기 시작했다.

그러면서 외교관이란 마치 군인과 같다고 생각했다. 위에서 내려오는 훈령 달랑 한 장만을 지닌 채 세계 어디로든 나라를 대표하는 사람으로서 총칼 대신 언변으로 무장하고 전쟁 같은 외교 업무를 수행해야 하기 때문이다.

비록 사복을 입었지만 군인의 마인드를 가져야 하며 군인이 전쟁터에서 싸우다가 불꽃처럼 산화할 수 있듯 외교관은 외교 전선에서 국가를 위해 장렬히 전사할 수 있어야 한다는 것이 나의 평소 신념이었다.

1980년 1월에 아랍에미리트에 입국했는데 그때는 중동에서도 겨울 시즌이라 그렇게 덥지는 않았다. 내가 주재국의 대사대리로 부임한 것이기 때문에 도착 즉시 주재국 외무성에 통보를 하고 외무장관에게 정식 도착신고를 해야 했다. 나는 최우선적으로 주재국 정부 외무장관에 신고를 하고 신임장을 제출했다. 외교관은 주재국에 신임장을 제출하고 나서야 외교관으로서 활동을 시작할 수 있다.

"반갑습니다. 내가 한국에서 온 대사대리 권찬입니다."

"오, 반갑습니다. 잘 오셨어요. 앞으로 서로 자주 만나면서 도움될 만한 일들이 있을지 대화를 많이 해보도록 합시다."

정말 다행이었던 점은 아랍에미리트 외무장관은 매우 선한 표정을 가진 사람이었다는 것이다. 다른 아랍인들의 인상도 아주 순박하고 친절했으며 또 외무성 간부들이 아주 훌륭한 영어를 구사하고 있어 우선 안도할 수 있었다.

우리 가족과 직원들이 당분간 임시 숙소로 사용할 예정이었던 시내 한복판의 인터콘티넨탈 호텔에 여장을 풀고 나서 주재국 및 아랍에미리트 주재 100여 개국 외교사절단, 각 내외신 언론사에 호텔 내에 임시 대사관을 개설했음을 통보했다. 또한 아랍인 사무요원을 몇 명 선발해 호텔의 임시 사무실에서 일상 업무를 보기 시작했다. 그리고 다음 날부터 직원 1명을 대동하고 대사관과 관저 시설을 물색하러 온종일 시내를 살피고 다녔다.

당시의 기억이 아직도 생생하다. 지독하게 날리는 모래바람에 차 앞 유리에 뽀얗게 먼지가 쌓이고 전방 3미터 앞이 보이지 않을 정도여서 아부다비 시내를 소가 걸어 다닐 만한 낮은 속도로 지나다녔었다.

그러나 굴하지 않고 며칠 동안 40여 개 후보를 선정해 직접 보고 사진도 찍어가며 또 경비 문제와 주변 지역 등을 면밀히 검토하며 장단점을 평가한 후 3곳을 골라 본부의 평가를 받았다. 본부의 선택에 따라 한 곳을 결정해 계약을 맺게 됨에 따라 우리의 정식 대사관이 생겨날 수 있었다. 이 과정에서 숱한 마음고생을 해야 했다. 또한 단독으로 구성된 집 구조들이 보통 서구 형식이 아니고 아랍 형식으로 지어져 있기 때문에 결정하기에 쉽지 않았다. 계약을 맺은 건물을 대사관에 맞도록 구조를 변경한 후 인테리어 공사를 마칠 때까지 나는 호텔에서 견뎠다.

그동안 언론을 접촉해서 부임 도착 성명도 발표하고 한국 소개, 나의 각오도 밝혔다.

　내가 중동의 겨울 시즌에 들어와서 몇 개월간 대사관을 정하고 대사관 업무가 자리 잡는 동안 어느새 말로만 듣던 중동의 여름 시즌을 겪게 되었다. 내가 체감한 중동의 여름은 정말 살인적으로 덥다고밖에 설명할 수 없다. 한낮 기온이 52~53도를 육박하는 곳에 사람이 살기란 정말 쉽지 않은 것이었다.

　그러면서도 대사관을 개설하고 난 후로 전 외교단과 주재국 외무성 간부들을 초청한 개설 축하 연회에서부터 각국이 주최하는 연회장을 수없이 찾아다니는 외교 활동이 반복되었다. 마침 아부다비에는 우리나라의 동아건설 등 건설업체들이 진출해 있었는데 이들은 이곳에 사람이 살 주택을 짓는 공사를 하고 있어서 이곳에 대사관이 생기면 큰 도움이 될 것이라고 굉장히 반가워했다. 이들 업체와 우리 대사관은 서로에게 필요한 것이 있으면 돕곤 했는데 내가 기억하는 것 중 하나로는 동아건설 간부들이 나서서 우리 대사관 입구 주차장에 한낮의 무더위를 어느 정도 감소시킬 수 있는 햇볕가리개를 설치하는 작업을 지원해 줘 고마움을 표했던 적이 있다.

　점차 이곳에서도 안정적인 생활을 할 수 있을 만큼 여유로워지자 나는 아랍에미리트의 제2의 수도라고도 하는 두바이로도 승용차를 몰고 수차례 왕복해 다녀오기도 했다. 그 과정에서 죽음과 열사의 사막을 겪어보기도 하고, 낙타 젖으로만 끼니를 견뎌보기도 했다.

또 어느 날은 한밤중에 일이 있어 고속도로를 달리고 있었는데 어스름한 달빛 아래에 낙타 떼가 고속도로 위에 나타나 움직이지 않고 서성이고 있는 바람에 큰 충돌이 벌어질 뻔한 아찔한 순간도 있었다.

나중에 중동 자동차 보험회사 관계자를 만나면서 이야기를 들을 기회가 있었는데 고속도로에서 낙타 떼를 만나는 것은 꽤 흔한 일이라고 설명했다. 그러나 승용차와 낙타가 충돌하는 사고가 발생하게 되면 꽤 오싹하다고 한다. 빠른 속도로 질주하던 승용차가 낙타와 그대로 충돌하게 되면 물론 낙타는 넘어지면서 죽지만 승용차 또한 마치 돌로 된 벽에 들이박은 듯 온통 산산조각이 난다고 한다. 그리고 낙타는 이리저리 떠도는 야생 낙타가 아니라 대부분 주인이 있기 때문에 사고가 나면 죽은 낙타 값을 꼭 변상해야 한다.

낙타와 관련된 이야기를 더 하자면 내가 살던 아부다비 시내 아파트 근처에 숲과 녹지가 있었는데 그곳에 아랍인 부자가 낙타를 키우고 있었다. 그 사람이 자기 소유인 낙타를 애지중지 사랑하면서 열심히 치장하는 모습을 종종 볼 수 있었는데 나는 호기심에 그 낙타 주인과 가끔 대화를 나누곤 했다.

그의 말로는 낙타가 의외로 느긋해 보이는 인상과 달리 단거리 경주에서 경주마에게 뒤지지 않을 정도로 빠른 속도를 내며 달릴 수 있다고 한다. 1톤에 가까운 몸무게로도 최고 시속 65km 까지 달릴 수 있고 중장거리를 달려도 시속 40km의 속도로 쉬지 않고 갈 수 있다고 한다.

사실 낙타는 사막에 사는 사람들에게는 유일한 교통수단이자 또 전쟁무기로도 사용되었다. 실제로 영국군에 소속되었던 낙타부대는 두 번의 세계 대전에서 황무지와 사막지대 전투가 벌어질 때 큰 활약을 펼쳤다고 한다.

낙타는 등에 난 혹의 수에 따라 단봉낙타와 쌍봉낙타로 구분하는데, 쌍봉낙타가 체구가 더 튼튼하고 털이 더 길다고 한다. 쌍봉낙타는 중국과 고비 사막 등지에 많이 사는데 과거 실크로드 무역 때 사막지대를 지나는 교통수단으로 많이 이용되었다고 한다.

등에 혹이 한 개 있는 단봉낙타는 다리가 더 날씬하고 긴 반면 털은 더 짧고, 현재 중동과 북아프리카 일대에 주로 분포되어 살고 있다. 기원전 4000~2000년대 이전부터 이미 가축으로 길러지기 시작했다는 설이 있다.

또 특이한 점으로 낙타는 체온이 변하는 변온동물이라는 점이다. 일교차가 심한 사막에 적응하기

위해 새벽 동틀 녘에는 34도까지 체온이 내려갔다가 해 질 녘까지 40도로 올라가고 밤이 되면 다시 체온이 내려가는 것이다. 조류나 포유류 중 이렇게 큰 체온변화에도 살 수 있는 동물은 찾기 어렵다.

이렇게 낙타는 체온을 바꾸어 땀을 거의 흘리지 않으므로 일주일 동안 물을 먹지 않고도 살 수 있고, 또 등의 혹에 30~40kg의 지방이 들어 있어 한 달간 아무것도 먹지 않고도 살 수 있다고 한다.

세월이 흐르면서 대사관에 새 직원들이 부임하고 주재국에서도 외무성 간부들이 교체되면서 또 이러저러한 신년파티, 만찬회 등을 가지기도 하는 등 나는 이곳에 있으면서 심기일전으로 외교환경을 개선하기 위해 최선을 다했다. 그러한 노력이 아랍에미리트 고위층의 눈에 띄기 시작했는지 한국에 대해 조금씩 더 관심을 가지기 시작했고 급기야 아랍에미리트 정부가 서울에 자국 대사관 개설을 검토하기 시작했다. 그러한 변화에 내가 조금이라도 기여한 부분이 있어 다행이라고 생각하니 뿌듯하면서 보람이 느껴졌다. 그리고 머지않아 서울에 아랍에미리트 대사관이 개설되었다는 소식을 듣게 되었다.

요즘 같은 세상에는 무자비한 전쟁보다는 누구나 대화와 외교를 선택하기 마련이라고 생각했다.

내가 겪은 아랍에미리트에 대한 이야기를 조금 더 풀어놓아 보겠다. 아랍에미리트는 7개의 에미리트Emirate, 토후국로 구성된 연합정부이며 7개 중에서 제일 크고 강한 아부다비가 대통령을 맡고 그 다음으로 큰 두바이가 부통령 겸 수상을 맡기로 합의하고 정부를 구성한 곳이다.

각각의 에미리트는 상당 부분의 자율성을 가지고 자치정부처럼 운영되는 시스템을 갖고 있었다. 당시 아랍에미리트 정부는 석유를 엄청나게 생산해 해외에 팔아 대단한 경제적 부를 갖추고 있었으며 국민소득도 거의 3만 달러에 이르고 있었다. 그러면서도 옛날 조상들이 사용하던 사막의 오아시스는 그대로 유지하고 있었다. 반면 사막 위에 세운 수많은 고층빌딩들을 보면 마치 내가 서울 강남지역 번화가 어디엔가 와 있는 느낌을 가질 때도 있었다.

두바이에는 특히 우리나라 삼성에서 지은 건물이 많은데 그래서인지 두바이 사람들은 우리나라에 대해 굉장히 인식이 좋다. 어딜 가도 한국 사람이라 그러면 기술력이나 다른 부분들을 많이 인정해주고 박하게 대하지 않는다.

역사적으로 20세기 초반에만 해도 중동에서 석유가 발견되기 전이었기 때문에 이곳 국민들은 뿔뿔이 흩어져 살았었다. 마치 우리 한국 사람들이 북간도와 만주 지역으로 흩어져 살았듯이 말이다.

1930년 영국인들이 이쪽 중동 지역을 관할하면서 석유자원을 개발한 후로 삶의 터전이 달라지기 시작했다. 석유 개발 초기 배럴당 1달러 미만의 가격이 책정되었고, 미국 등 선진국의 메이저 석유재벌이 채굴권을 행사했기 때문에 석유로 생긴 부가 아랍 정부로 넘어오기까지는 수십 년의 세월이 걸렸다.

그 후 전 세계에서 석유를 이용하기 시작해 석유 가격이 폭등하면서 제1차 석유 파동을 겪게 되었다. 한때 아랍인들 사이에선 석유가 물보다 싸게 거래가 되었지만 당시 30달러까지 치솟은 석유가 '검은 황금'으로 불리며 무기화되기도 했다.

아랍 남자들은 흰 천으로 몸 전체를 가리고, 여성들은 검은 천으로 얼굴 전체를 가리고 다닌다. 자동차 운전도 나라마다 조금씩 다르긴 해도 거의 운전을 하지 않고 여성들은 바깥 출입을 거의 하지 않았다.

대부분의 남성들은 농사일도 하지 않으며 온종일 바깥에서 빈둥거리며 노는 것이 하루의 주된 일과였다. 농사는 주로 여성들의 몫이었고, 남성들은 정부 은행에 돈을 빌려 사막에 집을 짓고 외국인에게 비싸게 대여하면서 차용금을 받는 일을 주로 했다. 공장도 거의 없던 곳이니 취직을 하려는 이도 거의 없었다. 식당 청소나 건물 청소 같은 허드렛일은 주로 파키스탄이나 방글라데시에서 온 외국인 근로자들이 담당하는 일이었다.

중동 사람들은 우리나라 사람들처럼 술을 마시지 못한다. 이슬람교의 성인 무함마드가 세운 종교법 중 술을 마시지 말라고 되어 있는데 중동에서는 이를 '샤리아 법'이라고 한다. 이를 어겼다가는 각 나라의 실정법보다도 더욱 강력한 처벌을 받는다. 거의 사형이라고 봐도 무방하다.

술을 먹은 자는 일단 감옥소에 가둔다. 그런데 가두는 것이 아니라 사실상 방치해둔다는 표현이 맞을 것이다. 사방에 높은 벽이 세워져 있으며 천장이 없는 사막 한가운데 죄인을 놔두는 것이다. 물 한 방울 없이 사막 한가운데서 움직일 수도 없이 앉아만 있어야 하는데, 사실상 죽음의 형벌이라고 봐야 할 것이다. 이토록 중동은 종교와 법에 철저하다. 그러나 그들이 그렇게 엄격한 것은 이 열악한 환경 속에서 평화를 지키고 함께 살아갈 수 있는 공간을 만들기 위한 것이라고 봐야 한다.

아랍 문화충격으로
『중동의 지정학』집필

아랍에미리트에서 땀을 쏟기 시작해 2년 반이 훌쩍 흘러 지나가고 1982년 봄이 되었다. 열악하지만 알면 알수록 신기한 아랍 생활에 눈을 떠갈 무렵 나는 외무부 본부 영사과장으로 영전해 한국으로 들어오게 되었다. 그 소식을 듣고 얼마나 기쁨이 컸는지 그때의 기분은 도무지 말로 형언할 수 없었다.

내가 귀국 후 외무부에 부임한 영사과장 직책은 내가 외무부에 들어온 지 12년 만에 얻은 귀한 자리였다.

외무부는 승진이 어려워 사무관으로 입부하여 서기관으로 승진하는 데 보통 8년 이상에서 10년 정도는 걸려야 1계급 승진이 가능했다. 그리고 서기관으로 승진해도 금방 과장 보직을 받을 수 없고 최하 5~6년이 흘러야 과장 보직을 받을 수 있었다. 하늘의 별을 따듯 어렵고 긴 과정을 거치고 난 후 그 소속 과장 보직을 받을 수 있다. 얼마나 다행인가!

특히 외무부에는 전 분야에서 전문가가 거의 100% 충원되어 있기 때문에 전문가라고 해서 쉽게 과장 보직을 받을 수는 없었다. 외무부 본부는 외교에 관해서라면 각 분야 전문가들로 꽉 채워져 있어서 언제 어디에서도 충원할 수 있는 엘리트 집단이므로 나의 표현이 그리 과장된 것은 아니다.

영사과장 직책 이후 나는 내 전문분야인 중동 쪽을 맡을 수 있는 중동과장직을 맡았고 그때는 국회의원들과 함께 해외 시찰단에 동행해 현지를 시찰하며 외교를 하는 일을 수행했다.

당시에 함께했던 의원들 중 기억나는 인물들로 권익현 민정당 사무총장과 정창화 국회의원 등이 생각난다. 의원들과 동행해 중동지역 국가를 방문하면서 그들에게 경제외교지원금을 주고 광물 자원을 사오는 등의 일을 진행했는데 그때에도 중동 국가와의 외교는 정말로 신중하고 중요하게 다루었다. 덕분에 중동 국가 고위층들도 우리의 마음을 잘 알아주고 한국에는 무엇이든 무조건 먼저 지원해준다는 것을 수없이 다짐 받았다.

사실 중동 지역 근무를 마치고 본부로 돌아오면서 있었던 중요한 일이 하나가 있다. 한국에 돌아오기 직전 내가 작성한 자료집 중 하나에는 정말 귀한 보물이 있었는데 바로 중동정치 전반에 관한 심층 분석 자료였다. 1981년 여름에 휴가를 받아 걸프만의 한 해안가 주택에서 20여 일 숙박을 했었는데 그때 내가 아랍을 겪으며 알게 된 정보라든지, 아랍 지역의 문화 충돌에 대한 개인적인 생각과 우리 정부에서 펼친 대 아랍 정책의 주요 전략 등을 정리해 논문 형식의 보고서를 만들어 둔 것이었다.

그렇게 만든 보고서를 연말 정책 자료로 정리해 본부에 보고했는데 본부 담당국 측에서 자료를 중동정책과 관련된 책으로 발간하겠다고 해서 승낙했다. 그렇게 해서 본부의 주관으로 발간된 책이 바로 『중동의 지정학』이다.

이 책은 중동의 여러 국가들을 대상으로 외교 활동을 펼칠 때 그들이 처해 있는 상황, 특히 지정학적인 부분을 중시해서 움직여야 한다는 내용을 담았다. 미국에서 내가 공부할 당시 배웠던 이론이 이 책을 만드는 데 한몫을 했다.

당시 외무부 장관이었던 이상옥 장관은 특별 지시를 내려 중동에 초임하는 직원들을 대상으로 이 책을 필독서로 지정해 꼭 읽도록 했다. 또한 100여 개 전 세계 재외공관에 참고자료로 배포했다.

다음을 통해 『중동의 지정학』의 서론과 내가 중동에서 얻은 경험, 정황 속에서 느낀 점 등을 소개하고자 한다. 이를 통해 중동의 이해에 도움이 되길 바라는 바이다.

『중동의 지정학』의 서론

아랍에미리트 수도 아부다비에서 대사관을 설립하고 3개월가량 지나 주재국과 본격적으로 외교를 시작하고 중동 전반의 정치 정세를 파악하면서 안정을 찾기 시작했다. 그러면서 필자의 뇌리에는 항상 다음 두 가지의 의문점이 맴돌고 있었다.

첫째는 제2차 세계대전 후 패전국은 일본과 독일 등 여러 나라가 있었고, 또 아프리카 지역이나 남미에 넓은 땅이 얼마든지 있었는데 왜 하필이면 패전국도 아닌 팔레스타인 땅에 '이스라엘'이라는 씨앗을 뿌렸을까 하는 의구심이었다. 팔레스타인 땅은 과연 지상 낙원의 진주 같은 옥토였단 말인가?

그리고 또 하나는 이스라엘에 대적하는 아랍인들이 왜 그렇게도 사분오열 되었으며, 2억 인구의 아랍 이슬람제국이 500만 명의 소국 이스라엘 유태민족에게 왜 국토까지 빼앗기면서 수난을 겪어야 하는가? 이슬람교가 유태교보다 체질적으로 약하다는 말인가? 아니면 민족성이 문제란 말인가?

역사를 장식하는 페이지에는 항상 나름대로의 이유가 있었고 특히 삼천 년 전 유태인의 연고권 주장 등은 아직도 미해결의 장으로 남아 있다. 팔레스타인 땅에 이스라엘의 씨앗이 뿌려지던 날, 중동 분쟁의 불씨는 예고되었고, 중동 지역 구석구석에는 국제권력과 국제정치의 냉엄한 현실이 오늘도 피부에 닿고 있는 듯하다.

나에게 있어서 중동은 실로 모든 면에서 새로운 미지의 세계였다. 친구에 대한 개념도 다르고 외교에 대한 패턴도 새롭다. 그들의 '친구'란 정이 오고 가는 인간관계이라기보다는 이해득실을 교환할 수 있느냐로 가늠할 수 있는 듯 나에게 비쳤고, 중동에는 외교도 전통적 의미의 외교는 먹혀들어가지 않는 것처럼 느꼈다.

중동세계를 이해하려면 우선 다음 세 가지가 전제되어야 한다.

첫째로 지렁이가 오른쪽에서 왼쪽으로 기어가는 듯한 아랍어의 터득, 둘째로 아랍 이슬람에 대한 종교적 이해와 정치, 사회적 역할에 대한 함수관계 파악, 셋째로 영토 없는 정부 PLO^{팔레스타}인 해방기구의 정체와 팔레스타인 문제의 본질을 터득해야 한다.

이와 같은 문제는 중동의 역학관계에서도 크고 깊게 클로즈업된 문제들이기 때문이다.

중동 정세와 정치구조는 변화무쌍하고 복잡하기 이를 데 없다. 중동 정세를 여러 면에서 좌우한다고 할 수 있는 팔레스타인 문제와 PLO의 정체는 무엇이며 팔레스타인 문제의 본질적인 문제는 무엇인가? 유태교도와 이슬람교도 간의 종교적 대결, 아니면 '시오니스트' 유태 민족주의자와 아랍 민족주의자 간의 정치적 대결이란 말인가?

이와 같은 문제를 해부해 보면 위의 문제들은 본질적인 문제가 아니라 결과론적으로 생긴 현상에 불과하다는 사실을 알 수 있다. 즉, 문제의 본질은 '시오니즘'이란 정치운동을 선진자본주의 열강들이 뒷받침해서 팔레스타인 지역에 억지로 이스라엘 국가를 건설한 데 있고, 그것이 오늘날 중동 정치구조의 제1단계를 이루고 있어 중동 평화, 나아가서 석유자본 문제에까지 크게 영향을 미치고 있다. 일개 팔레스타인 문제가 어찌하여 중동

정치구조의 기초를 이루고 있을까?

이제 중동을 개략적이나마 이해한다면 중동의 정치현실을 파악할 필요가 있다. 우선 중동의 정치구조를 이해하려면 다음 세 가지를 유념해야 한다. 첫째, 중동의 불안한 지역안보 문제에 대해 이해해야 한다. 둘째, 전 세계 강대국들이 탐을 내고 있는 석유 자원의 전략적 의미를 깨달아야 한다. 끝으로 이슬람교에 근거한 뿌리 깊은 아랍민족주의에 대해 이해해야 한다.

'중동 평화 구축'이라는 대명제를 두고 볼 때 중동 정치구조의 발전적 개념정리가 무엇보다 요청되는 바, 필자는 이상의 세 가지 문제를 중동정치의 기본개념으로 설정했다. 이들 중심의제에 대한 이해 없이는 중동정치 구조를 이해하기 힘들기 때문이다.

현재진행형인 중동 지역의 전쟁

중동은 사람은 살고 있었어도 땅은 죽은 곳이었다. 끝없이 펼쳐진 모래사막 위에서 비문명권에 속했던 중동인들은 모두가 뿔뿔이 흩어져 스페인과 포르투갈 등지에 이방인으로서 생활해 나가야 했고 그들이 고향으로 돌아올 수 있었던 것은 1930년대 후반에 이르러서이다.

그 척박한 모래사막 지하에 검은 황금인 석유가 생산되기 시작한 이후 영국과 프랑스 등 서방 강대국이 중동, 특히 아라비아 반도에 개입해서 식민지 통치를 하게 된다. 서방 국가들은 기술력을 바탕으로 곳곳에서 유전을 개발하고 중동 사람들의 값싼 노동력을 이용해 커다란 부를 쌓았다. 고향을 버리고 떠났던 중동 사람들은 비록 힘들지라도 큰돈을 벌 수 있는 고국으로 돌아가 석유를 개발하는 데 참여하게 되었고 현재 있는 국가들의 형태와 사회를 어느 정도 구축하기 시작했다.

석유가 개발되면서 중동은 전 세계 강대국의 관심과 개입으로 언제나 몸살을 앓아야 했다. 중동 아랍지역은 여전히 수많은 적들과 크고 작은 분쟁을 일으키고 있다.

이스라엘 건국과 6일 전쟁

1948년 이소라엘이 지금의 땅에 건국되는 과정에서 중동의 무장단체들은 서방과 외부 세력에 대한 테러 공격을 시작하게 되었다. 구체적으로는 팔레스타인 지역의 무장단체와 그들을 지원하는 아랍의 정치 세력이 합작해 이스라엘을 지원하는 국가에 대한 테러를 본격화하게 된 것이다. 이 무장단체들은 이스라엘 세력으로부터 팔레스타인의 영토를 지키려는 명확한 정치적 명분을 가지고 있으며 민족주의 성향이 강한 세력이다. 그로 인해 이후 수많은 전쟁이 일어났었다.

1967년 이스라엘과 아랍 연합군의 충돌이 있었던 6일 전쟁에 이어 1967년 이스라엘의 3차 중동 전쟁이 벌어졌으며 레바논 무장세력인 헤즈볼라가 일으킨 1982년 레바논 전쟁과 이란-이라크 10년 전쟁, 이라크의 쿠웨이트 침공 등 셀 수 없이 많은 전쟁이 일어나고 있다.

2001년 미국이 이란·이라크 등을 악의 축으로 규정하면서 중동과 서방 국가 간 갈등이 고조되었고 그것이 표면적으로 드러난 것이 9·11 테러와 제2차 걸프전이었다. 그 결과 미국이 이라크를 점령하고 반테러 체제를 구축함으로써 중동 사람들의 마음에는 서방 국가에 대한 반감이 더욱 커져 나가게 된 것이었다.

당시 아랍인들에겐 미국의 문화 제국주의를 거부하는 움직임이 일어났는데 그 일례가 코카콜라에 대한 반감을 조장했던 것이다. 코카콜라 생산에는 유대인 자본이 배후에 있다는 주장이 끊이지 않았으며 이슬람 국가들은 오래전부터 코카콜라 판매를 금지해오고 있었다.

그러나 코카콜라가 미국의 음료임에도 이미 무슬림이 가장 선호하는 청량음료임은 부정할 수 없었다. 중동에서 코카콜라 판매량은 전 세계 어느 지역보다도 그 비율이 크다. 그것은 중동의 뜨거운 기후를 생각하면 아주 쉽게 이해할 수 있는 것이다. 또 한편으로는 중동의 기후를 이용해 지난 수십 년간 시원한 청량음료로 무슬림들의 기호를 자극한 서방의 식문화 전략이 그 안에 깔려 있었다고 하겠다. 이미 무슬림들은 콜라 맛에 길들여져 있다.

2006년 레바논 전쟁과 한국군 파병

이 전쟁은 이스라엘과 레바논 무장 단체 헤즈볼라 사이에서 한 달 이상 치열하게 벌어진 교전으로 1,300여 명이 사망한 끔찍한 사건이었다. 이스라엘과 헤즈볼라는 잦은 국지전으로 서로 커다란 피해를 주었으며 이때 입은 물질적·정신적 피해가 오랫동안 지속되어 후유증으로 남아있다.

사실 이 전쟁은 이스라엘 건국부터 쌓여온 이스라엘과 아랍 국가들의 뿌리 깊은 갈등이 한순간에 터져 나온 것이라 볼 수 있다. 허나 언론을 통해 밝혀진 일반 시민들의 반응은 의외였다. 제법 평온한 기류를 유지하고 있는 가운데 인터뷰를 통해 "평화를 원하는 사람이 더욱 많은데 왜 자꾸 문제를 일으키는지 모르겠다."는 것이 주된 반응이었다고 한다. 헤즈볼라로 인해 레바논 전체가 긴장에 휩싸이는 것이 불만스럽고 그 자체가 싫다는 것이다. 또한 수십 년 동안 내전으로 생긴 갈등에 시달려온 레바논 사람들은 대부분 편안하게 살고 싶을 뿐이라며 전쟁이 짜증나고 싫다는 표현을 하며 투덜거리고 있다고 한다.

여기서 간과할 수 없는 사실이 있다. 무슬림 내부의 갈등 구조는 시아파와 수니파로 나누어져 있는 데서 출발하는데 아랍의 나라마다 집권하는 파가 다르기 때문에 갈등은 더욱 걷잡을 수 없이 치닫고 있다. 즉 외부의 적보다는 그들의 내부적 갈등을 봉합하지 않는다면 그들은 영원히 전쟁을 멈출 수 없는 운명이란 것이다. 결국 쉽게 고쳐질 수 없는 슬픈 반목이 이어지는 것으로 레바논의 일부 지역에서는 같은 뿌리의 시아파를 이슬람 정통 종파로 인정하지 않으려는 견해도 보인다.

또 알려진 바에 의하면 헤즈볼라의 경우 시아파의 종주국인

이란에서 지원을 받아 활동을 하고 있으며, 레바논 내 수니파들은 수니파의 종주국인 사우디아라비아의 영향을 받고 있다고 해 더욱 첨예하게 대립하는 모양새다.

레바논 전쟁은 2006년 8월 14일 유엔에서 개입하고 나서야 비로소 휴전이 발효되었으며, 9월 8일에 공식적으로 종전되었다. 이 유엔 결의안은 유엔 평화유지군의 파병을 규정하고 있어, 이 결의안에 따라 우리나라의 동명부대도 레바논 남부에 파병되어 우리나라 최장기 파병부대로서 활동 중에 있다.

탈냉전과 제1차 걸프전

냉전 체제가 점차 무너져 가던 20세기 후반부에 들어 중동에서 사담 후세인 대통령이 패권을 장악하기 위해 이란과 쿠웨이트와 전쟁을 치르고 그에 대해 미국이 주도하는 다국적군이 질서정리에 나서면서 오히려 중동에서는 서방 국가에 대한 반감이 더욱 심화되었다. 특히 미군이 이슬람의 성지인 사우디아라비아에 주둔하면서 알 카에다 등의 국제테러조직이 주된 목표로 미군을 삼아 테러를 감행하는 일이 지속되었다. 이 일이 전 세계적으로 알려지게 된 것이 바로 미국 뉴욕의 월드 트레이드 센터 폭파사건으로 이는 지구촌 곳곳에 생중계되었다. 이를 계기로 세계 최강국 미국은 자존심에 큰 상처를 얻었고 동시에 세계 곳곳에서 각종 테러사건이 자꾸 발생하게 되었다.

1991년 있었던 제1차 걸프전과 9·11 테러 이후 아프가니스탄, 이라크 전쟁은 이슬람 과격세력이 미국에 오히려 더 저항하게 되는 명분을 제공하게 되었다. 특히 사담 후세인 대통령 재임 시절 이라크에서는 소수의 시아파가 다수의 수니파를 억압하는 상황이 지속되다 보니 수니파는 꽤 크게 불만을 가지고 있었다. 이에 극단적인 수니파 세력이 알 카에다 테러조직에 가입하거나 현재 중동에서 큰 문제를 일으키고 있는 IS이슬람 국가에 가입해 전쟁에 가담하고 있는 것이다.

처음 겪은 라마단의 추억

라마단은 매 해마다 날짜가 다르다.2006년에는 라마단 금식기간이 9월 24일부터 한 달 동안이었다.

이슬람권에서 가장 성스러운 금식기간인 라마단은 일출에서 일몰까지 음식을 먹는 것과 물을 마시는 것, 담배를 피우는 것, 남녀 간의 성행위까지도 금한 채 오직 금욕적이고 종교적인 의무를 다하는 기간이다.

아랍민족의 선지자 마호메트가 그들 민족에게 절제와 금욕을 가르치면서 인간다운 생활을 하도록 명했고 1년에 한 번은 일정기간한 달을 정해놓고 금식할 것을 명한 것이 그들의 라마단단식기간이 되었다. 라마단의 첫날, 그날의 해가 떠오르기 시작하면 일체 음식을 삼갈 것을 명하고, 그 후 해가 서산에 넘어갈 일몰 때까지 아무것도 먹지 말고 금식할 것을 명한 것이다. 사실 그들의 선지자는 얼마나 현명했는가, 끝없이 펼쳐진 모래사막 위에서 강력한 중앙정부의 통치가 없었던 터에 그들의 선지자의 혜안은 얼마나 귀한 것인가? 걸프지역 대부분의 나라에서는 아직까지도 세금 같은 제도가 없고, 오히려 중앙정부에서 국민에게 돈을 나누어주고, 석유자원으로 주택을 지어 국민들에게 나누어주곤 한다.

이 라마단 시즌이 끝나면 금욕적인 생활을 무사히 마친 것을 신에게 감사드리며 서로를 축하하는 3~4일 간의 축제를 가진다.

라마단 기간은 이들에게 공식적인 휴일이 아니다. 정상적으로 자신의 일을 하기 위해 출근해야 하며, 누군가에게 화를 내서도 안 되는 신성한 기간으로 보통은 큰 문제 없이 지나가기는 하나, 금식이 이뤄지기에 모든 사람들이 어려워하고 고통을 이겨내야 하는 기간이다.

단식을 한다고 해서 자신의 일과 의무를 소홀히 하는 것은 이슬람 정신에 어긋난다는 가르침이 있기 때문에 무슬림들은 최선을 다해 금욕적인 생활을 이어간다. 종교적 의무와 일상생활의 일을 동시에 다 잘해야 한다는 목표를 꼭 달성해야 하고 또한 금식과 금욕을 실천해 나눔의 기쁨도 맛보는 기간이라 할 수 있다.

이것이 무슨 의미이냐 하면 무슬림은 자신의 수입의 1/40을 희사해야 한다는 것이다. 이 금액은 이슬람 사원인 모스크에 내야 하는 것이 아니라, 그저 누구에게나 본인보다 가난하고 어려운 이들에게 나눔을 베풀면 되는 것이다. 라마단 기간은 금욕의 고통과 함께 나눔의 기쁨을 함께할 수 있는 시기이다.

내가 이라크 대사관에서 근무하던 때, 라마단이 시작되고 나서 얼마 안 되어 본국에서 나온 귀한 인사들이 출장차 중동지역에 들른 적이 있었다.

우리도 나름대로 관례상 귀한 손님을 대접을 해야 하긴 했는데 어디서 대접을 해야 할지 고민에 휩싸였다. 중동 특유의 무슬림 풍습으로 인해 라마단 기간 중에 시민들이 식사를 하지 않아 일류 음식점들조차 문을 열지 않는 것이었다. 원래대로라면 티그리스 강가의 풍경이 아름다운 일류 레스토랑으로 가야 하는 것이 맞지만 시민들이 식사를 하지 않는데 식당을 열어둘 이유가 없는 것이다.

하지만 서울에서 온 손님들에게 '지금 중동이 라마단 기간이어서 식사를 할 수 없습니다. 함께 단식하시지요'라고 이야기할 수도 없는 형편이었고, 그런 이야기를 한들 무슨 소용이 있을까 해서 어쩔 수 없이 대사관 직원들과 함께 식당을 연 곳을 찾아나섰고 결국 몇몇 일류 호텔에서만 식당을 운영한다는 사실을 확인할 수 있었다.

그나마 그곳에서 조촐하게나마 대접을 마칠 수 있어서 난관을 넘을 수 있었다. 하마터면 본국에서 온 귀한 손님들에게 큰 실수를 저지를 뻔했으니 얼마나 다행한 일이었는지 모른다.

피의 축제 '이드 알 아드하'

라마단 같이 고통스러운 금욕의 시간을 보내야 하는 나날이 있다면 중동 사람들이 일 년 내내 오늘만 같았으면 좋겠다고 웃음 짓는 날도 있다.

중동은 매년 12월 20일부터 약 3일간 공식적인 연휴를 가진다. 이는 정부에서 발표하는 것으로 이 축제의 이름은 이드 알 아드하다. 희생제라는 뜻이며 이드 알 카비르라고도 불린다. 이 축제가 시작되는 오전에는 대부분의 이슬람 가정에서 양과 소 혹은 낙타를 잡아 신에게 제물로 바친다.

이 축제는 구약 성서에 아브라함이 하나님께 복종의 뜻으로 자신의 큰아들인 이스마일을 제물로 바치려 하자 하나님이 그의 신앙심에 감복해 새끼 양을 바쳐 예배를 하도록 한 것에 그 기원이 있다. 무슬림들은 이날 가축을 잡아 아브라함이 신에게 완전히 복종했음을 따르기 위해 노력한다. 가축을 바치는 의식을 시작으로 대부분의 이슬람 국가들은 일주일 정도의 축제와 휴가를 즐긴다. 보통은 주말과 샌드위치 데이 등을 합쳐 길게는 열흘 가량을 쉰다. 이슬람 최대 명절로 손꼽히는 이 기간에 도축한 가축의 고기 중 3분의 1은 가난한 사람에게, 또 3분의 1은 이웃과 친구들에게 나누어주고, 나머지 3분의 1은 가족과 친척들이 모여 같이 먹는다.

그래서 이날은 가난한 이들이 받을 권리가 있는 날이라고도 한다. 축제의 첫날에 가난한 집의 사람들은 가지고 있는 것 중 가장 큰 양동이나 봉투를 들고 새벽부터 도축을 하는 집 앞에 모여앉아 기다리곤 한다.

축제의 시작으로 가축을 잡기 때문에 이날 이슬람 국가에서 동시에 도축하는 가축의 수만 어림잡아 5,000만 마리 이상일 것으로 추정하고 있다. 이 많은 수요를 충족하기 위해서 염소와 양을 대량으로 수입하는데 주로 11월경부터 호주나 우루과이 등지에서 200만 마리 이상의 양을 수입하기 시작한다.

일부다처제와 중동만의 식문화

중동에서 흔히 볼 수도 있고 타국 사람이 봤을 때 가장 인상 깊은 것 중 하나로 꼽을 만한 것이 바로 일부다처제이다. 한 가정에 부인 여럿이서 함께 오순도순 사는 진풍경을 볼 수 있는 일부다처제는 그들의 문화이고 전통이다.

첫째 부인의 양해를 얻으면 그 집 주인남편은 그 다음 부인과 결혼할 수 있으며 최대 네 명의 부인을 거느릴 수 있다. 부인을 얻는 것은 실질적으로 남편의 경제력에 달린 것으로 이슬람법에 따라 모든 아내를 공평하게 대우해야 한다는 조건이 있기 때문에 부인들끼리는 다투지 않고 한집에서 꽤 행복하게 잘 살 수 있는 것이다.

중동은 역사적으로 전쟁이 잦았기 때문에 건장한 남성이 전쟁터로 나가 싸우다 많이 죽었고, 그로 인해 늘어나는 고아와 미망인을 구제하기 위해 복혼을 장려한 역사가 있다. 이슬람교의 창시자인 무함마드가 이를 가장 먼저 장려하였다고 하여 이슬람 국가는 대부분 전통을 따르고 있다.

하지만 재미있는 현상은 경제적으로 어려운 집안에서 딸을 부유한 집안의 기혼자에게 보내는 경우가 많다는 것이다. 이것은 아랍 여성들도 결혼 상대자의 경제력을 꽤 신경 쓴다는 것을 의미한다. 대개 여성들은 돈이 많은 남편을 선호하는데, 나이가 많은 것은 문제로 삼지 않지만 재력이 있는 남자를 배우자로 만나길 원한다고 한다.

이슬람 국가에서 일부다처제가 지속되고 있는 이유 중에 하나가 바로 낙타 젖을 마시는 문화가 있기 때문일 것이라 추측된다. 중동 사람들은 낙타 젖을 마시는 것이 남성의 정력을 강화해주는 것이라고 믿고 있다. 그래서인지 낙타 젖은 중동에서 가장 선호하고 애용하는 식품이다.

한 예로 뉴스를 통해 80세의 노인이 40여 살이나 적은 셋째 부인과의 사이에서 아들을 얻었다는 보도가 나온 적이 있다. 인터뷰에서 노인은 본인이 매일 신선한 낙타 젖을 마시고 있는 것이 비결이라고 밝혔으며 하루도 거르지 않고 부인과 한두 시간씩 사랑을 나누고 있다고 말했다.

이런 이유로 낙타 젖을 마시는 사람들이 늘어나고 있는데, 통계에 따르면 현재 중동 국가에서만 낙타 젖의 고객이 2억 명 이상이 될 것으로 추산된다. 또한 전 세계적으로 낙타 젖 시장 규모는 100억 달러 규모에 이를 것이라 예측된다. 낙타 젖을 생산

할 때 품질, 위생적인 것이나 여타 다른 기준에 우수한 수준을 가지고 있다면 서방 국가, 미국 내 백화점에서 판매를 검토할 수도 있다고 한다.

낙타는 사막 환경에 잘 적응할 수 있는 동물이어서 중동 유목민에게는 없어서는 안 될 매우 중요한 존재다. 500킬로그램의 짐을 싣고도 쉬지 않고 400킬로미터를 갈 수 있는 동물인 데다가 긴 사막여행 중 물 없이도 오래 생존할 수 있으며 사람에게는 낙타 젖을 제공해 갈증과 허기를 달랠 수도 있다. 그래서 사막에서는 필수적인 존재이자 부의 상징이기도 하다.

중동에서만 볼 수 있는 특별한 식문화를 하나 더 소개하자면 이라크에서 최고의 요리로 손꼽히는 마즈쿠프를 빼놓을 수 없다. 잉어를 구워 만드는 이 요리를 먹어본 사람은 "정말 그 요리를 생각만 해도 행복하다."면서 미소 짓는다.

중동의 여름은 6월에서 10월까지라고 보는데 우리나라의 여름과는 비교할 수 없을 정도로 살인적인 더위가 이어진다. 바그다드에서 대낮에 기온은 섭씨 50도 이상을 기록하며 심할 때는 아스팔트가 녹아내려 신발바닥에 끈적거리게 달라붙기도 한다.

이런 더위를 이기기 위해 이라크 사람들은 마즈쿠프를 즐겨 먹는다. 우리나라 사람들이 복날에 보신탕이나 삼계탕을 찾는 것과 같은 모양이다.

티그리스 강 서편에 위치해 있는 '아부 누와스' 거리가 바로 바그다드 최고의 음식문화거리다. 이곳에 가야 이라크의 대표

음식인 마즈쿠프를 제대로 맛볼 수 있다. 수천 년 전 메소포타미아 문명을 이룩한 티그리스-유프라테스 강 유역의 정착민들로부터 유래된 전통의 음식이기 때문이다.

마즈쿠프는 잉어를 재료로 사용하는데 잉어는 우리나라에선 대체로 임산부 혹은 산후조리를 하는 여성에게 약으로도 쓰이곤 하지만 이라크에서는 남성들에게 보편화된 음식이다. 잉어 속 풍부한 아미노산과 비타민으로 몸보신을 할 수 있으며 낙타젖과 함께 남성의 힘을 유지시켜주는 보양식으로 인기가 높다. 재미나게도 이곳에서 사위를 보게 되면 특별 보양식을 마련하는 것이 바로 마즈쿠프다. 우리나라도 사위에게 씨암탉을 삶아주는 풍습이 있는데 이렇게 멀리 떨어진 나라에 비슷한 문화가 있다니 신기할 따름이다.

무더운 여름에는 이라크의 남녀노소 가릴 것이 없이 이 마즈쿠프 요리를 찾는다. 주변 중동국가를 둘러보아도 오직 이라크에서만 마즈쿠프를 먹을 수 있다는 것도 희소가치가 있다.

마즈쿠프를 만들기 위해서는 구이와 훈제의 중간 정도의 조리기술이 필요하다. 3시간 이상 장작불의 열기와 연기가 적절히 조화된 상태에서 천천히 잉어를 구워야 완벽한 마즈쿠프가 만들어진다. 절대 불 위에 올려놓고 직접 굽는 요리가 아니다. 불 주위에 나뭇가지를 이용해 배를 가른 잉어를 꽂아 세워 잉어에서 기름이 나오게 한다. 이 기름이 떨어지지 않을 때까지 3시간 정도 은은하게 구워내는 것이다.

이슬람과 서방 사이의 한국

미국이 아프가니스탄과 이라크와 전쟁을 하고 각 지역을 점령한 기점으로 중동을 포함한 국제 사회 내 테러가 급증했다. 현대에 일어나는 테러는 종교, 지역적 이념 등이 담긴 테러와의 전쟁 구조에서 발생하는 테러들이 대부분으로 갈수록 테러를 사전에 방지하기 어려워지고 있다.

특히 이념을 지탱하는 정치·경제·사회·문화적 뿌리가 현 국제정세에 깊게 박혀 있기 때문에 세계 어디에서든 테러에 대한 대비가 반드시 필요하다.

우리나라는 비교적 테러안전지대에 속한다고 안심하고 있지만, 이러한 속단은 금물이다. 미국이 과연 뉴욕 무역 트레이드 센터 건물이 테러로 인해 붕괴될 것이라고 상상이나 했겠는가?

테러세력의 잠입을 확실히 방지하기 위해 최대한 노력을 기울이는 한편, 이슬람 국가와 서방 국가 간의 갈등 구조에 휘말리지 않도록 외교 활동을 적극적으로 펼쳐야 할 것이다. 그러나 동맹 관계와 UN의 입장에 따라 중동 지역에 파병을 보낸 우리의 정치적 현실이 우려스럽다. 특히 우리 국민이 해외활동을 할 때에는 더욱 주의를 요해야만 한다. 이런 점에서 우리나라 몇몇 교회의 주도로 중동 국가에서 펼치고 있는 선교활동은 그들 스스로 반성하거나 재점검할 부분이 있다.

이슬람 사람들은 우리나라 선교 활동을 보고 한국 사람들이 자신들의 종교, 즉 믿음을 바꾸기 위해 이곳에 왔다고 생각하고 있다. 그들은 이슬람 종교와 자신들의 믿음을 위해 목숨을 바칠 수도 있는 이들이며, 한국인들을 납치하는 것도 바로 그 이유 때문이라고 공개적으로 말하곤 한다.

이슬람 사람들은 한국인 기독교 선교사들의 활동에 깊은 적개심을 가지고 있다. 이슬람 과격 세력뿐만 아니라 일반 시민들까지도 기독교와 이슬람교의 충돌로 보는 시각을 가지고 있으며 이는 최근의 서방 국가와 중동의 갈등에서 생기는 양상과 궤를 같이한다. 그도 그럴 것이, 이슬람 국가는 서방 국가로부터 식민 통치를 경험했고, 그 과정 속에서 제국주의에 기반을 둔 기독교 선교사들이 대 중동 선교에 열을 올렸기 때문이다. 반면 이슬람 지식인들은 기회가 있을 때마다 중동에 기독교 문명이 침투하는 것을 경고하고 있는 것이다. 이런 갈등이 19세기부터 이어 왔으니 벌써 몇 백 년에 달할 정도로 서방국가와 직접적인 갈등을 빚어오고 그것을 외부에 노출시켜 온 것이다.

우리나라는 같은 아시아 대륙에 속해 있으면서도 종교적인 차이로 인해 중립적이지 못하고 중동에 군인들을 파병하는 등 직간접적으로 서방 국가에 균형추를 기울여 동참하고 있는 것이다. 비록 우리가 약소국이어서 할 수 없이 미국 주도의 테러와의 전쟁에 개입하고 있는 상황이지만 우리나라는 이 갈등 구조 속에서 많은 피해를 입을 수도 있다. 고래싸움에 새우 등 터진다, 집토끼도 잃고 산토끼도 잃는다는 말처럼 국제정치의 역학관계를 잘 읽고 그에 맞춰 지극히 조심하고 신중해야 한다.

자발적으로 서방 국가와 중동 국가의 대결 구조에 빠져들었다 간 중동 국가로부터 석유 공급을 중단당하거나, 테러의 희생양이 될 수도, 아니면 서방국가로부터 정치·경제·군사적으로 더욱 심한 압박을 받게 되어 서방국가들의 꼭두각시 노릇이 될 수 있다.

우리나라는 아주 빨리 경제적 성장을 이룩하였으며 아직도 성장 잠재력이 상당하다. 2012년 6월 우리나라가 세계에서 7번째로 '20-50' 클럽에 가입한 전후 사정을 보면 알 수 있다.

'20-50'클럽에 가입했다는 것은 1인당 국민소득 2만 달러와 인구 5천만 명 이상인 나라를 일컫는 것인데 우리나라가 세계에서 7번째 순위의 나라가 되었다는 것이다. 또한 당분간 새로운 회원국이 나오기 어려울 전망이라고도 한다.

우리나라가 '20-50' 클럽에 가입함으로서 우리는 선진국의 대열에 진입했다는 신호를 받은 것이며 더 이상 약소국가가 아니라는 것을 뜻한다.

어떤 경제학자는 우리의 경제가 대형 군함으로 성장한 것이라고 평가했다. 우리나라가 이러한 쾌거를 이룬 힘은 위기에 굴하지 않는 국민의 도전 정신과 근면성, 기업의 끊임없는 노력 때문이라고 할 수 있다.

우리나라는 2011년 말 무역 1조 달러를 달성하며 세계 수출량 국가 7위의 자리에 올랐다. 선진국을 상징하는 '20-50' 클럽 가입과 더불어 세계 속의 선진국의 위상을 유지하기 위해 여러 방면에 노력이 더 필요할 것이다.

즉 대기업 중심의 경제구조와 점차 심각해지는 양극화 문제가 해결되어야 하고, 또 시민의식도 한 단계 높아져야 한다고 본다.

끝없는 사막을 가로지르는 '평화의 카라반'

중동, 황량하기 그지없는 사막이 넓게 펼쳐져 어디로 가든 죽음이 기다리는 곳, 그러나 땅 밑에는 엄청난 재화를 가져올 수 있는 검은 황금 석유가 콸콸 쏟아져 나오는 곳이다.

미국처럼 땅이 넓지만 사람이 살 수 있는 쾌적한 환경에 도로가 잘 되어 있다면 동서남북 어디든 자동차를 통해 갈 수 있지만, 중동 사막은 예나 지금이나 어디로든 갈 수 있는 이들은 낙타를 타고 이동하는 카라반뿐이다.

지독한 환경을 이겨내고 어디든 향하는 이들의 모습처럼 아랍인들은 기본적으로 투쟁심을 가진 민족이다. 항상 평화 속에 있기보다는 갑작스레 불어 닥치는 중동의 모래바람처럼 다투고 싸워서 쟁취하는 법을 먼저 내세운다.

그들에게는 소중한 보물인 오아시스는 생명의 유지를 위해 지켜야만 했고 그를 빼앗기 위해 오래전부터 치열한 부족 간 전쟁을 치러온 이들이다. 그런 심리를 지니고 있는 팔레스타인 사람들에게 이스라엘은 적군이 차지한, 다시 찾아야 할 땅인 것이다. 이와 반대로 팔레스타인은 지구상에서 영원히 없어져야 할 민족이라고 이스라엘 사람들 중 대다수가 그렇게 생각하고 있다.

　이들의 기저 심리 속에서 발생한 끝도 없는 갈등이 점점 깊어지자 이스라엘과 팔레스타인의 분쟁을 평화롭게 해결해야 한다는 사람들이 요새 점차 늘어났다. 그렇게 하여 얼음과 같은 중동의 긴장 상황을 깨트리기 위해 '브레이킹 디 아이스'가 모이게 되었다.

　이들은 '사막 폭풍 속으로'라는 기치를 들고 '사막평화 카라반'을 구성해 무기 대신 올리브 가지를 든 채 사막을 누비는 계획을 추진하였다. 이스라엘에서 리비아까지 행군하며 긴장과 반감의 얼음을 깨자는 일종의 제스처였다.

　- Breaking the ice is going on. we will break all the walls
　- 우리는 모든 장벽을 부술 것이다.

　어떤 자료에 의하면 이 사막평화 카라반은 대원 10명과 스태프 14명으로 구성되었으며, 이스라엘에서 리비아까지 약 5,500킬로미터에 달하는 사막을 횡단했다고 한다. 그들은 20여 일 동안 텐트에서 지내며 거대한 모래폭풍의 위협이나 길을 잃었을 때 생기는 공포 등을 이겨낸 것이다.

　그들이 극한지대 모험에 나선 까닭은 이슬람의 창시자 무함마드를 조롱하는 만평을 그리는 서양인들과 이에 맞서 서양대사관을 불태우는 중동인들 간의 화합을 위해서는 자신의 목숨을 버릴 수 있다는 그들의 의지를 표현한 것이다. 아직도 진행 중인 중동 지역 내 전쟁과 서구 사회 내 테러를 극복하고 공존하는 모습을 제시하고자 했다.

죽음의 모래 광야, 사하라 사막, 바하리야의 백사막과 흑사막을 지나고, 모세가 하나님으로부터 십계명을 받은 시내산에 올라 모세의 고행을 체험하기도 한 그들은 결국 이스라엘과 이집트, 리비아 세 나라 간의 보이지 않는 장벽에 가로막혔다.

그러나 그들은 인종과 문화, 종교의 차이로 인한 증오와 미움을 극복하는 새로운 평화모델을 제시했다. 앞으로도 동토의 얼음을 깨고 장벽을 부수는 작업을 계속할 것이란 그들의 각오는 세상에서 가장 아름다운 실패로 그려질 사막평화 카라반에 고스란히 남아 길이 전해질 것이다.

이들이 보여준 의지가 아랍 전역에 퍼져 나간다면 분명히 중동의 평화는 머지않아 찾아오리라 확신한다.

휴스턴에서
발 넓은 외교관의 힘 발휘

본부에서 중동과장직을 3년째 수행할 무렵인 1985년, 이상옥 외무부장관님이 직접 나를 호출했다.

"권 과장, 본부에서 잠깐 있던 것 같더니 벌써 몇 년 눌러 앉은 것 같네. 해외로 다시 파견을 나가야 할 것 같은데 혹시 어디 가고 싶은 곳이 있는가? 그간 고생을 했으니 내가 특별히 신경 써주겠네."

"감사합니다. 장관님. 가능하다면 저는 미국에 또 가고 싶습니다."

"그런가? 권 과장이 미국에서 유학도 해봤고, 직장생활도 했었지? 알겠네."

이상옥 장관님의 배려 덕택에 나는 얼마 후 미국 휴스턴 총영사관으로 발령을 받아 다시 해외 파견의 길을 떠났다.

기나긴 인생 굴곡을 돌고 돌아 나의 옛 고향이나 다름없는 미국 땅으로 다시 오니 감회가 새로울 뿐 아니라 금의환향의 기분까지 들었다.

　미국에 유학하며 20대의 젊은 시절을 보냈던 그곳, 젊었을 때 간직한 온갖 추억과 미국 선진 대학교에서 학문이 어려워서 도서관에서 커피를 마시며 밤늦게까지 시름하며 고민하던 그 추억들이 주마등 같이 스쳐지나갔다.

　그때야 워낙 공부에만 치여 살던 때라 이런저런 미국 내 문화를 잘 이해하지 못하고 눈에 넣어도 잘 알지 못할 만큼 식견이 부족했었으나 나이를 먹고 중동이란 열악한 지역까지 다녀오고 나니 그제야 미국의 위대함을 다시금 느끼게 되었다.

　일단 미국의 부잣집들이 산속에 있다는 것을 알았다. 부잣집 저택으로 들어가는 길 자체가 예술적이고 화려했으며 그 당시 내가 있던 텍사스 남부의 달라스 지역과 휴스턴 지역은 기후가 온화하고 따스하기 그지없었다.

　미국은 건국되고 달랑 몇 백 년밖에 되지 않는 역사임에도 사람이 수천 년간 살아온 중동과는 완전히 한 등급 이상 차이가 난다는 것을 실감할 수 있었다. 옛날 생각을 다시 돌이켜 보면 내가 미국에 살며 첫 직장으로 미국 하트포트 종합보험회사를 다니게 되면서 살아본 뉴욕도 같은 미국이면서도 이곳과는 많이 다른 점이 있었다. 뉴욕에서의 첫 느낌은 날씨가 너무 추우면서도 인간이 살아가면서 필요한 모든 편의를 제공할 수 있는 종합백화점 같은 곳이었다고 느낀 것이 정확할 것이다.

　미국 생활을 돌이켜보면 한국으로 돌아가게 된 사건의 연속들이 아직도 아득하다. 뉴욕에서 살게 된 지 어언 1년째쯤 한국 법무부에서 걸려온 전화를 받지 않았다면 어떻게 되었을까. 그때 전화를 주신 분은 권오병 법무부장관님이었고 장관님께서는 "공부가 끝났으면 이제는 고국에 돌아와서 취직은 고국에서 해야 조국을 위하는 일이 아닌가?"라며 간곡한 목소리로 내게 당부를 했었다. 아직도 그 말이 내 귓속에 생생히 살아있다. 그렇게 나의 삶은 변화했고, 외교관으로서의 삶도 살 수 있게 된 것이다.

　두 번째 미국 생활을 이어가게 된 휴스턴 지역은 우리 가족들이 가장 좋아했던 곳이었다. 근무환경이 좋았을 뿐만 아니라, 지구상 최선진국답게 복지문화 및 생활시설, 특히 자동차와 음식에 관련해서는 최상위급 문화를 자랑하기 때문이었다.

　미국이란 나라는 한 번 살아보기만 하면 누구나 계속 살아보고 싶은 문화대국이다. 성능 좋은 자동차도 즐비하며 핸들을 잡고 조금만 나가도 쭉 뻗은 고속도로가 펼쳐지고 그 위를 속도감을 즐기며 달리면 막힌 가슴이 뻥 뚫리는 듯 쾌감을 주는 매력 1호라 할 수 있었다.

　그리고 음식문화는 최저의 비용으로 최고의 미각을 돋워주는 지상낙원을 만날 수 있기 때문에 너무나 좋았다. 단돈 10달러만

내면 아주 좋은 뷔페 음식 13~15가지는 원 없이 즐길 수 있기 때문에 미국을 처음 겪는 사람이라면 누구나 그곳에 반하게 될 수밖에 없다.

참고로 외교관이 처음으로 새 임지에 부임하면 그곳의 주재 외교단에 처음 부임인사를 한다. 내가 미국 휴스톤 총영사관에 부임하고 나서 지역 외교단에서 베푼 오찬회에 참석해 인사를 했을 때의 내용을 적어 둔 것이 있어 여기에 담아본다.

Honorable Dean of the Consular Corps, distinguished ladies and gentleman.

I am glad to make a few words. A few words are more than one word. I thank you very much for your welcoming me to this great party today, and I also really appreciate this opportunity to get together with meat respectful senior diplomats as well as the best friends of the Consular Corps in Huston.

I came to Huston a week ago and my first impression of Huston is marvelous.

I believe this gathering elequently symbolizes the most amicable spirit of friendship and cooperation as well as the unshakable mutual confidence that have long been characteristic of the Consular Corps in Huston.

Finally, I want to say one thing more. As a host country of the Seoul Olympic of 1988, we shall welcome all of you distinguished ladies and gentleman spectators from all over the world. Over the centuries, we Koreans have developed a tough, resourceful spirit that glories in meeting challenges and is inspired by difficulties.

We will be moving forward together, with our colleagues from all over the world, in full confidence of a glorious adventure ahead.

Thank you very much for your attention.

Alley coom salam.

미국 텍사스 휴스턴 총영사관 시절
미국교포이자 한민회 회장의 농장에서 함께 망중한

한국 815 국경일 리셉션 파티장에서 손님을 영접

　중동에서 힘든 과정을 겪었던 나로선 이곳이 정말 몸과 정신을 회복하는 최상의 조건을 가진 곳이었다. 더불어 휴스턴 공관에서 근무하고 있는 동안 가장 신나고 기뻤던 일 하나를 이야기해보고자 한다.

　달라스 지역 한인회장을 맡고 계셨던 김성일가명 씨와의 인연으로 시작된 일이었다. 그 당시 김성일 씨는 매주 주말 아침이 되면 우리 집에 차를 몰고 와 나를 픽업해서 인근에 멋진 골프장으로 함께 가는 등 나를 굉장히 극진하게 대우하던 사람이었다. 그분은 외모에서 풍기는 호감과 언변을 통해 항상 상대방의 마음을 기쁘게 만들 줄 아는 사람이었다. 나뿐만 아니라 누구를 만나더라도 아주 기분 좋은 대화 상대가 될 수 있었다.

　그는 나와 비슷한 연배로, 교포 사회 내에서 매우 성공한 기업인이자 교포들을 잘 챙기는 한인회장으로 아주 존경받은 분이었다. 나와 알게 된 지 몇 개월이 흐르는 동안 골프를 자주 치면서 즐거운 추억을 많이 만들었고, 어느 날은 아주 운이 좋게도 홀인원의 행운을 거머쥐기도 했다.

그러던 어느 날이었다. 그날도 평상시처럼 즐겁게 골프를 치는 와중 코스 전반전을 마무리하고 점심을 먹고 난 뒤 이분이 심상치 않은 표정으로 갑자기 나에게 꼭 하고 싶은 이야기가 있다는 것이었다.

"성일 씨, 무슨 일이에요?"

"영사님, 제가 요즘 어려운 일이 있어 그러는데, 어디에다 하소연할 데도 없고 해서 영사님께만 말씀드리는 겁니다. 다름이 아니라, 제가 미국에 온 뒤로 한눈팔지 않고 열심히 기업을 일궈 어느 정도 재산을 만들었었는데, 몇 년 전에 부동산에 눈이 뜨여 달라스 지역에 땅을 샀습니다."

"그래서요?"

"제 재산만 다 털어 넣었으면 차라리 운이 없었다 하겠지만, 제가 잘못한 것이 그 욕심 때문에 수십만 평짜리 땅을 사느라 은행 돈까지 빌렸습니다. 그런데 지금 몇 년째 땅값이 오르지는 않고 오히려 땅값이 자꾸 떨어지고만 있습니다."

"걱정이 많으시겠습니다."

"제가 어딜 가서 내색은 안 하지만 금융업 사람들이 냄새를 잘 맡지 않습니까. 요즘 따라 은행도 땅값이 계속 떨어지고 심상치 않은 분위기를 느꼈는지 대부금을 상환해달라고 연락이 계속 옵니다. 제 인생에 이런 적이 없었는데 도무지 방법이 없습니다. 어떨 때는 정말 죽어버리고만 싶습니다."

"저런, 아무리 그래도 그렇지. 너무 상심 말아요. 어떻게든 방법이 있을 테지."

"그래서 영사님, 혹시 제가 이 상황을 어떻게 이겨낼 방법이 없겠습니까? 제 어려운 처지를 좀 같이 생각해주셨으면 더할 나위가 없겠습니다."

나로서는 정말 갈등되는 상황이었다. 무작정 나는 모르는 일이라면서 내칠 수도 없는 노릇이고, 내가 대재벌도 아닌 이상 돈과 관련된 일을 직접적으로 도와줄 수도 없는 일이었다. 당장에 뾰족한 수가 떠오르지 않았지만 김성일 씨를 너무 실망시킬 수도 없었기에 대답을 유보하고는 한번 생각해보며 방법을 고민해보자고 하고 헤어졌다.

다음 날부터 김성일 씨는 아예 내 사무실까지 찾아오게 되었고 그날부터 함께 고민해보기 시작했다. 그때 마침 내 머릿속을 스쳐지나가는 한 사람이 생각났다. 내가 일본에서 근무하던 당시 알게 된 일본의 부동산 재벌 기모토 가즈마木本一馬 사장이란 사람이었다.

기모토 사장은 나와 자주 만나고 교분을 깊게 가지던 사람으로 일본의 명승지를 함께 다니며 구경을 시켜주던 너무나 친절했던 사람이었다. 내가 휴스턴으로 부임하기 위해 일본에서 미국으로 가는 비행기로 환승하던 잠깐의 시간을 위해서 바쁜 와중에도 직접 나리타공항까지 나와 친절하게 환송해 주었던 사람이었다.

당시 기모토 사장의 주변에서의 얘기로는 일본에 사는 재일교포 중에서는 부동산 사업을 가장 크게 하며 성공한 기업인이었다. 그가 알고 지내는 일본 정치인에게는 꾸준히 정치 자금을 내며 지원을 해주는 사람이었다. 일본 근무 당시 내 개인적으로 일본에 사는 한국 교포 중 가장 성공한 사람이라고 생각해서 기모토 사장을 우리나라에 정부 표창 해외 기업인으로 추천서를 올리기도 했다.

그 정도 인품을 지니고 재력도 대단한 사람이면서 단순히 지원이나 기부가 아닌 어느 정도 거래가 성사될 수도 있다는 계산하에 기모토 사장을 추천해주면 고민을 풀 수 있지 않을까 하는 마음으로 김성일 씨에게 기모토 사장을 언급했다.

그랬더니 김성일 씨는 기모토 사장을 꼭 만나게 해달라고 나에게 매달렸다. 그래서 며칠 후 나는 일본 오사카에 사는 기모토 사장에게 직접 전화를 걸었다. 여전히 친절한 목소리로 반겨주는 기모토 사장에게 나는 김성일 씨의 딱한 사정을 이야기했고, 잠깐이라도 좋으니 만나봐 달라는 부탁을 건넸다. 그렇게 전화 부탁을 한 뒤 나는 김성일 씨를 일본 오사카로 보냈다.

며칠 후 일본에 간 김성일 씨에게서 전화가 왔는데 집에 가서도 면회가 어렵고 그 인근 호텔에서 대기하고 있다는 소식이었다. 그래서 나는 이왕 일본까지 갔으니 가능한한 만나보고 오시라는 격려를 했다. 그러나 며칠 후 또 전화가 오기를 아직도 대기 중이며 만나보기가 어렵다는 이야기를 들었다. 그래서 그냥 미국으로 철수하기를 권했다. 그 후 일주일을 더 기다린 김성일 씨는 결국 가능성이 없다면서 그냥 빈손으로 되돌아오고 말았다.

아쉽게도 일본에서 기모토 사장과의 만남이 불발되어 이대로 포기해야 하는 안타까움이 생겨났다. 며칠 동안 김성일 씨와 숙의한 결과 결국 기모토 사장만이 김성일 씨에게 해답을 줄 수 있을 것이란 결론을 가지고 그를 미국으로 초청하기로 결심했다.

나는 기모토 사장에게 연락해 부디 미국에 한번 와줄 것을 정중하게 요청했다. 이때부터 새로운 역사가 시작된 셈이었다. 다행히도 며칠 뒤 기모토 사장은 휴스턴 우리 공관 앞에 있는 오성급 호텔에 체크인 했다. 그날부터 나와 김성일 씨는 기모토 사장 앞에 지도를 펼쳐 놓고 지도에 표시된 김성일 씨의 땅의 소재지와 특징, 장점에 대해 열변을 토하며 설명했다. 또한 실질적인 상태를 확인하기 위해 비행기로 공중에서 땅을 관찰했다. 기모토 사장은 그동안의 경험과 연륜이 있어 굉장히 과묵하면서도 감정을 드러내지 않고 현장을 관찰했다. 그리고 나서는 짧게 "아주 인상적이었습니다."라는 한마디만 남겼다.

호텔로 돌아와 아주 비싼 만찬을 대접받고 난 후 기모토 사장은 다시 연락드리겠다는 말을 하며 일본으로 돌아갔다.

그 후 한 달여가 조금 지났을까? 기모토 사장으로부터 연락이 왔다.

"권 영사님, 저번 일은 나뿐만 아니라 여러 사람과 의논을 조금 해봐야 할 일이라서 회의를 여러 차례 가졌는데, 자체적으로 구매에 긍정적인 평가를 내렸습니다. 좋은 결론이 나왔으니 준비가 되는 대로 송금을 하도록 하겠습니다."

아주 반갑고도 좋은 소식이었다. 돌이켜보면 그때 시대적으로 일본의 부자들이 미국의 광활한 땅에 큰 매력을 가지고 미국의 노른자위 땅을 조금씩 매입하기 시작한 시절이었기에 어쩌면 투자 용의가 있었던 것 같다.

김성일 씨가 매각하려던 부동산의 가격은 대략 1,000만 달러

한국인 교포 중 가장 가까웠던 기모토 가즈마 (왼쪽에서 두번째) 사장 일행과 함께

억만장자로 알려진 기모토 가즈마 사장(가장 오른쪽)

로 책정되었다. 한화로 1,20억 원에 달하는 거금으로 일반인의 감각으로는 체감조차 안 될 만큼 어마어마한 액수였다. 기모토 사장은 나에게 전화를 건 이후 일주일쯤 지나서 드디어 1,000만 달러의 거액을 김성일 사장의 계좌로 송금했다.

한국에선 일류 엘리트로 손꼽히는 사람이 미국으로 어떤 경유든 와서 여러 경험을 통해 성공적인 삶을 사는 사람은 제법 많을 것이다. 그중에서도 일시적인 착오나 과욕으로 전 재산을 투자하는 모험을 시도해 패가망신하는 교포도 한둘이 아닐 것이다.

흥망성쇠의 부침 속에 우리 교포들이 미국 대륙에 와 뿌리를 내리고 살기까지 수많은 애환이 있었을 테지만 김성일 씨의 경우 참으로 특별한 경우라 할 것이다. 재미교포가 재일교포를 통해 기사회생하는 경우가 흔하겠는가? 기모토 사장을 만나기 전까지의 김성일 씨는 우리 교포의 모범적인 인생이면서 순식간에 무너질 수 있는 사례로 볼 수 있겠다.

최근에 김성일 씨는 한국에 집을 한 채 사서 가족과 함께 한국에서 한 달, 미국에 소유하고 있는 최신 저택에서 한 달을 번갈아가며 살며 인생을 즐기고 있다고 들었다. 짧은 인생임에도 굴곡이 많은 것이 사람의 삶이라는 생각이 들었다. 세월이 많이 흐른 지금에도 그 당시 김성일 씨와 내가 한 일들을 생각하면 기적 같은 세월이었음을 실감하게 된다.

하나의 큰 산을 넘는 듯 일을 치르고 나서 한숨 돌리는 시기를 가지려던 나는 얼마 안 있어 다시 중동의 이라크 공사로 차출되었다.

외무부 직원들 사이에서는 냉탕과 온탕이라고 하는 표현이 있다. 냉탕, 즉 중동, 아프리카 등 후진국이나 전쟁지역에 가서 온몸이 꽁꽁 얼어붙듯 긴장감에 휩싸여 살다가 온탕, 즉 상대적으로 선진화된 유럽, 일본, 미국 등지에서 편안하게 근무하는 것을 번갈아 한다는 뜻이다. 해외 파견 시 형평성을 맞추기 위해 정책적으로 그렇게 운영하는 것도 있지만 사실 냉탕 시기에 외무부 직원들은 많은 위기 속에 노출된다. 언젠가 한 직원의 경우 아프리카로 파견을 나갔다가 풍토병에 걸려 사망하기도 했다.

나 역시 미국에서 편안한 삶을 누리다가 중동, 그것도 한창 전쟁이 나서 위험한 곳으로 떠나게 된 것이었다.

전쟁터가 된
중동지역

1987년 중동은 전쟁으로 시달리고 있던 시기로 1980년부터 이라크와 이란이 '샤틀 알 아랍' 강의 영유권 분쟁으로 전면전을 펼치던 중이었다.

아무튼 나로서는 미국에서 2년 반쯤 근무한 시기였기에 어디로든 파견을 나가야 했었다. 시기가 시기인 만큼 가족을 포함해 주변에서도 몹시 신경을 쓰는 눈치였다. 어디로 떠날지 모르지만 한창 뉴스에서는 중동 지역 전쟁으로 연일 보도되는 와중에 언젠가 연락이 와서 저런 지역으로 가라고 해도 나는 나의 외교관으로서의 신념으로 떠날 각오가 되어 있었다.

그해 가을 어느 날, 퇴근할 무렵이 되어 외무부 본부로부터 전화가 왔다. 나의 다음 순환보직을 미리 공지해주는 본부 총무과장의 목소리가 들려왔다.

"권 영사님, 장관님 지시사항으로 내년부터 이라크 공관에서 근무하시게 되었습니다. 부디 몸조심하시기 바랍니다."

본부에 있다가 미국에서 근무를 이어갔으니 아마도 냉탕, 즉 중동이나 아프리카 후진국 쪽으로 발령이 나겠거니 생각은 당연히 하고 있었지만 전쟁의 중심부로 가야 한다 생각하니 걱정이 앞섰다. 짧은 시간에 정확한 판단을 할 수가 없어 머뭇거릴 수밖에 없었다. 만약 독자 여러분이 외교관으로서 나와 똑같은 입장에 처한다면 과연 어떻게 할 것인지 궁금하다.

그러나 시간을 가지고 생각을 하며 나 스스로 납득을 하고 나서야 비로소 마음을 가라앉힐 수 있었다. 가족을 포함해 주변 지인들, 교포 사회에 내가 이곳을 떠나 전쟁지역인 중동으로 발령이 났음을 알리자 곧장 전화 연락이 쇄도했다.

또한 친구들, 한국 교포들, 상공인들, 골프 동호회 등 너 나 할 것 없이 모여 연일 송별회를 가졌다. 사실 송별회라기보다는 성토대회에 가까웠다.

그 이유는 이 살기 좋은 미국에서 있다가 한창 전쟁이 벌어지고 있는 이라크로 굳이 갈 필요가 없다는 것이었다. 주변 지인 대부분 나에게 '권 영사는 미국에서 대학교도 졸업했으니 영어도 잘하고, 미국 사회에 적응도 잘해 미국 시민으로도 손색이 없으니 눌러앉아 좋은 직장을 얻어 미국에 정착하는 것이 좋지 않겠느냐'라고 하는 것이었다. 전쟁터로 가서는 고생하다가 죽을 수도 있으니 안 된다며 이곳에서 여생을 보내는 것이 더욱 현명할 것이라는 권고와 함께 절대 전쟁터로 떠나서는 안 된다는 만류를 하고 나섰다.

허나 그때 나는 외교관으로서 명분도 없이 임지에서 사표를 내고 눌러앉아 편안히 여생을 보내리란 생각은 추호도 하지 않았다. 아마 그럴 마음가짐이었다면 당초에 미국에서 회사생활을 접고 한국에 돌아오지도 않았을 것이며, 처음 중동으로 떠나라는 말을 들은 네덜란드에서부터 나의 외교관 커리어는 끝났을 것이란 것이 나의 생각이었다.

그렇게 나는 주변의 권고는 사양한 채 부지런히 준비를 해 임지인 전쟁터로 홀로 떠났다. 그때 그 결정이 세월이 지난 지금에 와서 생각해봐도 너무나도 옳았던 판단으로 생각하고 있다. 내가 이라크 한국공관에 부임할 당시 공관장은 최봉름 대사님이셨다. 인상도 굉장히 후덕하시고 외교에도 능수능란하신 엘리트 외교관이셨다. 본부에서 있을 때에도 국제기구 분야에서 일할 때 상관으로 모셨던 인연이 깊은 분이셨다.

허철부 교수님과 직원들과 함께 기념사진

최봉름 대사님 부부와 허철부 교수님 일행

본국에서 온 손님. 당시 한국외국어대학교 친구
허철부 교수(가운데)와 권찬 공사(오른쪽)

    이라크 공관에 부임하자마자 나는 이라크 시민들의 피난 행렬에 끼어 남쪽으로 향해야 했다. 이렇게 단시간에 부임하자마자 전쟁을 피해 피난길에 오른 외교관은 나밖에 없을 것이란 생각이 들었다.

    나는 6·25전쟁 당시 13세의 어린 나이에다가 비교적 후방 지역에 속하는 경주 출생이었기 때문에 전쟁을 직접 겪은 적이 없었다. 또한 베트남 파병 당시에는 30대에 이르렀기 때문에 오히려 나이가 많아 참전할 수 없었다. 그래서 내 인생에는 전쟁이 없으리라 여겼건만 오히려 중동 땅에 와서 전쟁의 참상을 목도할 줄은 미처 알지 못했다.

    내가 이라크의 수도 바그다드에 도착한 것은 1988년 3월 말이었다. 국내에서는 아마 88서울올림픽 개최로 한창 열을 올릴 당시였을 것이다.

　이곳의 상황은 한마디로 도시 간 미사일 전쟁 중이었다. 군인들은 국경지대에서 하루가 다르게 치열한 전투를 벌이며 싸우는 중이었고, 바그다드 시내 곳곳은 전쟁의 피해로 만신창이가 되어 있을 뿐만 아니라 점점 격화되는 미사일 공격에 모든 시민이 불안과 공포에 질려 있던 상황이었다. 하루에 1~2개씩 도시로 날아드는 미사일이 시내에서 폭발해 사방 50미터 반경의 커다란 웅덩이가 생겨나기도 하며, 큰 건물이 완전히 파괴되고, 시멘트 콘크리트 집 한 채는 순식간에 날아가 버리고, 모든 건물의 유리창이 날아가 버리며, 창틀 등 위험한 파편이 튀는 상황으로 근처에 사람이 있다면 즉사할 수밖에 없는 환경이었다.

　우리 대사관 옆에도 미사일 2발이 떨어져 건물이 흔들리며 큰 유리창들이 박살나듯 다 깨져 버리는 모습을 목격했었다.

　전쟁 상황 중에 언제 죽을지도 알 수 없었지만 소문으로는 1988년엔 특별히 미사일이 더 많이 날아온다는 소문이 퍼져나가면서 이라크 국민들이 더욱 불안감을 느끼고 있었다.

　그렇기 때문에 일반 시민들은 점차 지방으로 피난을 떠나는 형국이었다. 우리나라도 몇 해 전 천안함 사건을 겪었듯이 수중어뢰 1발로 커다란 함정이 두 동강이 나 근무하던 해군들 수십 명이 희생될 만큼 미사일로 발생하는 잔해와 인명 피해는 엄청난 것이다. 그만큼 현대 병기는 구식 화기와는 달리 그 피해가

가공할 정도다.

그런데 의아하게 느낀 점은 시내에 떨어진 미사일로 생긴 큰 웅덩이는 정부에서 순식간에 군 트럭을 보내 전혀 없었던 것처럼 흙으로 덮어 평지로 만들고 감쪽같이 흔적을 없애버렸다. 난 처음에 그것이 정말 신기하게 느껴졌다. 아마도 심리적으로 국민들이 불안과 공포로 요동칠까 봐 예방 차원에서 그렇게 하는 것으로 추측되었다.

가공할 파괴력의 미사일 전쟁이 이어지는 것으로 짐작하건데 양국이 한 치의 양보도 없이 헤게모니 싸움에서 상대방의 기를 완전히 꺾어버리고 싶은 마음이 얼마나 컸는지 알 수 있었다. 다만 이라크의 사담 후세인 대통령이 강경하게 전쟁을 밀어붙이며 점차 전황이 이라크에게 우세해지고 있었다.

그러한 분위기 속에서 나 또한 가족을 두고 홀로 부임하자마자 전쟁의 잔인함을 점점 느끼게 되었다. 아니나 다를까 바그다드에 온 지 3일 만에 전 시민이 남쪽으로 피난하는 것을 확인하게 되어 전 공관 직원과 식구들을 모아 함께 피난길에 올랐다.

우리는 마치 서울에서 대전으로 내려가듯 아주 최소한의 필수품만을 챙겨 자동차로 달려 내려갔다. 이라크 중부 지역에 해당하는 도시에 도착하니 마시일의 폭발음이 그나마 적게 들렸다.

공관에 처음 오자마자 이곳에 대한 사정도 제대로 파악조차 못 했는데 제일 먼저 한 일이 피난행렬에 끼어 피신하는 것이라니, 나로서는 어처구니없는 일이 아닐 수가 없었다.

그곳의 호텔에서 대략 일주일쯤 대기하고 있을 무렵 본부에서 연락이 왔다. 바그다드로 복귀하라는 명령이었다. 그나마 다행이라고 생각하며 다시 전원을 소집해 무사히 복귀했다.

정말 다행이었다. 상상할 수 없는 일이었지만 행여 6개월이나 1년을 더 버티다가 더 남쪽인 바스라 지역까지 후퇴했다면 정말 외교관이 아니라 피난민의 행색을 면치 못했으리란 생각이 들었다.

당시 이라크는 문명적으로 우리나라의 60년대 상황이나 마찬가지였다. 슈퍼마켓은 고사하고 길거리 좌판에서 물건을 사야 하지만 10년간 전쟁을 치른 통에 생필품이나 우유, 달걀 같은 먹을거리 등은 태부족한 상황이었다.

당연히 한국이나 미국에서 했던 일상적인 생활이 거의 불가능에 가까웠다. 여러 가지 면에서 전쟁터에서의 생활은 아주 형편이 없었다는 생각이 든다. 처음부터 좋은 인상을 가질 수 없었지만 이란과 이라크의 전쟁이 대략적으로 마무리된 후 내가 이라크에서 이루었던 중대한 일 한 가지를 소개하고자 한다.

내가 이라크 바그다드에 부임할 당시에 우리나라 정부는 아직 이라크와 외교 관계를 맺지 못해 겨우 총영사관만 있었고, 반면 북한은 이라크와 외교관계를 수립하고 대사관이 있었으며 대사가 주재하고 있었다.

새해 아침 현대건설 사무실을 찾아 직원들과 대화하는 권찬 공사

　외교관계와 영사관계는 분명 큰 차이가 난다. 영사관계는 외교관으로서 면책특권도 없을뿐더러 주재국에서의 활동반경에 많은 제약이 따른다. 반면 외교관계를 맺은 북한은 미리 주재국에서 자유롭게 활동하며 사담 후세인의 독재정권에 박수를 보내는 등 함께 동조하면서도 마치 한반도를 대표하는 것 같은 외교관계를 수립하고는 대사관을 큼지막하게 개설했던 것이다.

　당시 북한은 김일성 통치체제로 강성 외교를 펼치고 있었다. 주로 아프리카와 중동 등 냉전체제 외 제3세계 세력과 외교관계를 맺어 가고 있었기 때문에 중동에서만큼은 북한의 외교력이 우리나라보다 앞선 상황이었다. 우리나라는 미국과 유럽과의 외교에 치중했기 때문에 이집트나 시리아, 이라크 등 강성 아랍 좌경국가에 대해서는 외교력에서 열세일 수밖에 없었으며 북한

이 득세하는 것을 지켜볼 수밖에 없었다.

　나는 이라크에서의 북한 대사관의 태도와 행동들이 모두 불
쾌했다. 당시 북한 대사의 모습을 기억하기로는 매우 억지스러
운 태도와 답답한 모습을 한 퉁퉁한 사람이었고 다른 대사관에
서 열리는 연회나 행사에 참석할 때마다 다른 외교관들에게 대
한민국에 대한 나쁜 편견을 심어주려고 하는 모습에서 나는 분
노조차 치밀었다.

　우리나라가 북한에 비해 외교단 서열에서 밀리기 때문에 무
슨 일이 생기면 우리보다 북한 대사관에서 먼저 나서서 행동하
곤 했지만 우리로서는 참고 넘기기엔 어려웠다.

　여건은 좋지 않았지만 대한민국의 얼굴로 이곳에 있는 나는
사명감을 지닌 채 지금 시점에 제일 먼저 해야 할 일 하나를 세

바빌론 사자상 옆에서 현대건설 지부장과 함께 기념사진

우고 치밀한 계획을 세우기 시작했다. 바로 이라크 주재 미국 대사와 친밀하게 대화하며 북한 대사관을 내몰 전략을 세울 생각이었다.

이를 위해 나는 거의 매일 미국 대사관을 찾아갔다. 미국 대사와 얼굴을 익히면서 내가 미국 텍사스 공관에서 근무했던 일, 또한 미 국무성장학금을 받아 미국으로 유학을 가서 명문 샌프란시스코 주립대학교를 졸업하고 학위를 받은 일들을 이야기하며 친분을 쌓았다.

미국 대사와 많이 친해졌다고 느껴질 쯤 나는 주 1회 미국 대사와 커피 브레이크를 함께 하며 비즈니스 대화를 길게 가져갔다. 주로 집중한 주제는 바로 북한 대사관의 이라크 퇴출 건이었다. 내가 알고 있기로도 북한 외교관들은 자기네들의 국익을 위해 아프리카나 중동 지역 국가와 외교를 트고 여러 가지 이권에 개입하거나 외화를 밀반출하는 등의 불법을 자행하고 있었기 때문에 이를 이용할 생각이었다.

문제는 이를 입증할 실질적인 증거가 필요했는데 우리 정부에서는 그런 정보를 입수할 만한 여력이 없었고 대신 미국의 뛰어난 정보력을 빌리는 것이 내 전략의 가장 중요한 포인트였었다. 다행히도 미국 대사관 측에서 북한의 비리와 관련된 자료를 많이 확보해두고 있던 상황이었다. 고맙게도 미국 대사는 나의 부탁에 북한 대사관에서 저지르고 있는 불법과 비리 등을 모아둔 유용한 자료를 무상으로 제공해주었다. 이러한 자료들은 고도의 정보망을 갖추지 않으면 결코 알아낼 수 없는 희귀하고도 귀중한 자료들이었다.

그 정보들을 바탕으로 우리는 1년여 동안 물밑 작업을 펼쳐 결국 북한 대사 축출이란 성과를 이뤄냈다. 관련 기사가 주재국 신문에 대서특필되었으며 북한대사관 건물은 유령의 건물처럼 불 꺼진 청사가 되었다. 우리로서 좋은 결과에 대사관 직원들이 모두 자축하며 환호성을 질렀던 기억이 난다.

이후 우리나라와 이라크는 외교관계를 수립하였으며 한국 총영사관은 대사관으로 승격되었고 1989년 10월에 주이라크 한국 대사관을 개설하기에 이르렀다. 당시 최호중 외무장관님도 승전 기념사절로 이라크를 방문해 사담 후세인 대통령과 만나며 양국 간의 긴밀한 유대관계를 약속했다.

내 30년 외교관 생활 동안 아마도 가장 큰일일 것이며 가장 보람된 순간이었다고 자부한다. 이 일 덕분에 나는 본국에서 수교훈장까지 받았다.

1989.9. 한-이라크 국교수립 후 당시 최호중 외무장관님의 이라크 방문 기념사진(왼쪽 4번째 최호중 장관님)

주이라크 대사관 안에서 정부 공로 훈장을 받는 모습

열세의 상황에 불구하고 남북 간의 외교전쟁에서 승리를 거둔 것은 내가 이미 중동에서 한 차례 근무경력이 있었다는 점, 본부에서 중동과장직을 역임했다는 점, 중동에 대한 전문적인 자료들과 『중동의 지정학』 발간에 이르는 해박한 지식 등의 이유가 있었기 때문이다.

이 시기를 기점으로 경제적으로 성장한 우리나라의 자동차, 전자제품, 군수품 등 많은 수출품들이 이라크에 쏟아져 들어오기 시작했으며 우리나라에서도 중동을 생소하게 바라보지 않고 이슬람을 종교로 이해하기 시작하며, 그들의 문화 풍속도 받아들이게 되었다.

나를 비롯해 우리 대사관은 전 직원이 합심해 이라크 외교부와 중점적으로 외교전을 펼쳤고, 당시 아랍에서 무소불위의 권력을 자랑하는 1인자 사담 후세인 대통령과 인연을 맺기 시작했다. 또한 미국 대사관과의 협력을 더욱 공고히 하여 많은 정보와 협력을 공유하고 중동 지역 내 북한 세력을 더욱 압박하기 시작했다.

이라크와 이란의 10년 전쟁이 마무리된 후로 우리나라 대사관이 이라크에서 자리를 굳건히 해나가며 좋은 일만 생길 줄 알았지만 이것이 끝이 아니었다.

1990년 8월, 사담 후세인 대통령이 이끄는 이라크 군대가 쿠웨이트 등 인접 국가를 침공한 사건이 발생한 것이다. 그 당시 사담 후세인 대통령은 아랍세계에서의 이라크 패권을 주장했

본국에서 내려온 수교 훈장 주이라크 대사관 안에서 기념사진
(왼쪽 최봉름 대사님, 오른쪽 권찬 공사)

주이라크 대사관 직원들 훈장 수여 후 기념 사진

고, 이라크 국민의 우수성을 선전하기 시작했다. 또한 이라크가 이란을 상대로 10년간 미사일 전쟁을 하면서 수많은 돈과 국부를 쏟아부었고 많은 전사자들을 배출했으며, 또 이 피의 대가로 주변 국가들이 평화를 보장받았으니 그 피의 대가를 걸프 연안국은 돈으로 보상해야 된다는 주장을 내세웠다. 중동에서 유일한 비非아랍국인 이란을 힘으로 눌러 놓았으니, 즉 중동의 헤게모니 싸움에서 큰 명분을 세웠으니 주변국에서 전비 분담금이라도 공유하며 희생을 분담하자는 주장이었다. 금액으로 대략 사우디아라비아가 500억 달러, 쿠웨이트가 250억 달러, 이런 식으로 분배가 되었고 이라크 부총리가 각국에 파견을 나가 협상을 벌이면서 돈을 거두어 갔다.

이라크와 쿠웨이트 간의 최종회담은 1990년 7월 말이었는데 사우디보다 까다로운 나라인 쿠웨이트가 이를 수용할 수 없다며 거부를 통보해 그 회담이 결렬되자 이라크 부총리는 책상을 박차고 일어나면서 사담 후세인 대통령에게 보고했다. 그 즉시 사담 후세인 대통령은 즉각 전쟁을 선포하면서 전차 500대를 쿠웨이트 국경에 집결시켰고, 밤 12시에 총진격을 명령하여 쿠웨이트를 침공했다. 이라크 군은 일사천리로 밀고 들어와 새벽 5시경 쿠웨이트 전역을 장악했으며 이튿날 사담 후세인 대통령은 쿠웨이트를 이라크의 1개 특별 주州, state로 편입한다고 선언했다.

그리고 약 3일 뒤 사담 후세인 대통령이 직접 쿠웨이트로 와서 새로 확보한 영토를 이곳저곳 살펴보는가 하면, 걸프 만에서 유유히 수영을 즐기다가 그 유명한 사담의 혁명수비대를 대동한 채 귀환했다.

이 일은 후에 사담 후세인 대통령이 대이란 전쟁의 승리감에 도취되어 저지른 최대의 자충수로 기록되었다. 결과론적이기는 하지만 이 과정 중에 미국을 포함한 서방연합군이 중동에 상륙할 빌미를 제공하고 이라크 군대가 많은 피해를 입어 사담 후세인 대통령의 힘이 크게 약화되는 계기가 되었다.

서방연합군 출동의 계기는 쿠웨이트 정부 인사들의 노력이 있었기 때문이다. 쿠웨이트 알 자베르 국왕과 왕족들은 침공 직전 사우디로 긴급 대피한 후, 그곳에 망명정부를 세워 미국 아버지 부시 대통령과 교섭을 통해 국가 존망의 위기를 벗어나려 애를 썼다. 산유국이었기에 부유한 재정을 가지고 있던 쿠웨이트는 당시 미국 은행에 1,000억 달러에 달하는 정치 자금을 보관하고 있었기에 가장 먼저 미국과 교섭을 시작하면서 순조롭게 협조를 얻어냈다. 미국은 사담 후세인 대통령과의 평화로운 교섭을 먼저 이끌어내기 위해 협상을 시작했으나, 이라크 입장에서도 산유국인 쿠웨이트를 차지한 상황에 그리 쉽게 협상을 받아들일 용의가 없었다. 결국 협상이 무산되자 세계 최강대국의 면모를 직접 보이기로 결심한 미국은 서방연합군을 결성해 군사작전을 펼치게 되었다. 그렇게 1991년 1월 16일, 미국을 시작으로 영국 등 서방연합군은 걸프 만에 집결해 전면적으로 사담 후세인 군과 전투를 펼쳤다.

서방연합군이 냉전체제 동안 갖춘 현대무기의 향연이 된 걸프 전쟁은 서방연합군의 일방적인 승리로 장식되었으며, 중동의 패권을 장악하는 데 크게 기여한 이라크 정예군은 먼 사막 길을 통해 후퇴하며 많은 사상자를 냈다. 결국 이라크의 쿠웨이트 점령기는 6개월 만에 막을 내렸고 1991년 봄 사담 후세인 정부의 전횡은 비극으로 막을 내리게 되었다.

꽤 훗날의 일이지만 크게 힘이 약화된 사담 후세인 대통령에 대해 아들 부시 대통령이 9·11 테러 이후 아프가니스탄과 이라크를 알자 지라 테러조직의 배경일 것으로 판단하여 대량살상무기 보유를 빌미로 중동 전쟁을 일으킨다. 결국 사담 후세인 대통령은 초라한 행색으로 지하 벙커에서 끌려나와 참변을 당하게 된다.

그 와중에 무정부 상태에서 보호받지 못할 쿠웨이트 국민들을 위로하기 위한 쿠웨이트 왕족의 노력은 지금 생각해 봐도 매우 놀라울 정도다. 쿠웨이트 화폐가 이라크 군 점령으로 인해 종잇조각에 불과하게 되어 국민들이 생필품을 구입할 수 없는 상황이 되자, 망명정부에서는 이라크 돈을 마련해 매일 밤마다 몰래 쿠웨이트의 모든 가정에 돈을 전달했다는 것이다. 전자상거래를 통한 것도 아닌 현찰을 매일 밤마다 그 넓은 곳에 지속적으로 전달할 수 있었다는 것에서 산유국의 부를 짐작케 했다.

그렇게 1990년 8월부터 1991년 2월까지 7개월간, 사우디에 있는 국왕과 임시정부가 정성껏 자국민들을 지원하고 챙겼기 때문에 그 어려움 속에서도 정부를 배신하는 국민은 단 한 명도 없었다고 한다.

여기까지가 세계사적 사건의 일들이라고 한다면, 이제 당시 이라크 대사관에서 공사의 직책으로 현장에서 활동한 나와 중동에서 함께 있던 이들의 이야기를 하지 않을 수 없다.

때는 1990년 8월 2일. 중동에서도 제일 더운 한여름이었다. 섭씨 50도 이상을 오르내리는 열기로 인해 달걀을 깨뜨려 자동차 후드에 떨어뜨리면 그대로 익을 정도로 뜨거운 날씨였으며, 비는 2년 또는 3년에 한 번 내릴 정도로 건조한 날씨였다.

갑작스럽게 전개된 전쟁 상황 속에 나는 주 쿠웨이트 한국 대사관 직원들이 먼저 염려스러웠다. 평상시 같으면 외교관으로서 짐과 몸을 검사받지 않고 공항이나 항구의 VIP 통로를 통해 출입국을 쉽게 할 수 있었을 테지만 전쟁 상황 속에 쿠웨이트라는 주권 국가가 일시적으로 소멸된 상태여서 법적으로도 외교관의 특권을 주장할 수 없는 상황이었다.

그때 쿠웨이트에서는 이라크 군인들이 침공하여 정부를 전복하고, 치안관계, 정보관계 등 정부 인사들을 모두 체포하며 총칼을 들이미는 등 모든 것이 암흑천지였으며 아비규환이었다. 또한 통신이 두절되고 공항이 폐쇄되었으며, 정부기관도 없이 이라크 점령군만이 법으로 활동하는 상황이 단 하루, 순식간에 일어난 사건이어서 쿠웨이트에서는 그야말로 우왕좌왕 아수라장이 펼쳐질 수밖에 없었다.

우리나라 외무부 본부에서조차 주 쿠웨이트 한국 대사관의 연락을 받을 수 없어졌으며 이라크나 쿠웨이트 정부와 연결해도 딱히 조치를 취할 수 없는 상황에 이르자 부득이 이라크에 있는 우리 대사관에 모든 권한을 부여했다. 우선 쿠웨이트 내 우리 외교관들을 안전하게 철수시키는 것이 제1의 목표였다.

한국 대사관의 직원들이 매우 위험한 상황에 빠져 있으며 탈출하기 어려울 것이란 생각에 초조한 마음을 가지고 있었는데, 며칠 후 아침에 네덜란드 대사관으로부터 연락이 전해져 왔다.

바로 쿠웨이트 주재 한국 대사가 네덜란드 대사관 측 무전기를 통해 주 이라크 한국 대사관에 구조요청의 메시지를 보낸 것이었다. 위험한 상황에 있으니 긴급히 차량을 파견해 무사히 철수할 수 있도록 해달라는 내용이었다.

모든 통신이 두절되고 쿠웨이트 내 상황을 전혀 알 수 없었던 상황 속에 정말 귀한 연락이 와서 다행스러운 마음이 들었다. 그러나 구조를 떠나고 싶어도 국경지대와 주요 도로망은 온통 이라크 군인들이 장악해 함부로 오갈 수 없었다. 쿠웨이트에서 이라크로 넘어오던 외국인들이 사살되었다는 불길한 뉴스도 계속해서 나오던 상황이었다.

하지만 우리나라 동료들을 그대로 내버려둘 수 없다는 사명감이 우리에게 힘을 불어넣어 주었고, 이에 우리는 죽을 각오를 한 채, 억류되어 고통 받고 있을 동료 외교관들을 구하러 쿠웨이트 국경으로 향했다. 외교차량 번호판을 단 차량 5대에 나눠 탄 우리는 국경까지 밤새워 달려갔으나 국경은 폐쇄되어 더 이상 들어갈 수 없었다.

쿠웨이트에서 나오는 차량은 받아주나, 이라크에서 쿠웨이트로 들어가는 차량은 절대 출입불가라는 것이 이라크 군인들의 설명이었다. 한참 설명을 하고 말다툼을 벌였으나 무기를 든 군인들에게 크게 반항을 했다가 무슨 봉변을 당할지 모른다는 생각에 결국 차를 돌리고 말았다.

결국 대사관으로 돌아와 초조한 마음으로 기다린 지 3주 정도 지났을까, 구사일생으로 쿠웨이트에서 억류되었던 우리나라 외교관 5명이 바그다드에 들어왔다는 소식을 받았다. 대사관에 도착한 그들의 얼굴을 보니 국경을 넘어오면서 고생한 흔적이 역력해 안타까운 마음이 들었다. 사지에서 돌아온 그들을 위해 환영파티를 조촐하게나마 열었다.

쿠웨이트가 점령된 후 국제 정세는 이라크를 심판해야 한다는 추세로 흘러가고 있었고, 이후 어떤 상황이 전개될지 아무도 예측할 수 없었다. 9월 중순쯤이 돼서야 본부에서는 우리 대사관으로 이라크 교포들을 안전하게 본국으로 철수시키는 임무를 내렸다.

그러나 모든 공항과 항구는 폐쇄되어 있고, 살아남기 위한 탈출로는 오직 죽음의 모래사막을 건너야 갈 수 있는 인접국가인 요르단과 연결된 육로뿐이었다.

쿠웨이트와 이라크에 거주하고 있던 우리나라 교포, 상사 직원 및 가족들을 다 포함해 1,000여 명의 사람을 대피시키는 일이었다. 쉽지 않은 여정일 것이라 생각이 들었지만 지도를 펼쳐 사막 횡단 계획을 수립했다. 그리고 100명을 1개 단위로 편성해 책임자 1명이 인솔해 움직이기로 하고 차량에 물과 식량을 있는 대로 다 싣고서 사막 4,000리400km=1,000리. 총 1,600km 길을 떠나기 시작했다. 실로 목숨을 건 행군이었다. 나는 이들을 요르단 국경 지역까지 떠나보내면서 '이 사람들을 언제 또 만날 수 있을까?' 하는 의문과 서글픈 감정까지도 느끼게 되었다.

탈출로로 선택한 길은 과거 사막 상인들이 낙타를 타고 오가던 길이었다. 낙타에 비하면 당연히 자동차가 더욱 편리하지만 전쟁을 피해 목숨을 걸고 떠나는 기분은 그리 좋다고도 할 수 없는 노릇이었다.

며칠에 이르는 기나긴 여정 중에 뜻밖의 일이 생겼다. 어느 조에서인가 임산부가 속해있던 그룹이 있었는데, 이동하는 와중에 산모의 진통이 시작된 것이었다. 물론 새 생명이 태어나는 것은 축복할 일이나 하필 이런 때라니 산모와 아이가 참으로 고통스러웠을 것이다. 급한 대로 의학지식이 있는 사람과 여자들이 도와 차량 안에서 임산부는 출산을 했고, 그렇게 사막과 전쟁의 한가운데서 새 생명이 탄생했다.

여러 가지 일들이 벌어진 기나긴 여정 끝에 결국 모든 그룹이 요르단 국경에 도착할 수 있었다. 어려움보다는 탈출의 기쁨이 더 컸다. 정말 하나님께 감사한 마음이 드는 것은 1,000명이나 되는 대규모 인원이 사막을 돌파하며 움직였는데도 단 하나의 낙오도 없이 무사히 도착했다는 것이었다.

마침내 요르단 국제비행장에 도착하니 어떤 이는 환호성을 지르기도 하고 어떤 이의 눈에 눈물이 그렁그렁한 모습도 볼 수 있었다. 넓은 비행장에 태극마크가 그려진 대한항공 KAL기가 몇 대나 와서 대기하고 있었던 것이다. 그렇게 우리는 힘겹게 사막을 뚫고 무사히 본국으로 철수할 수 있었다. 한국에 도착하니 장관님, 차관님 이하 외무부 온 직원이 마중을 나와 전쟁터에서 구사일생한 병사들을 맞이하듯 대대적인 환영식과 대접을 해주셨다.

여담으로 몇 년 후 나는 다시 쿠웨이트에 주재 대사로 돌아와 당시 사막에서 태어난 아이를 만나게 되었다. 쿠웨이트가 안정화되면서 부모와 함께 돌아온 아이가 건강하게 잘 자라나고 있는 모습을 보게 되어 정말 기쁘고 뿌듯한 마음이 들었다.

사담 후세인 대통령과 직접 접촉한 것도 이 시기였다. 지금 생각해도 비정상적인 출입국 심사 때문이었다. 이라크에는 비자가 2개 필요한데 입국허가증과 출국비자가 그것이다. 교포들이 급히 탈출해야 함에도 그것을 일일이, 또한 꽤 번거롭게 절차를 밟는 것이 어불성설이었다. 그리고 당시 탈출 루트에는 여러 곳의 게이트가 만들어져 군인들이 신분을 일일이 확인하고 있었기에 배 이상의 시간이 걸릴 것이란 예상이 들었다.

교포들의 여권을 모두 수거해 사본을 만들어 외무성으로 들고 가 처리해달라고 부탁했으나 전쟁 상황에 그 일을 처리할 수 있으리란 생각도 안 들었다. 결국 직접 사담 후세인을 만날 수밖에 없었다.

"지금 우리가 전쟁 때문에 안전하게 피해 있으려고 일시적으로 본국으로 돌아가는 것일 뿐, 다시 돌아올 것이니 부디 확인 없이 통과할 수 있도록 허락해주십시오."

"그런가? 그럼 지시를 해두겠소."

후세인 대통령이 군인들에게 'without exit visa'를 명령하는 것을 보고 탈출 길에 올라 도로상에서는 문제가 없었으나 이라크에서 요르단을 빠져나갈 때 모든 사람들에게 출국 수속을 위해 입국 비자와 출국 비자까지 요구해 검토하느라 그 대기 시간만 해도 수 시간이 걸려 결국 국경에서 한참 고생을 했던 기억이 남는다.

교포들을 무사히 철수시키면서 함께 귀국한 나는, 우리나라 언론으로부터 대대적인 관심을 받았다. 나와 교포들이 현지 상황을 직접 피부로 느끼고 돌아왔기 때문에 그곳의 상황을 무척 궁금해하는 모습이었다. 그도 그럴 것이, 앞으로 더욱 석유가 중요해지는 상황이기에 더욱 관심을 기울일 수밖에 없으리라 여겨졌다.

본국에서 부지런히 사람들을 만나고 일정을 소화하며 일시적인 귀환을 마친 나는 다시 이라크 현지로 돌아갔다. 물론 위험한 상황은 여전하지만 이라크에서의 업무를 그대로 중단할 수는 없었기 때문이다.

그러나 상황은 더욱 악화일로에 있었다. 당시 미국의 아버지 부시 대통령은 높은 지지도를 기반으로 미국에서 가장 존경받는 인물이었고, 대이라크 정책에서 아주 강경하고 단호한 의지를 보이고 있었기 때문이었다. 미국은 사담 후세인 대통령을 설득시키기 위해 온갖 노력을 다하고 전 외교력을 다 발휘했으나 사담 후세인 대통령 역시 자신의 기반인 이슬람과 석유의 힘을 과신하여 굴복할 뜻이 없음을 거듭 발표했다.

결국 미국은 해를 넘긴 1991년, 군사작전을 통해 이라크를 격퇴하기로 결정했다. 그 유명한 '사막의 폭풍' 작전이 시작되는 순간이었다.

'사막의 폭풍' 작전Operation Desert Storm, 역사에도 길이 남을 이 작전을 통해 드넓은 중동 지역을 스케치북 삼아 온갖 현대식 무기들이 총출동하고 그를 언론 카메라를 통해 공개함으로써 미국의 화력이 세계만방에 알려지게 된다.

미국은 43만 명의 미 병력과 33개국의 연합군 포함 68만 명에 달하는 대군을 집결시키고 1월 17일 바그다드 공습에 들어갔다. 사실 애초에 작전명은 이라크의 공세를 막는다는 의미에서 사막의 방패였다고 하나 공세적인 전략으로 변화를 주며 작전명 또한 사막의 폭풍으로 바뀌었다고 한다.

미군과 연합군은 각종 첨단 병기를 쏟아 부으며 군사강국인 이라크를 초기에 제압해 갔다. 미 공군이 이라크군 통신을 방해하는 것을 시작으로 군사기지 및 공항에 폭격이 시작되어 이라크의 전투기는 거의 대부분 출격하지 못하고 파괴되었으며, 일부 출격한 전투기는 연합군의 최신형 전투기인 F-16 등에 의해 격추되었다. 또한 이라크군의 전차는 미국제 전차의 성능에 밀려 제대로 힘도 쓰지 못했다. 6주, 총 42일 동안 이어진 전쟁은 부시 대통령의 전투 중지 명령으로 끝을 맺었다.

이 작전으로 이라크는 중동의 패권을 장악하던 이라크 공화국 수비대 42개 사단의 약 98%인 41개 사단을 잃었고 15만 명에 달하는 사상자를 내고 말았다. 반면 연합군의 피해는 126명에 불과했다.

그러나 이라크에만 피해가 많았던 것은 아니었다. 이라크 군을 몰아내기 위한 연합군의 폭격에 이라크가 점령했던 쿠웨이트 내 대부분의 산업 시설이 파괴되었으며, 이라크 군이 후퇴할 당시 쿠웨이트에 있던 정유소를 폭파시켜 아름다운 페르시아만이 석유로 오염되었다.

이 모든 과정은 미국의 CNN 등에서 보도했고 특히 최전방의 전투를 생생하게 방송 화면으로 송출하거나 폭격 이미지를 실시간으로 내보내기도 했다.

그 당시 우리는 하루하루 힘겹게 버티고 있을 무렵이었다. '사막의 폭풍' 작전이 시작되기 전 어느 날 미국 대사관으로부터 긴급 연락이 들어왔다. 1월 15일 AM 08:00에 긴급 수송기가 준비될 것이니 대사 이하 전 직원은 전원 철수하라는 내용이었다.

점차 군사작전이 펼쳐질 분위기가 무르익고 있는 가운데 날아든 낭보였고 그것이 마지막 비행기라는 말에 마음이 조급해졌다. 우리 공관에는 최종 잔류 팀으로 직원 5명이 남아 있었는데 빠르게 중요 서류와 짐을 챙겨 미국 대사관 직원들과 함께 요르단행 긴급 구조 비행기에 탑승했다. 우리가 이라크를 황급히 빠져나온 그 이틀 뒤 미국의 대이라크 군사작전이 개시되었고, 이라크의 수비대는 미군의 막강한 공격력에 속수무책으로 무너졌다.

우리 일행은 요르단까지 탈출한 후 대기하다가 서울에서 급파된 항공기로 귀국했다. 김포공항에는 교포들을 철수시켰던 때처럼 본부 직원들이 마중 나와 있었다. 목숨이 위태로웠던 전쟁터를 무사히 빠져나올 수 있었다며 서로 얼싸안고 생존을 확인하는 감격적인 순간이었다.

본부로 가자 최호중 장관님께서 나를 찾아 아낌없이 위로의 말을 해주셨다.

"권 공사, 정말 애썼어. 무사해서 다행일세."

장관님의 말씀에 나는 감명을 받으며 비로소 고국에 돌아온 것 같은 안정감을 찾을 수 있었다. 미국의 군사작전은 채 1개월도 되지 않아 이라크 전체의 군사시설을 무력화시키며 종료되었다. 그렇게 이라크 군은 몰락하고 쿠웨이트는 국권을 회복하게 되었다.

외무부 본부 상황실에서 전황을 지켜보던 나는 미군의 대이라크 군사작전의 규모에 감탄을 금치 못했다. 또 한편으로는 사담 후세인 대통령의 측근과 외교 참모들이 자신들의 세력을 너무 과대평가를 한 것이 아닐까 하는 생각과 함께 그들이 제대로 된 판단을 못 하고 멍청하고 한심한 선택을 했다는 생각이 들었다.

이 기간 동안 나 스스로 많은 것을 느껴 그 감정을 시로 남긴 바 있다. 전쟁터가 된 이라크를 떠나면서 지은 시 등인데 여기에 옮겨 본다.

바빌론 공중 정원에서

뜨거운 모래와 먼지, 작열하는 태양 아래에서
올 여름에도 황사바람은 대지에 쉬임없이 불어오고
중동사막 들판엔 이름 모를 꽃들이 피고 지건만,

인간세상은 연일 이해와 갈등으로 긴장이 고조되고
때로는 명분을 때로는 실리를 앞세워 분쟁하며
세력확장을 위해 불꽃 튀기는 열전의 시험장.

변화무쌍한 아랍정치사에서 어제의 원수 오늘의 친구되고
오늘의 동지가 또 내일의 원수로 쉽게 탈바꿈하는
끝없는 전란의 땅
의미없는 포성과 대학살의 참극은 언제 멎을까.

속절없는 세월 속에 묻힌 지난날 회고하면
바빌론 공중정원에 앉아 나는 문득 20대 홍안 소년시절
청운의 뜻을 품고 유학하던 한때를 생각한다.

보릿고개에 허덕이던 당시의 조국사정으로
서부대륙에서 선진유물 배우던 배달의 청소년들은

주경야독으로 외화획득에 열을 올리던 시절이었다.
내가 살던 샌프란시스코에는 큰집과 음식점도 많았는데
주말이면 정원의 풀을 한 트럭분이나 깎고,
접시 하루 1천 개를 닦고서 겨울 새벽길 뛰었노라.

외화획득이 유일의 애국으로 굳게 믿고
가난한 조국의 명예를 위하여 또 부모형제들을 걱정하며
어려운 학문을 닦으며 노동할 수 있는 특권에 감사했건만.

덧없는 세월은 그로부터 어언 30년
오늘 바빌론의 공중정원에서, 열악한 자연조건과
탐욕의 인성으로 끝없는 전쟁에 시달리는 중동땅을 관조하고
있다.

그 언제 아랍사막 위에도 전운의 검은 구름 걷히고
메소포타미아 옥토에 우렁찬 풍년가 퍼질 때
찬란했던 바빌론의 그 옛 영화 다시 찾을 수 있을까.

티그리스 강

1. 남해로 흘러드는
바빌론의 장엄한 물줄기
오천 리 들판따라 폭포되어 흐르네.

역사의 강줄기 푸른 물 쏟아내면
애수젖은 아랍여인 눈물을 퍼 내고
메소포타미아 옥토는 온몸이 젖는구나.

눈부신 푸른 들, 금싸라기 옥싸라기 황금물결 넘치면
어둥둥 배 띄워라, 「하비비 티그리스」
산천이 터지도록 「알 함두렐라」

티그리스의 푸른 물줄기여, 파도여
남으로 남으로, 물살이 세구나
아, 팔라라 팔라라, 라 라.

2. 역사의 긴 시절 꿈도 없이 누워서
선사의 눈물 뿌린 황토를 헤집고
티그리스 강은 도도히 흐른다.

서러웠던 지난 세월 덮어 두고서
이 불타는 대지 위를 어디 한번
아랍인의 뱃심으로 콸 콸 흘러라

국토는 살찌고, 일년농사 풍년 들면
꿈이여 노래여 외치며
바빌론 들판에 우렁찬 「알 함두렐라」

바빌론의 영광이여, 평화여 번영이여
땅들아 너희들도 일어서라
아, 팔라라 팔라라, 라 라.

* 하비비 : My Love / 알 함두렐라 : Thanks to God

　시 '티그리스 강'은 고맙게도 아랍 쪽 신문사에서 영어로 번역
을 해 신문에 실어준 적이 있다. 영문판을 함께 소개한다.

River 'Tigris'

1. Heading toward the southern sea,
Babylon's majestic river flows in torrents
across thousands of miles of vast field.

As the historic river pours out its green water,
tears well up in those beautiful, almost sorrowful eyes of Arabic
women, and Mesopotamia's rich soil gets wet to the bottom.

When glittering green field is overflowing
with the waves of golden and jade-blue grain,
let's float boats on Our Love "Tigris",
let's praise God to the outburst of mountains and streams.

Green currents and waves of "Tigris"!
Flow south, flow southward! How rough you are!
Ah! Palala, Palala, La La

2. Lying down without even dreaming a dream through the
boundless span
of time, and plowing its way through the yellow earth

soaked with the tears of mortals who once lived in its fold,
River "Tigris" still flows with its usual grace.

Close your eyes to the sad times of the past,
Tigris! Won't you flow gushingly with the indomitable Arab
spirit
along over this burning land?
When soil grows fertile and another bumper harvest is near,
dreaming, singing and shouting,
let's say thanks to God to the reverberation of Babylon's field.

For the glory, peace and prosperity of Babylon,
Land! Won't you stand up with me!
Ah! Palala, Palala, La La.

또한 이 시는 내용을 가사로 하여 음악 전문가이신 주성희 교수님께서 작곡을 해 음악으로 다시 태어나기도 했다.

티그리스 강 악보 사진

일본과 부산에서
행복했던 시간

이라크에서의 군사작전이 끝났지만 나는 이라크로 다시 돌아가진 않았다. 언론을 통해 알려지다시피 바그다드에 엄청난 폭격세례가 쏟아졌기 때문에 전후 정상화를 이루기까지 아마 상당한 시간이 소요될 것으로 예측되었기 때문이다. 본부에서도 다시 돌아가라는 명령을 주지도 않았고 내부적으로 따로 보직을 줘가면서 일을 시키지는 않았다.

그렇게 3개월 정도 꿀맛 같은 휴식을 취한 뒤 나는 주일본 나고야 총영사로 부임하는 영광을 받게 되었다. 새 보직을 얻어 일본으로 떠나기 위해 비행기에 탑승했는데 기내 서비스로 마침 샴페인이 나왔다. 나는 가벼운 마음으로 술 한 잔을 들면서 문득 사담 후세인 대통령과의 잠깐이나마 함께했던 인연이 생각나 그의 무운장구를 빌어주었다.

'사담 후세인 대통령, 비록 미국의 힘에 눌리긴 했지만 중동에서 강력한 힘을 구가해 마치 황제와 다를 바 없었던 사람을 작은 인연으로나마 알게 되어 오랫동안 기억에 남을 것 같소. 부디 잘 지내길 바라오.'

또한 나는 대한민국의 자랑스러운 외교관임을 다시금 느끼면서 그 자부심과 함께 외교의 힘이란 얼마나 크고 중요한 것인가에 대해 새롭게 생각하는 시간을 가졌다.

일본은 나의 최초 해외 파견 지역이었기 때문에 오히려 초심으로 돌아간 것 같은 느낌을 받았다. 다행히 20년 전 동경 대사관 시절 새벽같이 배웠던 일본어를 기억하고 있어서 어렵지 않게 일본어를 구사하면서 업무를 수행할 수 있었다.

거의 매일같이 참석해야 하는 교포들과의 저녁 연회장이나 일본인들의 라이온즈 클럽, 상공인 모임 자리에서는 외교관 공용어인 영어로 스피치를 했었다.

그런데 내가 영어로 스피치를 할 때 일부러 처음에는 우스운 농담을 하며 분위기를 풀 작정으로 천천히 말을 했음에도 일본 사람들이 전혀 반응이 없고 웃지를 않는 것이었다. 그래서 나는 왜 일본인들이 웃지를 않을까, 웃음이 적은 사람들일까 하는 생각을 하며 이상하게 여기고 있었는데, 주변 교포들과 이야기를 나누다 보니 일본 사람들이 거의 대부분 바로 들어서는 영어 해석을 하지 못해서 아무리 쉽게 영어를 써도 제대로 알아듣지를 못한다는 것이었다. 생각해보면 그들은 받침 발음을 제대로 쓰지 못해 영어 문장을 원어민처럼 발음하지 못한다는 이야기를 들은 바 있었다.

그래서 결국 나는 일본인들의 마음을 더 이끌어내기 위해 비록 유창하지 않더라도 서투른 일본어를 사용해 스피치를 하게 되었고 그때부터 일본 사람들이 파안대소하는 모습을 보게 되었다. 그때 깨달은 것은 일본에서는 완벽하지 않더라도 일본어를 사용해야 그들이 나의 생각들을 받아들일 수 있는 것이며 다른 문화적으로도 내 것을 보여주는 것이 아니라 그들의 문화에 빨리 들어가는 것이 효과적이라는 사실이었다. 그 후로 나는 일본어 선생님을 곁에 두고 내가 그날 발표할 연설문을 꼭 일본어로 감수 받고 발음도 제대로 할 수 있도록 배운 후에 스피치를 하게 되었다.

일본에서의 나날이야 중동에 비할 바 아니지만 이곳에서는 교포들의 대소사를 신경 써주는 것이야말로 가장 큰 일이었다. 나고야에서 재직 당시 가장 인상 깊었던 일은 내 관할 지역에 있는 수천 명의 교포들이 자식들의 결혼식이나 모든 축하연 행사 등에 나를 주빈으로 초청하려고 하는 관행이었다.

외교관은 한국에서 파견 나온 높은 관직의 사람이고 그가 인정해주고 한마디라도 해줘야 그들의 행사가 빛을 본다는 생각이었는지 나는 주중과 주말에 관계없이 나고야 지역은 물론이고, 때때로 오사카, 고베, 도쿄까지 가서 교포들의 행사에 참여하고는 늦은 시간이 돼서야 피곤에 지쳐 집에 들어가는 경우가 많았다.

　일정이 아예 겹치는 경우를 제외하고서는 거의 대부분의 행사에 참여했던 기억이 남는다. 지나고 보면 멀리 타향살이를 하면서 고국에서 온 사람에게 따뜻한 사랑과 보살핌의 손길을 받아보고 싶은 것이 교포들의 마음일지도 모른다는 생각을 하게 되었다.

　일본은 바로 이웃나라이면서 정치·경제·문화적으로 교류할 일이 잦아 외무부 본부의 간부님들께서도 자주 찾는 지역이기도 하다. 내가 총영사로 재직하는 동안에도 당시 유종하 차관님, 김경철 기획관리실장님 등 수없이 많은 간부님들이 거쳐 가셨는데 내 기억 속에 가장 오랫동안 남아 있는 분은 바로 오래 전 외무부장관을 역임하셨던 이원경 장관님이시다.

　이원경 장관님은 나와 동향인 경주 태생으로 내가 중학생일 당시 경주중학교에서 영어를 가르치신 선생님이셨다. 장관님이 일본에 오셨을 당시에 나에게 격려차 방문했다는 말씀을 하시고는 하루 저녁 나와 사우나를 하고 한국으로 가신 기억이 난다.

　그분으로 말할 것 같으면 중학교에서 학생들을 가르칠 당시에 급여가 너무 적어 부모님을 제대로 모실 수가 없자 상경해서 그 어려운 외교관 시험을 통과하고 외교관이 되었다는 유명한 일화가 있다.

나는 쉽게 납득할 수 없었지만 시골의 선생님들이 박봉으로 시달리며 공무원보다 봉급이 낮았다니 당시 장관님의 사정도 곤란했을 것이란 생각도 들었다. 이원경 선생님의 경우 나처럼 세계 여러 나라를 전전하며 근무하시다가 나름 운을 타고 장관까지 되신 분이시니 본인이 노력도 많이 하셨을 것이고 참 대단하신 분이었다는 것을 깨닫게 되었다.

세월은 빠르게도 흘러 일본 나고야에서 근무한 지 2년이 되어 나는 주나고야 총영사직을 무난하게 마치고 귀국하여 외무부 본부에서 본부 대사로 잠시 근무하게 되었다. 1991년 봄 그때 뜻밖에도 부산시청으로 나가서 부산시청 국제협력 자문대사로 근무하라는 외무부 장관님의 말씀이 내려왔다.

그때는 수출보국으로 우리나라에서 전 세계로 나가는 수출 규모가 세계 8위로 뛰어오를 만큼 국가의 경제규모가 팽창일로로 세계만방에 퍼져나가고 있을 무렵이었다. 외국의 강대국 무역 사절단이 서울뿐만 아니라, 각 지방 자치단체로 직접 찾아가 협상을 벌이는 실정이었다.

그 당시에는 미국에서만 50개 주에서 무역사절단이 밀려들어와 각 지방 자치단체에 찾아가서 무역상담을 하려고 했다. 미국뿐만 아니라 수십 개 국가에서 우리나라와 무역을 하고 싶다고 찾아오는 무역사절단들도 있었다.

하지만 지방자치단체에서는 그 무역물량을 맞추기도 힘들었고 대접도 어려울뿐더러 능력과 기술이 부족해 그 모든 외국 무역사절들에 효과적으로 대응하기에 어려움이 많았다. 무역을 위해 찾아온 이들을 거의 다 놓치는 실정이었다. 이에 외무부 본부에서 능력 있는 대사들을 지방의 5대 도시에 파견하며 외국 무역사절단의 요구를 보다 더 효율적으로 대응하는 제도를 운영키로 결정했었다.

나로서는 다행히도 고향과 가까운 부산 쪽으로 파견을 나가 큰 행운으로 여겨졌다. 부산에는 해운대도 있고, 영도다리가 있으며, 넓은 바다가 펼쳐져 있는 꿈의 도시나 마찬가지였다. 또 광안리 해수욕장, 달맞이 고개 등 유명 관광지도 있어 더없이 좋은 휴양지로 꼭 한번 살아보고픈 이상향이었다. 나는 광안리에서 부산시청이 있는 광복동까지 매일 아침 즐거운 마음으로 출근하곤 했다.

거의 매주 1~2회 가량은 부산지역을 찾아온 외국 무역사절단을 맞이했다. 커다란 호텔을 빌려서 낮에 투자 상담을 시행하고 밤에 푸짐한 만찬 파티를 개최하는 식이었다.

또 부산지역의 중소기업인들을 인솔해서 미국 시카고와 중국 상해시청의 초청을 받아 판촉활동을 열심히 벌였다.

중국 상해와는 부산시가 자매결연을 맺어 부산역 앞에 차이나타운을 둘 만큼 돈독한 관계를 두고 있었기에 우리 기업인들을 초청한 것이었는데 나 역시 기업인들을 인솔해 상해에 1주일 다녀올 기회가 있었다.

그곳에서 상품설명회를 갖고, 상품 구매계약을 다수 체결하면서 의외의 큰 성과를 맺었다. 열심히 판촉활동을 벌이며 일정을 마무리하고 귀국하려고 하는데 갑작스럽게도 북경 시에서 연락이 왔다. 무슨 일인가 했더니 우리 기업인들이 상해에서 활동을 벌인 것을 안 북경 시에서 연이어 우리 기업인들을 초청한 것이었다. 갑작스러운 제안에 어리둥절했지만 기업인들의 의견을 수용하니 이왕 이렇게 된 것 비용도 그쪽에서 대겠다고 하는 마당에 1주일 정도 북경에서 지내는 것도 좋다고 하는 의견이 나와 함께 북경까지 가서 또 1주일 동안 판촉활동을 벌였다. 중국의 발전상을 꼼꼼히 살펴볼 수 있었던 절호의 기회였다.

더욱 재미있었던 것은 미국의 워싱턴, 캘리포니아, 텍사스 주 등 각 지방 자치단체에서 파송된 무역사절들을 초청해 사업설명회를 열고 하나하나 상담을 추진하는 일이었다. 미국인들을 상대하는 것은 나로선 신나는 일이었다.

이때의 생활도 나에겐 큰 추억을 남겼다. 어머니와 잠시나마 함께 지낼 수 있어 행복했으며, 일 또한 너무나 보람을 느낄 수 있었기 때문이다.

쿠웨이트로
떠나다

주쿠웨이트 대사관의 사무실에서 집무 중인 권찬 대사

1994년이 되어 어느 날 본부에서 다시 연락이 오기를 이제 다시 해외에 파견을 나가야 한다는 것이었다. 또 냉탕의 시간이 도래했다고 생각했다. 내 예상이 맞아들어 나는 다시 중동으로 가게 되었는데 재미나게도, 아니 아이러니하게도 필자는 이라크가 공격했던 쿠웨이트 주재 대사로 부임하게 되었다.

며칠 후 청와대에서
신임장 수여식이 있어
서 부산에서 상경을 했
고 김영삼 대통령과 이
상옥 외무부 장관님을
만났다. 1년여의 꿈같

직원들과의 티타임

이 즐거웠던 부산 근무는 그렇게 막을 내렸다. 그리고 나는 1994
년 4월 또다시 열사의 사막이 펼쳐져 있는 중동의 땅으로 부임
하게 되었다.

쿠웨이트 대사로 부임하면서 동시에 중동지역 공관장까지 맡
게 되었는데 앞서 일본 나고야 총영사에 이어 두 번째 공관장
직책을 받은 것이었다. 외교관 생활을 하는 동안 두 번씩이나
공관장을 맡는다는 것이 그리 쉬운 일이 아니며 개인적인 영광
이자 행운이라고 할 수 있었다.

참고로 여기서 언급해야 하는 것은 총영사와 대사의 차이점
이다. 둘 다 공관장으로서 직책과 위치는 같다고 할 수 있지만
명확히 다른 점이 한 가지 있다.

대사로 부임할 시 총영사와는 다르게 자국 원수로부터 신임
장, 영어로는 '크리덴셜'이라고 하는데, 이 신임장을 받아서 자
신이 부임해야 하는 주재국의 원수에게 찾아가 직접 제출해야
만 대사로서의 지위 및 모든 외교적 특권을 제대로 활용하면서

외교 활동을 시작할 수가 있는 것이다.

　국가를 대표해서 상대 나라에 부임한 대사가 하는 모든 일들이 직접적으로 외교활동과 관련이 된다는 것은 개인적으로도 대단한 특권이라 할 수 있다. 치외 법권의 적용을 받아 외교 활동과 관련된 일이라면 주재국에서 불법이라고 하더라도 대사를 체포할 권한이 주재국에는 없는 것이다. 나는 특히 김영삼 대통령이 내린 첫 번째 신임장을 받아 쿠웨이트 대사로 활동하게 되었다는 데 더욱 의미를 두고 싶다.

　쿠웨이트에 부임하니 아직 전쟁의 흔적이 많이 남아 이를 점차 지워나가고 있었다. 아직 복구되지 않는 부분이 많았고 생활에 불편함이 느껴지는 상황이었다. 끊겼던 수도관이 제대로 연결되지 않아 식수도 잘 조달되지 않았으며 폭발로 파괴된 왕족들의 고급주택들이 복구되지 않은 채 흉물스럽게 방치되어 전쟁의 잔혹함을 그대로 느낄 수 있었다.

　그러나 쿠웨이트는 분명 석유 자원으로 큰 부를 쌓은 부자 나라였다. 온전히 남아 있는 곳에서 주택과 도로망 수준을 확인할 수 있었는데, 미국이나 유럽 선진국 못지않게 잘 정비되어 있었다. 또한 아주 더운 지역이어서 일반 가정 주택 한 채마다 모두 요새처럼 만들어져 있었고 마당과 집 대문에도 에어컨을 설치해 가능한 더위를 느끼지 않을 수 있도록 했다. 또한 아주 넓게 지어서 집 내부가 사방으로 트이게 해 시원해 보이는 구조로 지어져 있다. 역시 일인당 국민소득 세계 2위의 부국의 힘이란 이런 것이라는 생각까지 들었다.

1994년 중동에서 여름이 시작될 무렵에 부임한 나는 이제 더위를 그럭저럭 견딜 만큼 중동에 적응한 몸이 되었다. 거기에다가 영사가 아닌 전권대사이자 공관장으로 부임하게 되어 자부심이 더해져서 오히려 중동에서의 생활이 기대가 되었다.

쿠웨이트 시티에 도착해서 제일 먼저 주재국 외무성을 찾아갔다. 의전장을 만나 인사를 하고 쿠웨이트 국왕에게 제출할 신임장 사본을 먼저 제출해 국왕과 만날 일정을 정했다.

이런 과정이 짐짓 번거로워 보여도 꼭 해야만 하는 일로, 새로 부임한 외국대사는 주재국의 정부 원수에게 신임장을 정식으로 제출해야만 공식적으로 인정을 받으면서 외교활동도 할 수 있기 때문이다.

그 다음 날 바로 외무성에서 연락이 오기를 국왕의 일정이 정해졌으니 일주일 후 궁전으로 오라는 소식이었다.

1994년 4월 중순, 드디어 국왕을 만나 신임장을 제출하는 날이 되었다. 이른 아침부터 우리 대사관 앞에는 국왕이 보낸 의전 비서관이 이미 도착해서 대기 중이었다. 그날 특별히 나는 10살은 더 젊게 보이게 해주는, 내가 아끼던 특별 예복인 연미복을 근사하게 차려 입고, 내 휘하 외교관들을 대동해서 쿠웨이트 국왕 의전 비서관을 따라 왕궁으로 향했다.

내 인생에 있어서 정말 기쁘고 즐거웠던 날을 꼽아보라면 아마 이날도 포함될 것이라 생각한다. 국왕에게 신임장을 제출하는 이 행사는 나라마다 격식이 다르다. 영국의 경우가 참 대단한데, 워낙 전통의전을 중요시하는 나라이다 보니 대사에게 영국 여왕이 꽃가마를 보내준다고 한다. 대사관에서 왕궁까지 근위대의 호위를 받으며 행렬하는데 그 모습이 시민들에게는 대단한 구경거리이다.

왕궁으로 향하면서 나는 생각했다. '비록 전쟁으로 황폐해진 나라지만 산유 부국인 이 나라와 좋은 관계를 유지해서 우리나라에 큰 도움이 될 수 있도록 해야겠다'라고….

이날 신임대사는 본국의 신임장을 국왕이나 원수에게 제출하는 것만이 전부가 아니라 한 나라의 대표로서 그 나라에 하고 싶은 이야기라든가 각오, 다짐 등을 밝힌다. 말로 하는 것은 아니고 첫 대면하는 국왕이나 국가원수에게 편지 형식으로 글을 써서 양국의 우의 증진과 신뢰 관계를 쌓는 데 최선을 다하겠다는 각오를 피력해 제출하면 된다.

이렇게 신임장을 제출하는 행사를 간단하게 마무리 짓고 국왕과 환담 후 인사를 나누고 나오는 것이 절차였다.

왕궁에 들어가서 국왕을 만날 생각에 가슴이 뛰었다. 이때 쿠웨이트 국왕은 알 자베르 왕으로 이라크가 침공했을 당시 사우디아라비아로 도피해 망명정부를 세우고 이라크 군대의 수많은 수모와 약탈을 당하던 국민들에게 희망을 잃지 말라고 현찰을 보내며 독려했던 명망 높은 왕이었다.

　쿠웨이트를 구해낸 영웅으로도 불리는 그는 이라크 침공 당시 미국 대통령에게 간청해 나라를 되찾고 후세인에게 보복공격까지 가한 용기 있는 정치가이기도 했다. 오랫동안 집권하면서 국민들의 신임을 대단히 많이 받고 있는 데다가, 침략당한 쿠웨이트를 용기 있는 행동과 외교를 통해 6개월 만에 수복할 수 있는 능력은 가히 인정할 수밖에 없는 인물이란 생각이 들었다.
　내가 부임할 당시 쿠웨이트 알 자베르 국왕은 여전히 국민들의 절대적인 숭앙과 지지를 받으며 쿠웨이트를 점점 더 부흥시켜가고 있었다. 석유 이후의 시대도 대비하는 중이어서 쿠웨이트가 미국 은행에 예치하고 있는 국가 자금만 해도 1,000억 달러에 달하고 있어 그들의 부는 쉽게 없어지지 않을 성 싶다. 그래서인지 알 자베르 국왕의 요청에 미국이 즉각적으로 반응할 수도 있었고 쿠웨이트의 국권을 유지할 수 있었던 것일지 모른다.

　나는 그날 신임장을 제출하고 알 자베르 국왕과의 가벼운 환담을 나누며 한국과 쿠웨이트 간의 정서를 주고받았다.
　잠깐의 대화를 통해서 알게 된 것이지만 알 자베르 국왕은 국가에 대한 사명감이 굉장히 높은 사람이었다. 말수가 적으면서 굉장히 차분한 사람이었고, 동양적인 신사라고 한다면 이 사람을 두고 말하겠다는 생각이 들었다. 전체적인 분위기에서 그를 믿고 신임할 수 있는 사람이라고 보이는 부분이 많아 국민들로부터 지지를 받는다는 생각을 했다.

인사를 하고 나가기 전 알 자베르 국왕은 나에게 축하한다는 뜻에서 특별한 호의를 베풀었다. 바로 자신의 사인이 새겨진 황금 만년필로, 굉장히 호화롭고 귀중한 물건이었다.

이후 나는 점차 자리가 잡히기 시작하자 주재국에서 활동 중인 외교관 선배님들을 만나며 인사도 드리고 주재국 정보도 교환하며 외무성 핵심인사들을 파악하는 데 전력을 다했다. 10여 년 전 아랍에미리트에서 얻은 중동의 경험을 돌이켜보며 어려운 점을 해결해 나갈 수도 있었다.

주재국에 거주하는 교포 대표자들과의 만남은 매우 중요한

최창락 차관님을 영접하며

고려대학교 조순승 교수님 일행 영접

업무 중 하나였다. 교포 대표자들과 서울에서 파견을 나온 기업의 간부를 초청해 함께 만나면서 서로의 애로사항을 청취하고 외교 관계를 통해 해결해 줄 수 있는 부분을 종합했다. 그 다음 주재국 담당 기관과 협력하면 생각보다 비교적 쉽게 문제를 풀어나갈 수 있었다.

한 가지 일로는 교포들 가운데서 주재국 체류 자격이 부족해 본국으로 송환될 처지에 있는 분들은 당장은 어려운 상황이라고 해도 주재국에 교섭사항으로 받아서 장기적으로 해결할 수 있도록 적극 지원했다.

아무리 성실과 원칙으로 일을 해도 교포들 능력으로 도저히 해결이 어려운 점은 대사관에서 주재국과 교섭해서 풀어주는 일들을 했다. 이러한 일들이 교포사회를 많이 단결시키고 교포들의 조국사랑을 부추기는 것이라 믿고 있었다.

그리고 나는 항상 두 가지 원칙을 가슴에 새겨 놓고 매일의 일과에 최선을 다하고 열정적으로 목표달성을 위해 일했다. 첫째는 한국과 쿠웨이트의 관계 증진이었고 둘째가 교포들의 활동 증진과 지위 향상이었다.

이를 위해서는 많은 사람들을 만나는 방법이 답이었다. 매일 쉼 없이 우리나라 사람, 쿠웨이트 사람 가릴 것 없이 많은 사람을 만났다. 그리고 매월 1회는 교포 대표자들을 불러 모아 간담회를 열어 그들의 어려움을 해결해주는 시간을 가졌다.

쿠웨이트 정부와의 관계를 좋게 만드는 것도 결국 많이 만나는 것이 답이었다. 매주 외무성 의전장을 만나고, 경제국장, 통상국장, 아주^{아시아}국장 등 각 장관급 인사들을 일일이 찾아가 만나고, 한국에 대해 이야기했다. 한국의 현황을 말해주면서 그에 덧붙여 우리나라 주요 수출상품, 중동 주재기업의 신상품, 월별 수출현황 등을 열심히 브리핑해주며 관심을 이끌었다.

바빌론 사자상 옆에서 서울 경제기획원 최창락 차관님과 함께

내 노력이 있어서일까, 부임하고 1년이 지날 무렵 쿠웨이트 정부에서 한국에 진출할 목적으로 서울에 새 대사관을 개설하기로 결정하고 전문외교관들을 파견했다는 소식을 들을 수 있었다. 그리고 마치 도미노 현상처럼 바레인과 카타르, 아랍에미리트 등 걸프 중동 지역 여러 나라가 한국에 진출하여 본격적으로 외교 활동을 전개하는 모습을 볼 수 있었다.

쿠웨이트 대사로 있는 동안에는 1년에 한 번, 전 세계에서 활약하고 있는 공관장들이 본부로 모여 일주일 동안 특별전략 회의를 갖는 재외공관장회의에 참석하는 일을 제외하곤 한국에 들어가지 않고 오로지 외교활동에 힘썼다.

사진1, 2) 주쿠웨이트 대사시절에 직원 1명이 비명에 떠나 사막에 빈소를 차리고 애도함
사진3) 주쿠웨이트 대사관 직원들과 족구하는 모습
사진4) 걸프만 해수욕장과 부두를 찾다
사진5) 주쿠웨이트 대사 시절 사막에서 망중한 즐김. 주말마다 직원들과 함께 사막골프를 쳤다

서울에서 온 법무부 검찰국장(오른쪽 2번째) 영접

　재외 공관장 회의란 외국에 나간 외교관들이 국내 사정에 대해 다시금 파악할 수 있도록 자리를 마련해주는 것이라 볼 수 있다. 본국의 소식을 잘 접하기 어렵다 보니 국내 정세에 어두워 외교 활동에 영향을 끼칠 수 있으므로 대사들을 본국으로 불러 모아 1년간의 공백을 메워주는 것이다.

　그렇게 1년에 한 번 다 함께 모이면 국내 주요이슈를 모아 브리핑하는 시간을 갖는다. 정치, 경제, 사회, 문화 등등 분야별로 총괄해서 정리해주고, 우리의 주요수출품목에 대해 변화를 알려주거나 해외에서 광물, 광맥 또는 수입품목 등에 대해 정보들을 제공해 자원외교를 하라거나 특별한 지시를 따로 주거나 등

주쿠웨이트 대사관에서 본부 건설부 관계국장을 영접함

등 외교 전체적인 큰 그림을 다시 그리는 회의인 것이다.

물론 중요한 인사들이 다 모이는 자리인 만큼 청와대에서도 특별 만찬을 준비해 대사들을 초빙한다.

나는 김영삼 대통령과 최호중 외무부 장관이 재임할 시절에 회의에 참석했었는데, 그때 김영삼 대통령은 "공관장은 해외에서 매우 중요한 역할을 수행하는 이들입니다. 마치 세계 각지에 나가 있는 우리나라의 손가락 같은 역할을 하고 있습니다." 같은 말씀을 하시는 등 무엇을 말해주면 좋을지 미리 준비한 말들을 다 전해주시곤 했다. 또 워낙 사람이 많으니 기본적인 것과 관련 있는 공통된 이야기를 많이 들을 수 있었다.

회의 기간 동안에는 주재국 외국인들에게 우리나라에 대해 제대로 설명할 수 있도록 몇몇 사건에 대한 주요 개념을 바로 잡아주기도 한다. 예를 들어 박정희 대통령의 유신체제에 대해 외국인들은 아예 이해를 못 한다. 그런 개념이 없기 때문이다. 그래도 혹여나 물어보면 설명을 해줄 필요가 있기 때문에 그런 점들에 대한 정보를 얻어가기도 한다.

　　또 많은 시간을 할애하는 것이 주요 장소 시찰이다. 가령 신축 원자력 발전소에 데려가거나 해외에 소개할 만한 새로운 공업단지 등은 관련 부처 장관이 동행하면서 직접 브리핑을 해준다. 주로 현황이나 개발일정에 대한 이야기를 많이 듣게 된다. 나의

쿠웨이트에서 개최된 항공관계 ICAO 국제 회의에 참석한 한국 항공관계대표단과 함께

경우는 중동 지역 대사로서 석유외교가 필요하다는 점을 이유로 석유의 안정적 공급을 위해 필요한 제반사항들을 많이 정리해두곤 했다.

쿠웨이트에 머무르는 동안에는 대주재국 외교에 최대한 전념하면서 이슬람의 문화와 그들의 역사들을 중점적으로 공부하는 데 시간을 쏟았다. 1980년 처음 아랍에미리트로 부임했을 당시 너무나도 생소하고 서구와는 아주 다른 이슬람 문화를 겪으면서 느낀 점을 정리한 책 『중동의 지정학』보다도 더 구체적인 두 번째 저서를 구상한 것이었다.

쿠웨이트에 부임하면서 중동 지역에서만 총 세 번째 외교 활동아랍에미리트와 전쟁터였던 이라크 근무, 쿠웨이트 부임을 벌인 나는 중동 지역 일에 대해서는 제법 자신감을 갖고 일을 했었고, 그래서 당시에 더욱 공부에 매달렸는지도 모르겠다.

"모자라는 부분을 채워나가는 것이 바로 행복이다"

제5장

세 번째 기적,
아름다운 제2의 삶

외교관으로서의 삶
지나간 세월

　전 세계로 치면 일본, 미국, 중동, 유럽까지 총 6곳의 포스트를 순회하면서 참 많은 것을 느꼈다. 외교관으로서 뜻깊은 활동도 있었고 힘든 과정도 겪을 때가 있었지만 그래도 모든 것을 조국을 위해 헌신한다는 마음으로 열심히 했다.

　주일 대사 3등서기관 자리를 시작으로 7개 공관에서 국익과 국위선양을 위해 나름대로 온 열정을 쏟아 부어 일한 경험이 무엇보다 소중하고 보람찼다.

　항상 세 가지 모토, 즉 외교관은 사복 입은 군인이며, 말은 칼보다 무섭고 위험하며, 외교관이 뛰면 전쟁이 날 수 있다는 것을 항상 가슴에 품고 살았다.

　또한 각 나라별로 외교관으로 근무하며 느낀 특징들이 있어 차곡차곡 모아두었는데 여기에 정리해 보았다.

일본의 경우는 정보가 굉장히 많았다. 한국 사람들이 살기에 매우 멋진 나라라고 생각했었다. 우리나라 사람이랑 별 차이가 없어서 입만 안 열면 같은 나라 사람인 줄 알 정도였다. 외국인 대우를 받지 않을 수 있다는 점은 여러 나라를 돌아다니면서 느낀 것 중에 매우 좋은 장점에 속하는 것이다. 친절하고 싹싹한 국민성은 워낙 유명하니 두말할 필요가 없다. 기후도 같고 우리나라 사람으로선 가까우니 가벼운 마음으로 다녀와도 좋고 방문이나 체류하기 어려움이 없었다.

미국은 광활 그 자체였다. 끝도 없이 넓었다. 미국 유학시절 동서 횡단 여행을 해본 적이 있는데 한참을 달려도 집 한 채 나오지 않을 정도며 곳곳이 다 사막이며 계곡이 있었다. 아무리 가도 끝이 없고 그 안에 자원은 무궁무진할 정도이다. 사람들은 더 말할 것도 없이 많으며 특히 중국인과 흑인이 많았다. 유색인종이 많기에 옛날에는 심했다던 인종차별을 그다지 느낄 수 없었다.

끝이 없는 나라라는 표현이 어울리는 곳이었다. 교육제도 또한 최상급이었다. 서류만 제출하면 책이고 지능계발이고 한계가 없이 다 열려 있는 곳이었다. 학비도 매우 저렴하기 때문에 공부에 마음만 먹으면 얼마든지 배울 수 있다. 무한의 자유와 공평한 민주주의, 돈만 있으면 천국이 따로 없다. 직업의 수도 많고 귀천도 따지지 않기에 일을 할 수만 있다면 얼마든지 먹고 살 길이 열려 있다.

네덜란드는 미국과는 달리 까다롭고 정확한 사람들이 사는 곳이었다. 뭐든 정확한 스펙을 갖춰야만 인정이 되었다. 미국 사람들보다 먼저 깨달은 사람들이기 때문이라 생각되었다. 유럽 사람들이 아메리카 대륙으로 건너가 세운 것이 미국이기 때문이다.

유럽인들은 '오리지널 어머니' 같은 스타일을 갖추고 있었다. 자상하고 아이들을 잘 키우는 어진 어머니 같은 느낌을 받을 수 있다. 사람 간의 위아래를 두진 않지만 자기들만의 자부심은 있다. 자기네 고유 언어를 쓰는 것이 그들의 자부심이었다. 영어를 쓰면 촌놈 취급하거나 이방인으로 대우한다.

아랍에미리트는 산유대국답게 집과 건물이 매우 좋은 국가였다. 7개국 군주가 모여 만든 나라로 두바이 군주를 만난 적이 있었는데 매우 영리한 사람으로 두바이가 실질적 우두머리 역할을 하려면 그 정도는 되어야 한다고 생각이 들 정도였다. 중동인들 사이에서도 깨인 사람들로 느껴졌다.

이라크에서는 별로 더운 것을 못 느꼈었다. 한강같이 커다란 강이 2개나 있어서 그런 것 같았다. 티그리스와 유프라테스 강, 인류 기원의 4대 문명지 중 하나로 터키에서부터 시리아를 거쳐 500킬로미터를 넘게 흐르는 폭이 좁지만 긴 강이 떠오른다. 이 2개의 강은 합수지점에 이르러 크게 만나 흐르고 국경을 지나 걸프 만까지 흘러내려 간다. 아랍사람들은 이를 '샤틀 아랍 수로'라고 부르고 합수지점은 에덴동산이라고 부른다. 실제로 이 에

덴동산에 사과나무가 한 그루 있었다.

쿠웨이트는 미국만큼이나 잘사는 나라다. 석유 수익이 사우디에 이어 세계 2위에 달하는데도 국민은 200만 명뿐이기 때문에 모든 특혜를 누릴 수 있다. 워낙 잘살다 보니 집집마다 에어컨이 없는 곳이 없고 다들 좋은 차를 타고 다녔다. 왕궁에서 열리는 파티에 초청되어 갔을 때도 왕족들은 꼼짝도 안 하고 에어컨 밑에서 담배를 피고 커피를 마시며 한가롭게 지내는 모습을 봤었다. 그래서 그런지 평균 수명이 40살에 지나지 않는다고 했다. 운동부족에 양고기며 온갖 맛있는 음식들을 많이 먹다 보니 생기는 현상들이었다.

이렇게 문득문득 각 나라별로 재미난 일들을 떠올리면 빙그레 웃음이 나오곤 한다.

열사의 나라 중동 국가에서 10여 년을 생활하고 일했으며, 쿠웨이트에서도 50도가 넘는 더위와 건조하고 텁텁한 황사바람을 견디며 외교관으로서 부여된 소임을 위해 뛰고 또 뛴 세월이 금방 흘러 1996년 4월이 되었다. 임기가 다 되어 홀가분한 마음으로 쿠웨이트를 떠날 준비를 하나둘 하기 시작하니 그동안 지난 세월이 주마등처럼, 하나의 필름처럼 눈앞에 흘러가는 듯했다.

본국으로 돌아가는 날 아침 나는 대사관 직원들과 하나하나 눈을 마주치며 인사를 나누고 당부의 말을 전했다.

"나는 이제 가지만, 여러분들은 조국을 위해 더욱 힘을 내주

셔야 합니다. 중동 지역은 현재 석유가 있고, 미래에 가면 10억이나 되는 인구가 있는 곳입니다. 앞으로 우리나라의 발전에 우리의 노력이 빛을 발할 때까지 수고롭겠지만 최선을 다해 관계를 유지해주시기 바랍니다."

"대사님, 고생하셨습니다. 조심히 들어가십시오."

본국으로 향하는 비행기에 몸을 싣고 눈을 감으니 온몸의 긴장이 다 풀어지는 것만 같았다. 좀 더 잘할 수도 있었을 걸 하는 아쉬움이 문득 마음 한구석에 생겨나기도 하며 다 이루지 못한 여한을 남기고 떠나게 되어 마음이 매우 무거워졌다.

지나간 세월을 돌이켜보며 기내에서 제공한 화이트 와인을 마셨다. 조금씩 취기가 올라왔지만 오히려 생각은 더욱 또렷하게 떠오르는 것이었다.

그때 기억나는 생각은 아무리 좋고 신나는 삶을 살아도 누구에게나 회한은 남는다는 것이었다. 「가지 않은 길」이란 시가 있듯이 나는 외교관의 길을 걸었지만 내가 살아온 인생에선 내가 갈 수도 있었던, 가지 않은 길이 분명 존재하는 것이다. 그렇기 때문에 누구나 아쉬워하고 더 잘됐을 수도 있지 않을까 하는 가정을 하곤 하지만 이제야 후회 아닌 후회를 할수록 나에게 독이 될 뿐이었다. 나는 이제 정년을 맞았고 여생을 살아야 하기 때문에 나머지 많은 시간을 어떻게 여한 없이 보낼 수 있을까 하는 생각을 더욱 해야 한다고 다짐했다.

기나긴 비행 끝에 드디어 김포공항에 도착해 출국장으로 나서니 익숙한 얼굴들이 있었다. 본부에서 함께 근무했던 동료들이었다. 환한 얼굴로 마중 나와 있던 그들은 힘들고 열악한 열사의 나라에서 너무나 수고스럽게 일을 했다고 위로를 해주었다.

나 또한 밝은 표정으로 그들을 반기며 한마디를 건넸다.

"정말 홀가분하네요."

아름다운
퇴임

    쿠웨이트에서 돌아온 나는 잠시 동안 본부에서 대사직을 수행하다가 이윽고 퇴임식을 가지고 정년퇴직을 했다.

    1996년 12월 어느 날, 외무부 청사에서 열린 나의 퇴임식은 참 특별한 날로 기억에 남는다. 당시 외무부장관이셨던 최호중 장관님은 나에게 기념패를 주시면서 환송사로 특별한 말씀을 주셨다.

    "외교는 주먹보다, 무력보다 위대한 일입니다. 그 위대한 외교를 잘 활용하면 국위선양은 말할 것 없으며 강인한 군대 몇 사단 이상의 병력이 이룰 수 있는 것보다 더욱 커다란 성과를 올릴 수 있습니다. 독일에서 철의 재상이라 불린 비스마르크가 펼친 외교 원칙과 성과를 돌이켜보면 잘 알 수 있는 것입니다."

    아, 나는 그때 그것을 깨달았다. 나는 비록 어렵고 힘든 과정을 겪으면서 아주 작은 성과를 얻어냈다고 생각을 했지만 그것이 우리나라로 전해지기로는 수십, 수백 배에 달하는 거대한 성과가 되어 나타날 수 있는 것이로구나, 나의 헌신이 결코 헛되지 않았구나 하는 생각이었다. 길다고 하면 길고 짧다고 하면 짧은 세월 동안 내가 최선을 다해 대한민국의 국위선양을 이루었다는 사실에 가슴 뿌듯한 순간이었다.

짧은 퇴임식이 마무리되고 나는 장·차관님과 많은 직원들의 환송을 받으며 광화문 외무부 청사를 빠져나왔다. 쌀쌀한 오후 4시경이었다.

그러고 보면 외교관으로서 일했던 30년이 마치 고속열차를 타고 지나간 듯이 쏜살같이 흘러간 것만 같았다. 이제 나라에서 나에게 수고한 공로로 주어질 것이라고는 얼마 남짓한 퇴직금과 공무원 연금증서뿐이었다. 그 순간부터 나의 머릿속에는 '남은 여생을 무엇을 하며 보내야 하는가?'라는 근원적인 질문만이 남아 있었다.

그러나 머릿속 이성은 어지러워도 가슴속 마음은 아주 느긋한 기분이었다. 마치 승전을 이끈 장군과 같이 여유로움과 만족감 같은 감정이 마음에 꽉 차 있었기 때문이다.

이제 내 시간도 많고 건강에도 자신이 있는 상태로, 정말 보람 있는 일을 하고 인생을 승리의 삶으로 마무리해야겠다는 각오가 샘솟고 있었다.

30년간 내 고향처럼 여기고 있던 외무부 청사에서 멀지 않은 광화문 사거리에서 나는 잠시 멈춰 서 있었다. 넓은 도로가 네 가지 방향으로 뻗어나가 있는 것이 마치 나에게 이야기를 거는 것만 같았다. 나에게 펼쳐진 길이 이처럼 네 갈래 길임을.

그때 나에게 펼쳐진 네 갈래 길을 하나씩 생각해보면 첫 번째 길은 영영 깜깜한 지하로 들어가는 것과 같은 길이었다.

완전한 은퇴를 받아들이고 내게는 앞으로 더 이상 일이 없다는 것을 선포한 뒤 식물인간처럼 남은 생을 살아가는 길이 있었다.

두 번째 길은 평탄하고 한적한 시골길과 같은 길이었다. 내 고향 경주로 내려가 귀농해서 옛날 아버님이 그러하셨던 것처럼 농사일을 이어받아 농부가 되는 일이었다.

세 번째 길은 소소한 볼거리가 많은 시장 골목 같은 길이었다. 역시 시골로 내려가서 일 대신 평생 못 해봤던 취미생활을 이것저것 해보면서 살아가는 재미를 느끼고 사람 사이에서의 유희를 느끼는 길이었다.

마지막으로 칠흑의 장막이 크게 드리워진 길로 앞으로의 내가 어떻게 될지 전혀 예측할 수 없는 길이었다. 그동안의 생활과 다른 완전히 새로운 분야를 개척해서 새로운 일을 하는 인생을 살아보는 길이었다.

나는 사거리 길에서 한참을 눈을 감고 생각에 잠겨있었다. 국가를 위해 봉사하던 공무원의 역할에서 이제는 매이지 않으며 자유롭게 선택할 수 있는 길이 네 가지가 놓여 있는 것이었다. 인생 2막의 중요한 갈림길인 셈이었다.

필자의 20대 중반, 미국 유학행을 선택해서 뒤 한 번 돌아보지 않고 목표를 향해 돌진해나갈 무렵처럼 지금 이 순간 너무나 설렜고 또 한편으로 미지의 세계에 대한 우려 같은 것도 있었다. 미국 유학길을 떠나던 때처럼 미국에 대해 아무것도 모르고, 미국인 선생님, 또 학과 내용 등도 상상만 할 뿐 아무것도 모른 채 오히려 속 편히 가서 부딪혀 보자는 심산이 속이 편했는지도 모르겠다.

지금은 내 스스로 현명하게 앞에 놓인 이 길을 선택해서 나가야 한다. 그래서 나는 네 가지 길 중 어느 것이 나에게 가장 필요한 길인가? 또 가장 가능한 길이 어느 길일까 하고 판단해 보았다.

우선 첫 번째 길은 나의 성격과 정서에 도저히 맞지 않는 것이었다. 60대 초반에 완전하게 은퇴라니 더 이상 상상할 수도 없는 길이어서 잊기로 했다.

두 번째 길로 접어들자니 일단 귀농 자체는 가능할 것이라 생각했으나 농사를 짓기에는 힘들 것이라는 판단이 들었다. 건강한 신체를 갖추고 있으나 이미 나이는 60대에 들어섰고 그동안 서류와 펜, 컴퓨터 앞에서 씨름하던 공무원의 몸으로서 농사일 같이 힘겨운 일을 지금 당장 시작하기란 비효율적이고 불가능할 것이란 판단이 들었다.

세 번째 길은 비록 소소한 재미를 만끽하면서 살 수야 있겠으나 내가 그 정도의 재미로 만족할 수 있을까란 생각과 더불어 속에서 강한 거부감이 차오르는 것을 느낄 수 있었다.

결국 가시덩굴 밭일지 탄탄대로일지 한 치도 알 수 없지만 나에게 남은 길은 네 번째 길이었다. 아! 아직도 나에겐 더 배우고 능력을 개척해서 작지만 세상에 도전해보고자 하는 의욕이 꿈틀거리고 있었던 것이다.

내 속에 본능과 욕망이 원하는 길을 택하자고 스스로 다짐하고 마음을 어루만지며 사거리 중 한 길을 향해 걸어가기 시작했다.

인생 서막
성공을 가져다주신 분들

옛 어르신들이 하신 시간이 정말 빠르게 간다는 말을 나이가 어느 정도 먹고서야 실감하게 되었다. 하루가 다르게 흘러가는 시간이 아까워 나는 조바심이 날 정도였다. 무엇을 해야 하는가에 대해 고민하던 중 문득 제2의 인생을 열 수 있던 것은 내 인생 서막을 성공에 이르게 한 '사람들'이 있었기에 가능했다는 결론에 도달했다.

잠시 회고에 빠져 지낸 시간 속에 내 안에서 오롯하게 떠오른 성공의 인물들로 세 분이 있었다.

어머니는 내 인생 성공의 첫 번째 분이시다. 내 어머니 김진숙 여사께서는 어린 시절부터 항상 나와 형제들의 안위를 걱정하며 기도해 주신 '기도의 왕'이었다. 내가 어릴 적 살던 마을 어귀에 커다란 저수지가 있었는데 그 저수지 아래 청석 바위는 어머니의 기도 장소였다. 새벽 일찍부터 그곳에 내려가서 촛불을 켜 놓고 정성껏 기도를 드리던 모습을 우연찮게 지켜본 순간을 나는 아직도, 그리고 마지막까지 잊지 못할 것이다.

또한 매월 보름이면 산속의 큰 절에 쌀 한 자루를 메고 가서 불공을 드리던 모습도 어린 시절의 추억이었다. 그 후 내가 자라서 신앙을 갖고 기독교인이 되자 나와 함께 교회에 나가서 열심히 기도하고 권사님이 되시기도 했다.

종교적 믿음으로 똘똘 뭉친 신앙인이기도 하셨으나 현실적으로 가난한 농부의 아내로 살아 항상 검소하게 자족하는 습관을 몸에 지니고 계시기도 하셨다. 그 모습이 결코 과하거나 모나지 않아 남들에게 항상 모범이 되셨다.

마흔도 채 되기 전인 젊은 시절, 아버지가 세상을 떠나시고 홀로 되신 어머니는 그 순한 성격에도 험한 세상에 굴하지 않으셨다. 우리 5남매가 어떻게든 훌륭한 사람이 될 수 있도록 밖에서는 대장부처럼 힘을 내셨고 특히 내 위의 누님들에게는 호랑이처럼 무섭게 대하셨다. 양반가 출신답게 집안에 있는 모든 대소사를 놓치지 않고 챙기시며 안동 권씨 집안에서 행하는 모든 예절을 철저히 우리에게 가르치셨다.

내가 은퇴하기까지 장수하신 어머니께서는 1999년 10월에 91세를 일기로 우리 품을 떠나셨다. 내 성공의 첫 번째 은인인 어머니를 잃은 슬픔은 오랫동안 지속되었으나 어머니는 항상 내 마음속에 꺼지지 않는 등불로 살아계신다.

두 번째로 기억에 남은 내 인생 성공
의 인물은 서울 뚝섬교회에서 말씀을 전
하시던 박지서 목사님이다. 내가 고등학교를 졸
업하고 상경해서 대학에 입학했을 때는 학비
나 생활비 등 지출할 것이 많아 경제적으
로 부족한 상황이었다.

그래서 임시 직장을 구하던 차에 처음 가
게 된 곳이 한국전파감시국이란 곳이었다.

뚝섬에 있는 곳으로 그곳에 낮에는 일하러 출근을 하고 밤에
는 공부를 하러 학교에 가곤 했다. 그곳에서 벌은 월급을 모아
서 대학 등록금과 하숙비를 내고 남은 돈으로 어머니 용돈까지
보내드렸다. 오로지 나를 위한 여유는 찾을 수 없었고 하루하루
지쳐가는 주경야독 생활 속 그때, 박지서 목사님이 나를 자주 찾
아오셨다. 기독교 믿음의 말씀을 시작으로 예수님의 생애를 누
차 설명해주면서 친절하고 자상하게 나를 이끌어 주셨다.

그때 처음에만 해도 나는 마음의 여유가 없고 급한 성격에 무
슨 종교 같은 소리냐며 굉장히 강력하게 믿음을 반대했던 기억
이 난다. 그러나 계속된 목사님의 설득에 조금씩 마음이 동해
결국 교회에 출석하기 시작했다. 나중에서야 목사님은 그 당시
를 회상하며 '너는 베드로처럼 불 같은 사람'이라고 별명을 지어
주시기도 했다.

지금 회고해도 박지서 목사님께는 감사의 마음이 든다. 복음의

씨앗을 내 마음속에 심어주셔서 그 씨앗이 싹이 트고 꽃을 피워 내 주변에도 향기를 내게 했다. 가족은 물론이고 내 아들 둘은 모두 목회자가 되어 하나님 말씀을 세상에 널리 전하고 있다.

나 또한 신학교에 입학해 하나님의 종이 되어 여생을 온통 하나님 영광을 위해 바치고 기도하는 보람을 느끼고 있다.

마지막 내 인생 성공의 인물은 우리나라 제10대 대통령을 재임한 최규하 전 대통령이시다. 내가 미국에서 지내던 때부터 시작해서 생전에 몇 번 귀한 가르침을 받은 적이 있다.

유엔총회가 뉴욕에서 열렸을 당시 보험회사 지부장으로 있던 나는 마침 잘됐다고 생각하고 장관님에게 인사를 드리려 찾아뵈었다.

미국 대학 졸업논문으로 작성했던 「한국정치 엘리트들의 사회적 배경」을 지참해서 그 자리에서 보여드렸다. 최규하 장관님께서는 그 자리에서 책을 유심하게 보시고는 논문을 멋있게 잘 썼다면서 매우 대견스러워하시고는 칭찬을 많이 해주셨다.

또한 외교관이 되기 위해서는 국제법과 국제정치, 한국사, 경제학과 영어 그리고 다른 외국어 1가지를 시험 보면 되니 한번 응시해 볼 것을 권유하시면서 외교관에 대한 동기부여를 내려주신 적이 있었다.

그땐 그 말씀 한마디가 너무나도 감사하고 고마운 마음뿐이었다. 그 일이 동기가 되어 나는 외교관이 되기 위해 시험 준비를 열심히 하게 되었다. 좋은 기회를 맞아 귀국하면서 성균관대학교로 가서 학생들을 2년여 가르치면서도 그 마음은 변하지 않아 결국 외교관이 될 수 있었다.

외교관이 된 후에도 최규하 장관님께서는 나에게 아낌없는 가르침을 주셨다. 영자 신문 2군데에 정기적으로 발표하던 나의 기고를 보시고 공무원과 언론의 관계를 잘 판단하라는 가르침을 비롯해 매사에 신중해야 한다고 당부하시던 것까지 생생하게 기억에 남아 있다.

그 가르침이 있고 나서는 언론과의 거리를 되도록 멀리 유지하곤 했으나 필요한 경우에는 신중에 신중을 거쳐 답변을 하곤 했다.

그 후 최규하 외무장관님은 총리로 발탁되었고 총리 재직시기였던 1979년 10월 26일 박정희 대통령 서거로 인해 대통령이 되어 2년이 채 안 되게 시무하셨다.

평소 박정희 대통령이 살아계실 때에도 후임 후보가 정일권 총리와 최규하 총리였는데 박 대통령은 최규하 총리에 더 무게를 두고 계셨다는 뒷이야기가 있었다.

너무 훌륭하신 분이었기에 가까이에서 모셨던 기회가 있었던 것도 내 일생 중 커다란 자랑거리가 되었다.

내 인생 성공의 인물들을 떠올리며 나는 작지만 하나의 공통점을 찾아낼 수 있었다.

나를 위한 진심 어린 조언을 해주셨다는 것이었다. 그것이 나에 대한 사랑과 믿음에서 비롯되었으며 내가 성공하고 훌륭한 사람이 될 수 있도록 진심을 전해주신 것이 주효한 것이다.

나의 성공을 도운 인물들처럼 나도 남들에게 진심을 전하고 좋은 기운을 많이 퍼트릴 수 있었으면 좋겠다는 생각을 품게 된 것이 그때부터였다.

그리고 나에게 우연처럼 운명처럼 어떤 일이 찾아왔다.

CEO가 된
색다른 경험

이 일은 지금 생각해보면 내게 부족했던 경험을 채울 수 있던 보너스 같은 일이었다. 소개를 하자면 여생을 어떻게 살아야 할 것인지 걱정하던 때에 한 중견 전자회사 사장을 만나게 된 일로 시작하게 되었다.

"권 선생님. 부득이하게 이런 말씀을 드려 죄송하게 생각합니다만…. 회사를 하나 맡아주실 수 있으신지요?"

"아니, 나는 지금껏 경영이라는 것을 잘 알지 못하고 살아왔는데 갑자기 회사를 맡긴다니요?"

"권 선생님의 능력이면 지금부터 맡으셔도 충분할 것 같습니다. 부디 어려운 사정이지만 회사를 하나 키울 수 있도록 도움을 주십시오."

말인즉슨 CEO, 사장이 되어서 회사를 육성해달라는 요청이었다. 정말 의외의 일이었다. 내가 CEO가 될 것이라는 것은 정말 단 한 번도 생각하지 못한 것이었다. 일단은 내 분야가 아니란 것이 가장 큰 문제였다. 회사를 맡아서 키운다고 한다면 사람을 만나고 제품을 설명하는 영업을 내가 직접 해야 할 텐데 전자회사에서 만드는 그 상품에 대해서는 지식도 없고 어떻게 팔아야 할지 경험도 없기에 난감한 상황이었다.

그러나 그 사장의 간곡한 표정과 말에서 내가 그냥 뿌리칠 수 없는 일이라는 것을 간접적으로 느꼈고 내가 다른 분야에 도전하겠다고 한번 마음을 먹은 이상 썩은 무라도 잘라봐야 한다는 각오를 가지고 하면 될 것이란 생각에 일단 한번 해보겠다고 말했다.

그렇게 나는 전자 관련 중소기업인 엘레코전자의 CEO가 되었다. 사실 거의 강제로 떠맡은 격이지만 나는 이왕 맡은 일에 최선을 다하자는 태도를 굳건히 하면서 무려 2년 동안 일했다. 그 사이 회사의 성장을 위해 중소기업청이나 신용보증기금 같은 다양한 금융기관들과 접촉하며 회사에 대한 아낌없는 도움을 이끌어내는 데 성공했다. 그렇게 경험을 쌓으며 외연 확대와 내실화에 전력투구해 정부지원하에 커다란 공장을 세우는 데 이르러서 나는 내 소임을 다했다는 만족감을 가지고 퇴사하게 되었다.

갑작스럽게 CEO를 맡게 되었지만 이 일은 내가 다른 분야로 뛰어들겠다는 각오를 직접 실천하는 계기가 되었으며 내 인생에 두 번 없을 색다른 경험을 한 소중한 추억이 되었다.

신학교에서
목사안수를 받다

어언 50여 년의 세월 동안 나는 기독교를 신뢰하며 하나님을 믿고 있다. 서울 뚝섬교회 박지서 목사님과의 인연으로 시작된 기독교를 통해 나는 언제나 하나님을 찾아 헤매는 어린 양이었다. 그 긴 시간 동안 나는 꿈에서라도 한번 하나님과 예수님을 만나지 않을까 싶은 마음을 품고 있었고 한때는 그마저 되지 않아 발버둥을 칠 때도 있었다.

그 모습을 예수님이 가상하게 여기셨는지 내가 퇴직하고 난 뒤 어느 날 홀연히 꿈에 나타나 놋쇠로 된 십자가를 건네주시며 등을 두드려주시곤 미소 짓고 떠나셨다.

그 후 나는 하나님이 진실로 살아계심을 더욱 확실히 믿으면서 종교생활에 더욱 심취하기 시작했고 서울 많은 교회에서 행하는 부흥회와 세미나 등에 기를 쓰고 찾아가 참여하곤 했다.

하나님에 대한 소신이 점차 깊어질수록 나는 아주 작은 소망을 이루기 위해 결심을 하게 되었다. 신학교에 다니기로 마음을 먹은 것이었다. 언젠가 시간적 여유를 얻는다면 꼭 한번은 신학교에 다니면서 하나님과 믿음에 대한 공부를 하겠다는 소망을 갖고 있었고 더 늦으면 공부를 할 수 없을 것 같다는 생각에 소신을 갖고 입학원서를 제출했다.

60대 중반의 나이에 공부를 하겠다는 것이 어찌 보면 무모해 보일 수도 있으나 나에겐 신학 공부를 해보고 싶다는 갈망이 가득했기에 그것을 꼭 풀어야 했다.

2005년 용인에 있는 강남대학교 신학대학원에 입학해 첫 학기를 맞이했다. 이른 아침 즐거운 마음으로 교실로 향했는데 문을 열고 들어서니 앉아 있던 학생들이 모두 일어서서 나에게 인사를 하는 것이 아닌가?

내가 이미 육십 대에 들어서 교수님 연배쯤 되었으니 첫 강의에 교수님이 들어오시는 줄 알고 나에게 인사를 했다는 것이다. 그래서 본의 아니게 학생들 전체에게 내 소개와 인사를 하고 나선 한참 동안을 웃었다.

함께 공부하던 학우들도 거의 다 40대의 늦은 나이에 신학을 공부하겠노라고 입교한 사람들이었다. 그때 함께 동문수학하던 정갑수, 장은표, 이강옥, 이병선, 이상구, 최희석 등 동기들은 이제 모두 훌륭한 목사가 되어 하나님의 종으로 멋진 목회활동을 하고 있다. 나 역시 신학교를 졸업하고 나서 동료들과 함께 목사 안수를 받아 목회활동을 시작할 계획으로 노력을 기울였다.

그러나 나는 보통 목사님들의 평균 은퇴 나이에 이르러서야 목사 안수를 받게 되어 목회를 시작하기에는 너무 늦은 것이라는 것을 뒤늦게 깨닫게 되었다. 결국 뜻대로 이루어지지 않았으나 나의 두 아들들이 나를 대신해 미국과 한국에서 열심히 목회활동을 하고 있어 다행이라고 생각한다.

그래도 2년 반 동안 열심히 하나님의 존재와 성령의 역사하심을 공부하고서 2007년 학업을 마치고 학우 5명과 함께 기독교 100주년 회관에서 목사 안수식을 받을 수 있었다. 그때는 참 기뻐서 눈물이 흘렀다. 주님의 음성에 소망을 품고 인내와 기도로 제1등의 종이 되어 기쁨과 감사로 매일을 살 수 있으니 말이다.

신학교에 들어와서 절반의 성취를 이루고 새 인생을 시작하는 계기가 바로 목사 안수였으며 그때부터 나는 하나님을 영화롭게 해드리는 일만을 최대 과제로 여기고 살게 되었다.

시편 30장 11절에 보면 "주께서 나의 슬픔을 변하여 춤이 되게 하시며, 나의 베옷을 벗기고 기쁨으로 띠 띠우셨나이다"라는 구절이 있는데 마치 그런 기분인 것이었다.

그 후 나는 장기만 목사님이 운영하는 '한마음 선교회'에 가입해서 함께 선교활동에 힘을 보태며 살고 있다.

거품 같은 세상
등지고

2010년쯤 나는 서울의 집 한 채를 가까운 가족에게 인계하고 나서 서울 인근의 작은 실버타운에 입주했다. 공직 생활을 하며 평생토록 딱 한 번 구입한 집이었고, 나에게 속한 마지막 자산마저 다 인계해버린 것은 세속의 욕심을 다 놓아버리고 깃털처럼 가볍게, 바람처럼 자유롭게 살겠다는 결심이었다. 나는 오로지 국가에서 매달 지급하는 공무원연금 하나만을 가지고 있을 뿐이었다.

어차피 이 세상을 떠날 때는 아무것도 가지고 가지 못할 것, 수의에는 주머니가 없듯이 빈손으로 이 세상 왔다가 빈손으로 갈 것인데…. 빈한한 인생을 이 세상에서도 더 맛을 보려고 한 듯, 공무원연금으로도 하숙비 내고, 용돈 쓰고 혼자서 충분하다고 자족했다. 어차피 화려한 물질생활은 내 성격에 맞지 않고 하나님 보시기에도 기뻐하시지 않을 것 같았다.

거품 같은 세상을 등지고 서울을 떠나 한적한 산 속에 있는 실버타운에 입주해 보니 우선 속세를 잊고 떠난 기쁨이 있었다. 세상의 욕심을 다 버리니 이렇게 마음이 가벼울 수가 없었다. 산속 계곡을 오르며 정기적으로 운동을 하니 건강은 오히려 더 좋아졌다.

에덴동산에 산다면 이런 기분이 아닐까. 주변 산속에 있는 나무나 꽃들을 보고 살며 떨어진 과일을 주워 모아 집 안 곳곳에 두었더니 그 향기가 매우 좋았다. 어머니께서 생전에 굉장히 좋아하시던 과일들, 내가 미국 유학시절 미국 아버지의 뜻에 따라 시간 날 때면 수확하던 그 향기롭던 사과. 그것들이 나를 옛날 기억으로 끌어들이는 것 같았다. 어머니와 함께 살던 서울의 개포동 집과 부산의 광안리 해수욕장들이 연이어 머릿속에 떠올랐다. 갑자기 어머니가 그리웠다.

그리운 내 어머니, 하나님의 품으로 떠나신 지 꽤 오랜 세월이 지났지만 그 모습은 여전히 생생하다. 어머니와의 추억을 비롯해 내 지난 추억들을 하나하나 매만져보곤 한다.

"사람을 강하게 만드는 것은 그가 하는 일이 아니라
하고자 노력하는 것이다"

제6장

미래의 꿈나무들과
함께한 어느 날

실버타운에서의 하루하루가 흘러가고 있을 무렵이었다. 내가 사는 곳 인근에 유수한 명성을 날리고 있는 국제고등학교에서 근무하는 낸시 휴잇Nancy hewitt이라는 영어선생님이 나를 찾아왔다.

"선생님, 혹시 학생들을 위해 특강을 해주실 수 있으실까요? 선생님의 경험담이 아이들에게 큰 도움이 될 거예요."

고등학생들을 위한 진로특강으로 약 2시간 정도 강의에 외교관이 되는 방법과 외교관 생활에서의 경험담을 주제로 이야기를 풀어달라는 부탁이었다. 학생들에게 강의를 하는 것은 언제든 환영이라고 하고 흔쾌히 승낙했다.

강의를 하는 날, 학교에 찾아간 나는 강의를 앞둔 학생들의 똘망똘망한 눈에 외교관에 대한 호기심이 가득 차 있음을 느낄 수 있었다.

"반갑습니다. 학생 여러분. 저는 권찬이라고 합니다. 여러분이 태어나기도 훨씬 전에 외교관으로 일하면서 해외에서 많이 있었어요."

해외에서 외교관으로 있었다는 이야기에 학생들의 집중도는 더욱 높아진 것 같았다. 국제고등학교이다 보니 해외에 대한 동경이 더 남다를 듯해서 주로 해외 포스트에서 있던 일들을 이야기하려 했다.

"혹시 여러분 이라크의 사담 후세인 대통령을 아세요?"

몇몇은 국제 정세에 관심이 있는 듯 고개를 끄덕이는 모습이었다.

"외교관으로 있으면서 몇 가지 기억에 남는 일이 있는 데 그 중 하나가 제가 이라크와 한국의 친선관계를 만들고 북한대사관을 몰아내면서 우리나라 총영사관이 대사관으로 승격됐을 때였어요."

신기한 듯 나를 쳐다보는 학생들의 눈빛이 반짝거렸다.

"중동 이야기를 더 하자면 저는 이란하고 이라크 전쟁이 있을 때 그곳에 발령을 받아서 완전히 전쟁통에 휩쓸릴 뻔했어요. 무사히 피난을 했지만 그때 미사일이 날아다녔던 것을 생각하면 눈앞이 캄캄해요. 또 사담 후세인 대통령이 쿠웨이트하고 전쟁을 벌였을 때 아주 긴장할 수밖에 없는 상황이 있었고 또 미국이 사담 후세인 대통령을 잡겠다고 전쟁을 했을 때도 아주 긴박하게 피난을 갔었습니다."

학생들에게 이야기를 하면서 그때의 긴박한 순간이 계속 머릿속을 스쳐지나갔다.

"중동은 굉장히 보수적이고 딱딱한 사람들이 많아서 이야기가 잘 안 통할 때가 많아요. 환경도 매우 덥고 바람도 많이 불어서 힘이 듭니다. 제가 아랍에미리트 정부와 외교관계를 맺을 때도 대사관을 새로 만들어야 해서 대사관 건물도 찾아다니고 했는데 건물 주인을 찾아가서 이야기를 해도 말이 도통 통하지가 않아서 말싸움을 하다시피 해서 겨우 대사관 건물을 구했지요."

고생담을 약간 이야기하니 학생들이 갑자기 박수를 쳤다. 조금 쑥스러워 다른 이야기를 해보았다.

"여러분도 미국에 가보고 싶죠? 미국은 아주 멋진 나라예요. 차도 좋고 도로도 잘 되어 있고 맛있는 것도 많고 뭐든 다 할 수 있는 나라입니다. 그곳 교포들도 참 좋은 사람들인데 휴스턴에서 있을 때 잘 알고 지내던 어떤 분은 서울의 여의도만 한 땅을 샀다가 땅값이 떨어져 매우 힘든 상황을 겪고 있었는데 제가 그분을 도와드려서 지금도 잘살고 있어요. 여러분 혹시 가능하다면 꼭 미국 유학을 가보세요. 세상을 보는 눈이 달라진답니다."

이런 이야기들을 하면서 강의를 진행하다 보니 어느새 정해진 2시간이 훌쩍 지나가 있었다. 강의를 마치고 나니 학생들의 질문이 쏟아졌는데 대부분 강의의 연장선상이었다.

그중 미국의 하버드 대학을 좋은 성적으로 졸업하면 한국에서 쉽게 외교관이 될 수 있느냐는 질문이 기억에 남았다. 나는 단연 '노'라고 답했다. 오히려 미국 정부의 외교관이 될 가능성이 더 크고 한국에서 외교관이 되기란 가능성도 적고 힘들다는 것이 내 생각이었다.

판사와 검사가 되는 길은 선발하는 숫자가 대단히 많은 편이지만 외교부 시험은 선발하는 인원이 20여 명에 불과하며 응시자가 너무나 많이 몰리기 때문에 경쟁률이 높다. 영어와 특정 외국어를 필수로 요구하기 때문에 미리 준비할 시간이 많이 필요하다. 영어만 해도 1~2년을 공부해야 하고 다른 과목도 준비하기에는 시간도 굉장히 많이 들여야 한다. 합격한 후에도 영어와 제2외국어를 평생 부단히 노력해서 습득하지 않으면 모든 사안의 교섭과 협상을 펼치기에 역부족일 때가 많다.

비록 외교관이 되기까지의 과정도 힘들고 되고 나서도 힘들지만 그렇다 하더라도 외교관이란 직업은 매력이 있고 우리나라를 대표해 다른 나라에서 외교관계를 이끌어냄으로써 생기는 보람은 크다고 학생들에게 말해주었다.

학교를 나오면서 낸시 선생님이 나에게 매우 고맙다며 학생들의 멘토를 맡아달라고 부탁을 했다. 학생들에게 강연을 하면서 나도 가슴속에 잠들어있던 열정 같은 것이 되살아나는 느낌이 들어 얼마든지 할 수 있다고 말했다. 그렇게 나는 학생들의 진로를 상담해주는 멘토의 역할을 맡아 학생들과 소통하며 나에게 남은 모든 경험과 재능을 미래의 꿈나무들의 귀중한 밑거름이 될 수 있도록 힘쓰고 있다. 나와 스치듯 지나간 인연일지라도 언젠가는 누구나 우러러보는 인물이 될 수 있도록….

부록

나의 기록들 : 외무부 내부 논문, 대학 학술 논문

CONTENTS

제1편
소련의 아세아 집단안보구상에 관한 연구

1974. 12. 외무부 외교안보연구원 최우수 논문 당선작

| 주일대사관 3등서기관 권찬

서론

오늘의 국제정치는 권력구조적 측면에서 볼 때 동서냉전의 양극체제에서부터 강대국 간의 세력균형을 모색하는 다극체제로 개편되고 있으며, 이는 현상유지를 기초로 긴장 완화와 평화공존을 지향하는 추세로 변모하고 있다고 볼 수 있다.

70년대에 접어들면서 일·중공의 국교정상화, 미·중공 간의 화해, 구주안보회의, 월남전 종결, 남북한 대화 등 일련의 국제행사는 양국체제 질서가 무너지면서 일어나는 국제정치현상이며 좋든 싫든 간에 아세아 지역에서도 4강 체제의 새로운 정치질서가 현실적으로 대두하고 있음이 사실이다.

이러한 열국 간의 다극체제의 정치질서가 서서히 형성되고 있는 한편 새로운 질서 속에서의 「헤게모니」를 잡기 위한 권력 정치가 강렬히 움직이고 있으니 이들 중 가장 두드러진 움직임의 하나가 「브르즈네프」의 아세아 집단안보구상의 제창이라 할 수 있다.

동 집단안보구상은 새로 형성되는 아세아 정치질서의 연못에 소련이 "집단안보"의 이름으로 돌을 던져 넣고 있는 것이며, 소련의 주장대로 상호불가침과 주권존중의 원칙이 상호우의와 공동협력의 물결로 번져 궁극적으로는 이상적인 아세아제국의 집단안보를 가져올 수 있을 것인지, 불연이면 아세아에 있어서의 소련의 영향력을 증가시키기 위한 단순한 권력정치인지에 대해서는 아직 아무도 예측할 수 없다. 소련은 아세아의 항구적 평화의 길로서 1956년 이래 소위 "아세아 집단안보구상"을 제안했으며, 동 안보구상에 대한 소련의 주장은 시대적 배경과 정치적 상황에 따라 그 내용이 수차 다르게 표현되어 왔기 때문에 "제이누스"의 신처럼 한 개 이상의 얼굴을 가진 이 안보실체는 앞으로 여러 측면에서 많은 연구가 필요하다고 본다.

「브르즈네프」 서기장이 동 집단안보구상의 기본개념으로서 발표한 4개의 원칙을 분석해 보면 소련의 아세아 집단안보구상에는 침략에 대한 공동체제라고 하는 전통적이고 일반론적인 집단안보체제의 개념과는 거리가 멀다. 소련이 추구하는 아세아 집단안보구상의 배후에는 첫째, 중국을 봉쇄하고 둘째, 아세아에서의 미국 영향력을 배제하고 셋째, 일본과 적극적으로 접촉함으로써 일본의 경제력을 이용하고 아세아 제국에 대해 보다 광범한 영향력 행사와 진출을 꾀하고 있는 듯하며, 궁극적으로 소련이 어느 곳에 더 큰 비중을 두느냐에 대해서는 아직 예측을 불허하고 있다.

본 논문은 2가지 목적이 있는 바 첫째로 소련의 집단안보구상의 기본개념과 역사적 배경을 관찰하고 상황변경에 따른 소련의 상이한 주장을 연구 검토함으로써 안보실체의 파악에 중점을 두었으며 둘째로 아세아의 신강대국인 일본의 참여 없는 아세아의 집단안보 체제는 현실적으로 큰 의미가 없다는 관점에서 일본이 동 안보구상에 대해서 어떠한 견해와 반응을 보이고 있는지를 검토하였으며 또한 일본에 대한 소련의 끈덕진 「애프롯치」와 그에 대한 일본의 현실주의적 반응 등의 inter-action에 대한 검토로 4강체제의 하구구조의 흐름을 이해하는 데에 역점을 두었다. 미국의 아세아에서의 후퇴와 미·중 접근의 움직임은 중동에서부터 동남아세아 및 동북아세아에 이르는 광범위한 소련 외교공세의 추적을 낳게 하고 있으며, 소련의 「이니시아티브」에 의한 집단안보구상의 실현이 특히 자립의식이 높은 아세아 각국에 어느 정도 실현가능성이 있는지에 대해서 그 방향이 주목되지 않을 수 없다.

금후 동 집단안보구상의 방향을 구체적으로 신중히 검토해야 할 것이나 소련이 아세아의 「나쇼날리즘」의 다양성을 존중한 현실적인 차원에서 평등호혜의 협조를 구한다면 이의 설립 가능성이 전무하다고는 볼 수 없다.

Ⅰ. 아세아집단안보의 기본개념과 발전연혁

1. 「브르즈네프」의 안보 4조건[69.6.7]

아세아 집단안보 구상은 수년 동안 논의의 대상이 되어 왔지만 소련 정부가 공식적으로 표명한 것은 1969.6.7. 「모스코」세계공산당 대회에서 「브르즈네프」 당서기장의 연설에서였다.

동 연설 가운데서 안전보장 구상의 실체는 밝혀지지 않았으나 「브르즈네프」 서기장이 내세운 이상이라고 한다면 소위 집단적 기초에 입각한 새로운 집단안전보장 체제의 창설이었는 바, 즉 "현재의 국제정세에서 중요한 문제는 보다 장기적으로 판단해 볼 때, 궁극적으로 새로운 전쟁 또는 군사분쟁 발발의 위협이 집중되는 세계의 일부 지역에 집단안전보장 체제를 창설하는 과제인 바, 이는 궁극적으로 현존 군사 및 정치 집단보다 나은 대체물"이 될 것이라고 주장했다.

「브르즈네프」 서기장의 동 연설이 있기 전 69.5.28자 「이즈베스챠지」는 집단안보구상에 관한 "마르베헤트" 씨의 논문을 기재한 바 있는데, 동 논문에 의하면 영국이 「스에즈」 운하 동쪽으로부터 철수함으로써 이에 따른 힘의 진공지대가 발생했고, 이 진공지대에 중공세력이 침투하고 있다는 사실을 소련은 환영할 수 없다는 것이다. 또한「마로베체프」씨는 동 지역에 있어서의 힘의 진공상태를 메꾸기 위한 수단으로서「인도」,「파키스탄」,「아프가니스탄」,「버마」,「캄보디아」,「싱가폴」등의 "자주독립의 노력을 경주하는 국가"들을 중심으로 아세아 집단안전보장을 추진하는 것은 무엇보다 가치 있는 일이라고 주장했다.

「마로베헤프」씨의 논문은 아세아 집단안보의 전제조건으로 "외국군사 기지의 해소"라고 주장하고 나아가서 소련 및 여타 사회주의 국가들이 상기 자주독립노선의 국가들과 우호, 동등, 상호원조의 관계를 촉진하여 아세아에 있어서의 평화와 안전을 확보하는 데 노력할 것을 주장했다.

그 이전에도 이미 1956년 제20차 소련 공산당대회에서「후르시쵸프」수상이 중앙위원회 활동보고 가운데에 중국의 당시 아세아 집단 평화조약의 구상 제안을 높이 평가했고, 특히 "유럽 집단안보, 아세아 집단안보 및 군축- 이 세 개의 문제는 최대 중요한 과제"라고 말한 바 있다. 이것은「후르시쵸프」수상이「스타린」의 새로운 후계자로서 새로운 세계에 대응하기 위한 장기적인 전망으로 내세운 구상으로서 그 후 여러 번 되풀이해서 언급되었던 것은 사실이다.

여하튼 동 집단안보 구상에 대하여 세계공산당대회에서의 공식적인「브르즈네프」서기장의 발언은 세계의 반향을 불러 일으켜 뉴욕, 북경 및 일본 등지에서 비판적인 반응을 보였던 것은 사실이다. 뉴욕 타임지는 "동 구상이 중공세력의 확대에 대항하는 것"이라 논평했으며 중국 측에서도 동일하게 "중국 봉쇄의 음모"라고 강력히 비판했던 것이다. 일본 및 여타 강대국에서도 이를 부정적으로 평가했으며 일본의 상세한 반응은 제2장에서 검토하기로 하겠다.

여하튼 중국 봉쇄설에 대해서 소련 측은 동 집단안보 구상에는 중국뿐만 아니라 아세아 어느 국가도 참가할 수 있다고 반론을 제기했던 것이다.

소련이 아세아 국가라는 점과 아세아의 안보 체제의 일원이라는 두 가지 점을 강조하면서 「브레즈네프」 서기장이 1969.6.7. 제창한 아세아 집단안보의 조건은 다음 4개이다. 즉, (1) 무력불행사, (2) 내정불간섭, (3) 군사기지 철거, (4) 주권존중과 국경의 불가침 등이다. 그러나 상기의 안보 기념 개념이 1972.3.20. 「브레즈네프」 서기장의 발언에서 점차 발전하고 있음을 감지할 수 있다.

2. 「브르즈네프」 서기장의 "영토불가침" 개념72.3.20

소련 측이 아세아 집단안보 구상에 대하여 장기간 침묵을 지키고 있다가 1972.2월 「닉슨」의 중공방문이 결정되자 재차 동 집단안보론을 들고 나왔던 것은 우연의 일치는 아닌 듯 하다.

소련의 「브르즈네프」 서기장은 72.3.20 소련 노동조합 대회에서의 연설 중에 아세아 집단안보에 관한 개념을 다음과 같이 설명했다. 즉 (1) 무력불행사, (2) 주권존중과 국경의 불가침, (3) 내정불간섭, (4) 동등호혜에 기초한 경제 및 기타 협력 등이었다.

「브르즈네프」 서기장이 시사한 집단안보의 개념 중에서 일본, 중국 등 여타 아세아 인접국의 입장에서 볼 때 가장 논란이 될 점은 "영토불가침" 개념이다. 즉 "영토불가침"이란 개념 속에 영토의 현상고정화란 뜻이 내포되어 있느냐 하는 점이다.

동 문제에 대해서 당시 「이즈베스챠지」는 구주의 집단안보가 "국경의 고정화를 원칙으로 함으로써 이의 효과가 컸다"고 논평하고, 소련의 아세아 안보구상도 "아세아에 있어서 현상의 고정화"를 내포하고 있다는 점을 간접화법으로 시사했다.

또한 1971.9월에 일본을 방문한 소련의 「수라루시멘코」 및 「미구린스키」 양 교수는 아세아 집단안보 구상이 소련의 「유럽」안보구상과 동일한 내용을 아세아에도 적용하려고 하고 있다고 말함으로써, 그 내용의 일부가 영토 보전, 즉 제2차 대전 후의 국경의 승인에 있음을 간접적으로 시사했다.

이 단계에서 중국의 반응은 "중국을 봉쇄하고 아세아 지배를 위한 군사동맹" 또는 "반중국의 신단계"라고 비난했다. 또한 각국 반응 중 특이한 것은 인도의 논평인 바, 즉 "소련의 아세아 정책에 관한 장기적인 구상", "또는 종래의 동맹 방식에 의하지 않고 2개국 간 관계를 중심으로 「모스코바」가 영향력을 행사하기 위한 집단안보구상"이라고 논평했다.

또한 「브르즈네프」 당서기장은 72.12.21 소련 공산당 중앙위, 소련 최고회의, 「러시아」공화국 최고회의 합동회의에서의 연설에서 동 집단안보구상의 본질을 재차 천명하였는 바, "소련은 아국의 평화, 선린 및 제국민 우호정책의 원칙적 기초로부터 출발하여 아세아 집단안보체제 창설의 구상을 제기했다. 우리의 제안이 중국을 견제, 포위하기 위한 것으로 해석되고 있는 듯하나 이러한 반론은 전혀 근거가 없는 것이다.

우리들은 중국이 이러한 체제의 완전한 권리를 가지고 참가자가 되겠다는 태도로 임하면 문제를 이해할 것이다"라고 언급한 바 있다.

3. 「코쉬킨」 수상의 안보 10원칙73.8.6

「코쉬킨」 수상은 1973. 8월 다음과 같은 안보 10원칙을 밝혔는 바, 즉 (1) 무력불행사, (2) 주권존중, (3) 영토불가침, (4) 내정불간섭, (5) 경제협력, (6) 각 민족의 자결권 존중, (7) 침략에 의한 영토 병합금지, (8) 모든 국제분쟁의 평화적 해결, (9) 천연자원 보유에의 주권존중, (10) 사회, 경제개혁의 권리승인 등이다.

상기 원칙 중 (1)항에서 (5)항까지는 위에서 지적했듯이 이미 「브르즈네프」 서기장이 밝힌 바 있으나, (6)-(10)항까지는 새로운 항목으로 첨가된 것이 특이한 사실이다. 이상의 안보 10원칙은 1973.8.6. 소련을 방문한 이란 수상을 환영하는 식전에서 밝혔을 뿐만 아니라, 그 내용 자체를 검토해보면 이란 및 아랍 제국을 의식해서 첨가한 것임에 틀림이 없는 듯하다. 즉, (6)항의 자위권 존중, (7)항의 영토방향 금지 등은 소련의 친아랍노선을 강조한 것이며 또한 (9)항의 천연자원 보유에의 주권존중은 특히 석유자원에 대한 중동제국의 권리 옹호를 시사한 것으로 볼 수 있다.

「코쉬킨」수상은 이란 수상을 초청한 좌석에서 아세아 집단안보를 위한 아세아 제국의 집단적 노력을 강조하며 소련의 적극 추진을 다짐한 바 있다. 또한 동 수상은 아세아 각국의 자발적 결의를 강조하면서 "각국이 자국의 전도를 결정할 권리", "각국이 자국의 천연자원을 소유할 권리", "사회적 경제적인 변혁을 실현할 권리" 등도 동 안보구상의 원칙과 합치된다고 주장했다.

따라서 결국에는 분단국가 및 전쟁 중에 있는 국가에도 자국민이 더 좋아하는 정권을 선택할 권리가 있으며, 또한 석유자원 등의 면에서는 "제국자본"으로부터의 독립을 주창하여 중동제국에 대한 지지와 외교의 미끼를 계속 던졌던 것이다.

이상의 안보 기본개념에서 볼 수 있듯이 1969년의 시점에서 소련의 집단안보의 전제조건인 "외국 군사기지의 철거", "무력 불행사" 등과 최근의 새로운 안보개념인 "경제협력", "침략에 의한 영토병합금지", "천연자원 보유에의 주권존중" 등과는 상당한 격차를 볼 수 있는데, 이는 소련의 안보구상이 그만큼 발전된 단계로 이론화 내지 체계화되었다고 볼 수 있다. 이것은 소련이 아세아 안보의 전 단계로서 2개국 간 협의에 있어서 지극히 현실적이며 또한 유연한 태도로 전환된 것으로 해석할 수 있다. 한편 소련의 집단안보 구상은 현실적으로 정책면에 구체화시키는 것이 아니라 집단안보 구상을 일반화하기 위한 노력을 계속함으로써 보다 좋은 실현형태를 탐구할 것이 아닌가 생각된다.

다시 말하면 목적으로서의 안보구상이라기보다는 수단이며 또한 목적에 이르는 과정process이 아닌가 판단된다. 다시 말하면 소련은 동 안보체제 구상을 장기적인 안목에서 고려하고 있는 것이며 일·미, 일·중, 미·중 및 미·아세아 제국 간의 관계에 변화가 생길 것으로 보고 그 경우에 대처할 현실적인 안보정책을 모색하고 있지 않을까 한다.

장기적으로 본다면 소련이 아세아에 있어서 2개국 내지 3개국 간의 이해관계에 따라, 또한 아세아에 있어서는 중국 세력을 봉쇄하기 위해 긴밀히 움직일 것으로 보이며 소위 「부록크」시스템」의 이론대로 일시에 대동 단결하는 것이 아니고 조금씩 가능한 부분부터 「부록크」건축을 조립하여 결국은 전 아세아를 하나로 조립하려고 하지 않을까 한다.

그러면 이상 기술한 소련의 장기적이고 불가해한 집단안보 정책 구상에 대한 아세아의 강대국 일본의 반응은 무엇인가에 대해 검토해 보기로 한다.

Ⅱ. 아세아 집단안보구상에 관한 일본반응

1. 정부 측 반응

1) 정부반응

(1) 아세아의 집단안보라고 한다면 아세아의 모든 국가가 참여하지 않는 한 의미가 없다.소련의 구상에 중국이 참여할 가능성은 전혀 없다는 관점에서

(2) 아세아 지역은 구주지역과 상이하여 아직도 정치적으로 불안정하고 복잡 다기한 현상이며 집단안보체제의 창설을 협의할 시기가 아직 성숙지 못했다고 본다.

2) 외무성 소식통

(1) 아세아 집단안보 구상은 그 구체적인 내용이 확실치 않다. 소련 측의 설명을 요구하였으나 지금까지 아무런 회답이 없다.

(2) 아세아 집단안보라고 한다면 아세아 국가의 전체가 참가해야 할 것이나 그중 1국 내지 2개국이 참가하지 않는다면 안전보장은 되지 않는다.

(3) 안전보장이라고 할 경우 당연 북방영토 문제를 포함해야 하며, 일·소 간 평화조약 체결에 의한 영토문제의 해결이 무엇보다의 선결 문제이다.

(4) 아세아에는 현재 미국의 개입이 존재하고 있으며 그것이 아세아의 안정에 도움이 된다. 소련과의 집단안보를 체결할 경

우 일·미 안보조약의 대역을 담당할 가능성이 있는 바 그러한 방향이 일본의 안전보장을 위해 유익할 것인지에 대해서는 현재 의문이다. 현 단계에서 그러한 것은 곤란할 것으로 생각된다.

(5) "지붕 위에 있는 비둘기보다 손안에 든 참새 한 마리가 더 유익하다"고 하는 속담처럼 안보보장은 현실적이고 유익한 것이 되지 않으면 안 된다.

3) 「오히라」 외상

소련의 집단 안보구상 제의는 일본에 2가지 문제를 제기하고 있다.

(1) 첫 번째 문제는 북방영토 문제에 관련된 것이다. 「브르즈네프」 구상의 기본원칙 중 "국경불가침"이란 개념은 양국 간에 아직 영토 문제가 미해결된 차제에 이 원칙을 적용한다는 것은 어불성설이다. 북방영토의 반환 이전에 국경 현상고정화 주장에는 일본이 당연 응할 수 없으며 만에 일이라도 현재 아세아 집단안보를 체결할 경우 "평화적 수단에 의한 국경의 변경을 인정할 수 있다"고 하는 단서를 첨가할 필요가 있다. 이것은 장래의 한국 및 베트남에도 관련된다.

(2) 두 번째 문제는 아세아 집단안보와 일·미 안보 등의 기존 상호방위체제와의 상관관계이다. 이것은 비록 형체밖에 남아있지 않지만 소련이 중국과 군사동맹을 맺고 있는 것과 마찬가지의 경우이다. 이들 기존의 동맹관계들을 "발전적"으로 해소시

키고 아세아 집단안보기구 하나로 통합될 수 있을 것인가 하는 것은 신중히 고려해야 할 문제이다. 「유럽」안보회의에서는 처음 예상했던 것과는 달리 NATO기구와 왈쏘조약기구의 해체라고 하는 문제는 취급되지 않았다. 원칙론을 말한다면 상호 대립하는 군사동맹을 해소시키고 양 블록의 관계국 전부가 참가하여 평화 유지를 위한 공동협력체를 구성하는 것이 긴장 완화의 효과를 위해서는 바람직스러우나 상호불신이 제거되지 않는 한 이것은 어려운 과제이다. 그렇다면 기존의 동맹은 그런대로 두고, 그 위에 집단안보라고 하는 또 하나의 큰 교량을 놓는 방식도 고려할 수 있다. 그러나 현 단계에서는 소련이 아세아 집단안보를 추진하기 전에 이러한 상황조건의 정비를 위한 노력이 선결 조건이다. 새로운 아세아의 집단안보 실현에는 많은 시일이 요하리라고 생각된다.

2. 정당반응

1) 공산당

구주안보의 경우에서도 소련은 당초 북대서양 조약기구와 「왈쏘」조약 기구의 상호해체가 기본적 주장이었다. 최근에는 이것이 현상유지의 방향으로 변화하고 있다. 이러한 것은 우리가 목표로 하는 집단안보 이상과는 거리가 멀다. 이런 상태로 추진

되어 나가면 미·소, 미·중의 긴장은 어느 정도 완화될 수 있을 것이나 중·소 관계는 오히려 악화될 것으로 보인다. 그렇게 되면 일본뿐만 아니라 미국에도 바람직한 상황이 아니라고 생각한다. 73.9.30. 「마이니찌」신문

2) 사회당

소련은 무엇인가 잘못되어 가고 있는 것이 아닌가 한다. 특히 아세아인이 생각하는 민족자결, 독립이라는 문제에의 「애프롯치」가 잘못된 것이 아닌가 싶다. 지난 비동맹 제국회의에서도 격렬한 대국 비판이 나왔으며 소련은 이를 잘 고려해 보아야 하며, 또한 대국이 제안한 구상이 성공된 일은 적다. 뿐만 아니라 시기적으로 동 구상은 맞지 않다고 본다. 73.9.20. 「마이니찌」신문

3. 언론계 반응

1) 소련의 안보구상은 사실상 많은 유연성이 있으며, 동 구상의 기본이 되는 10원칙에도 제각기의 비중에 미묘한 차이가 있다. 그중에서도 소련이 가장 중요시하는 것은 "무력불행사"의 원칙인 듯하다. 그 외 "내정불간섭", "경제협력" 등 소위 북방영토와는 직접적인 관계가 없는 평화공존의 제원칙이 포함되어 있다.

2) 소련의 안보구상 중 그 기본원칙에 묘한 변화가 일어나고 있다. 예를 들면 "현존의 국경존중"이란 표현 중 "현존"이란 어휘가 탄력성을 가진 듯 보이며, "무력에 의한 국경의 변경금지" 원칙도 대화에 의한 변경의 여지를 남겨둔 듯하다. 또한 중·소 국경분쟁도 아세아 집단 안보 체제 가운데서 처리가 가능하다는 말이 차차 나오고 있기도 하다.

3) 소련은 일본 측이 반발하지 않는 원칙에 관해서는 동의를 요청하고 있으며 또한 가능하면 미·소·불·쏘 간에 이미 성립된 "양국관계의 기본원칙"과 유사한 문서에 합의할 것을 강력히 요구할 공산도 크다고 본다.73.9.3.자「요미우리」신문

4) 「다나까」수상은 「닉슨」대통령과의 수뇌회담에서 「키신저」구상의 적극적인 관심을 표명73년도 일·미 공동성명서 제7항 함으로써 이미 미 측에 원칙적인 지지를 준 바 있다. 또한 소련에 의한 아세아 안보는 일·미 안보를 기축으로 한 아세아 안정의 목표에 일치하지 않는다.

5) 소련의 외교움직임은 다양성이 있으며 작년 봄부터 「인도」,「방그라데시」,「이락」,「이란」,「시리아」,「에집트」,「파키스탄」,「아프카니스탄」 및 「터키」 등 약 10여 개국과의 조약, 협정 선언 등을 체결하여 "2국간 방식"에 의한 영향력 행사와 발언권의 진폭을 넓히고 있다.73.9.19자「산께이」신문

4. 문제점

일·소 간 최대의 현안문제인 북방영토문제에 관하여 일본정부는 동 영토 문제 해결 이전에 아세아 안보구상에의 참가의사를 표시해 버리면 양국 간 국경이 고정되어 버리고 따라서 「구나시리」Kunashiri, 「에토로후」Etorofu 등 북방 4개의 섬 반환이 불가능하게 될 것으로 판단하고 있다. 따라서 우선 북방영토부터 반환한 후 일·소 평화조약을 체결하고 그 다음단계에서 아세아 안보구상에 대해 논의할 의향인 듯하다. 즉 주권존중의 개념에 "국경존중"의 의미가 내포된 것으로 판단하고 이러한 의미에서 일본의 동 집단안보에의 참가가 곧 일본이 "미해결"이라고 주장하는 북방지역의 국경을 기정사실로 인정하는 것이 되기 때문에 동 안보구상을 정면으로 거부하고 있다.

또한 소련 측은 북방 영토문제에 관하여 소·핀랜드 간의 「사이마운하」조약과 마찬가지로 영토권은 소련이 계속 보유하되, 섬은 일본에 대여하는 형식으로 빌려주어 일본인이 거주하고 어업할 수 있도록 하는 방안을 암시한 적도 있다.

동 제의에 대해서 일본 측은 영토권의 포기를 의미한다고 거부하고 있는 상태이며 뿐만 아니라 「다나까」수상은 일본국 고유의 영토인 북방제도가 반환되지 않는 것은 진실로 유감된 일이며, 일·소 화해 및 「브르즈네프」의 아세아 안보구상에 관한 협력의 조건으로 북방영토문제의 해결을 강경히 주장하고 있다. 작년 일·소 간 제1차 평화교섭회의에서도 일본은 공동 「코뮤니케」의 "영토문제를 포함해서 교섭을 계속할 것에 합의한다"는 문구의 삽입을 주장했으나, 소련 측은 이를 반대했으며, 타협안으로서 일본이 "영토문제에 관해 대립된 쌍방의 주장을 명기할 것"으로 수정 제기하였으나 소련 측의 거부로 결국에는 "영토문제"란 어휘를 쓰지 못하게 되었다. 최종적인 공동성명에는 "쌍방이 교섭을 계속할 것에 합의했다"는 막연한 표현으로 낙착되고 말았던 것이다.

금번 1973.10월의 「다나까」「브르즈네프」수뇌회담에서도 일본은 북방영토 문제에 관하여 끝까지 소련의 명확한 양보를 주장하였으나 소련의 태도강경으로 실질적인 성과는 얻지 못하였으며 다만 공동성명에서 "2차 대전으로부터의 미해결 의제문제를 해결하고져 평화조약을 체결하는 것이 양국 간의 우호관계 확립에 기여하며, 1974년의 적당한 시기에 평화조약 체결교섭을 계속한다"라고 표현하고 있어 교섭의 문호를 개방하였다는 점에 있어서는 일보 전진이라고 보는 견해가 있을 따름이다.

상기 공동성명에는 "영토문제"라는 어휘 자체가 언급되어 있지 않으나 일본 측으로서는 "미해결의 제문제"에는 당연히 영토문제가 포함된 것으로 인식하고 있다고 하며 만약 소련 측이 이러한 일본 측 인식에 따라 영토문제의 계속 협의에 응한다 하더라도 북방영토의 반환을 어떠한 형태로 언제 실현시키는가에 대해서는 상당한 문제점을 남겨두고 있다 할 수 있으며, 또한 동 북방영토문제의 해결 없이는 소련의 집단안보 추진에 대한 일본의 협력을 기대하기 어려울 것으로 보인다.

III. 아세아 집단 안보구상의 분석평가 및 결론
1. 분석 및 평가

가. 소련은 처음부터 동 집단안보 구상에 대해 구체적인 원칙이나 정책이 있는 것은 아니며 지금 오늘날까지도 확실한 청사진을 제시한 바 없다.

나. 동 구상에 관한 제1원칙은 소련의 영토 2/3가 아세아에 있으며 따라서 소련이 아세아 국가이기 때문에 아세아의 운명에 관한 한 소련이 발언권을 가져야 한다는 것인 듯하다.

다. 동 구상은 지역적인 차원에서 볼 때 극동에서부터 중동까지 그 적용범위가 광범위하고 유연한 듯하다. 구체적으로 적용범위는 중동아세아에는 「이란」, 「인도」, 「파키스탄」, 「아프카니스탄」, 「이락」, 「터키」 등이며 동남아세아에서는 「말레지아」 중립안 ASEAN에 공감을 표시하고, 또한 「다나까」 수상의 아세아, 태평양 제국회의 구상에도 공감을 표시하며 이것이 모두 아세아 안보 구상의 일환으로 소련 측은 가상하고 있다고 시사하고 있다.

라. 소련은 보다 높은 정치적 및 외교적인 차원에서 판단, 당면 동 안보구상을 강경히 제창함으로써 아세아, 중동제국으로부터의 반응을 기대하는 일방, 소련의 평화적 의도를 과시하고 이것으로서 아세아제국과의 2국 간 관계의 진전을 이루기 위한 표석, 즉 높은 고지의 점령으로 판단한 것이다. 그런 뜻에서 아세아 집단안보 구상은 실제 어떤 체제의 확립에 이르는 과정으로서의 효용가치가 있는 것으로 평가할 수 있다. 또한 소련안은 그 실현에 있어서 시간적 요인을 별도로 하고서라도 아세아의 안전보장을 새로운 각도에서 시도해본 것이며, 실현의 기회가 주어질 것이냐는 다음 단계의 과제이다.

마. 아세아 집단안보는 구주안보의 경우와 같이 아세아에 있어서 국경의 고정화에 공헌해야 하는 것으로 고려되고 있다. 즉, 구주에 있어서는 국경문제가 시종 제2차 대전 후에 출현한 상황에 기초한 현실적인 국경이 될 것에 비해서 아세아에 있어서는 소련이 어떠한 기준을 기초로 삼을 것인가는 아직 명확하지 않다. 「방그라데시」의 독립 등을 원조한 소련의 태도로 비추어본다면 아세아에 있어서는 어떤 특별한 기준을 기초로 삼는 것 같기도 하고 또한 「케이스 바이 케이스」의 유연한 태도로 나올 것 같이도 추측된다.

바. 아세아 집단안보구상은 장기적이고도 광대한 정치이상으

로서 소련은 최종적으로 그 목표지점에 도달하려고 하고 있으나, 당면 구체적인 계획으로는 우선 실현 가능하다고 보이는 것부터 2개국 간의 협정을 점차적으로 체결, 그것을 발판으로 궁극적으로 전 아세아를 「부록크」건축으로 조립, 조직화하려고 노력하고 있다고 분석할 수 있다.

　사. 중국이 필연코 동 구상으로부터 제외된 것은 아니라고 볼 수도 있다. 중공이 포함된 것이냐 제외된 것이냐에 관해 최근 주목되는 몇 가지 점으로는 첫째, 소련의 아세아 집단 안보구상이 애당초 중국이 제안한 것과 같은 것이라고 강조하는 소련의 문헌이 많다는 점이다. 즉, 동 문헌들에 의하면 1955. 7월 주은래 수상의 "아세아, 태평양제국 집단 평화조약" 제안과 1958년 중공의 "아세아 비핵지대 설치안", 1960년의 주은래 수상의 "미국을 포함한 아세아, 태평양 제국의 상호불가침에 관한 평화조약 조인 및 비핵지대 설치"에 관한 발언 등이 소련의 아세아 집단 안보구상의 궤도와 일치한다고 평가되고 있다.
　동 문헌들의 이러한 평가뿐만 아니라, 소련이 아세아에서의 기반이 튼튼해지고 2개국 간의 협정에서 성공했을 때 결코 중국만을 소외시켜 놓고 아세아 평화를 주장할 수 있을지에 대해서는 의문되는 바 크다고 할 수 있다.
　이러한 주장은 최근 소련 수뇌들의 발언에서도 확인될 수 있다. 「브르즈네프」 서기장이 72년 12월 소련연방결성 제50주년 기념

식전의 연설에서 "대일관계" 부분에 언급하고 일·소 평화조약의 체결을 주창하는 일방, "소련은 평화 우호정책 위에 아세아 집단 안보구상을 추진하고 있다. 동 구상은 중국을 봉쇄하기 위한 의도가 숨어 있는 것으로 말해지고 있으나 소련은 동 체제에서 중국과 평등한 일원이 되기를 바라고 있다"고 주장했다. 또한 「코쉬킨」 소련수상도 73.8.6. 「이란」수상의 환영식전에서 "아세아 안보를 실현하기 위하여는 아세아제국의 집단적 노력이 필요하며, 소련은 어느 국과도 적극적으로 협력하겠다"고 밝혔던 것이다.

아. 반면, 아세아 집단 안보구상이 중국을 봉쇄한다는 의미가 전혀 없는 것은 아니다. 소련이 아세아 집단 안보구상의 일환으로서 높이 평가하고 있는 소·「인도」, 소·「방그라데시」, 「인도」·「방그라데시」의 3각조약, 소·「아프카니스탄」, 소·「파키스탄」과의 협력관계, 특히 인도, 「이란」, 소련 간의 관통 도로계획을 아세아 집단안보에의 일보로 평가하고 있는 점을 고려해볼 때 소련이 착착 진행하고 있는 2국 간 협정들이 결국은 중국 포위망의 형성이 되고 있다고 말할 수 있다.

왜냐하면 소련이 중국을 봉쇄하는 것이 중국을 동 안보체제의 가운데에 끼워넣어 밖으로부터 꽉 얽어매는 것을 의미한다면 소련의 이러한 일련의 협정들은 바로 중국에겐 외부로부터의 압력으로 해석될 수 있기 때문이다.

따라서 중국은 동 집단안보구상에 대해 "중국 포위망 형성을 위한 음모"라고 강력히 비난하고 있으며, 이에 대해 소련 측은 "참가코저 하는 아세아국은 언제든지 참가할 수 있으며, 중국의 문호를 폐쇄하고저 한다는 것은 사실무근이다"고 반발하고 있다.

자. 미국이 동 구상에 참여할 것이냐 하는 것은 근본적으로 긍정적이다. 이 논지는 이상에서 기술한 바 있는 주은래 수상의 "미국을 포함한 아세아, 태평양 제국의 상호 불가침에 관한 평화조약"에 관한 발언을 소련이 채용했다는 것으로 추측될 수 있으며, 또한 「마로베에프」 씨의 논문에서도 아세아 안보구상이 아세아 운명에 영향력을 행사할 수 있는 광범위한 지역까지 포괄해야 한다는 논지로부터도 추론될 수 있다.

2. 결론

소련은 일본의 대중국 관계의 개선에 불안을 표시하고 있을 뿐만 아니라 미국의 대중국 관계의 급진전에도 신경을 쓰고 있는 듯하다. 다시 말하면 소련의 아세아 정책은 다분히 중국에 향하고 있으며, 소련의 군사적 자세도 동 목적에 기여하고 있다. 예를 들면 중국 국경 부근의 군관구에 주둔하는 소련 군대의 수는 현재 약 44개 사단으로 3년 전의 3배에 달하고 있다 한다. 이러한 목적은 대중국 관계에서 국지적인 충돌을 억제함과 동시에 만약 충돌이 발생할 경우에는 결정적인 승리를 거두겠다는 것으로 해석할 수 있다. 최근 군사잡지에 의하면 소련함대의 우선순위가 종래에는 북방함대와 지중해 함대에 있었으나 현재에는 태평양 함대에 더 큰 비중을 두고 있음이 현저하다고 하며 지금 태평양 함대는 중국으로부터의 어떤 위협을 방지하기에 족할 정도의 크기를 갖고 있다고 한다.

여하튼, 소련의 대아세아 정책의 중점이 중국에 있으며, 역설적으로 중국의 반발이 강하면 강할수록 소련의 자기방위는 더욱 강하게 나타날 것이며 이의 반작용으로 나타나고 있는 것이 소련의 대일본 접근이다. 소련은 1972. 1월 「그로미코」 외상의 일본 방문을 위시하여 특히 일·중국 국교정상화 이후에 나타난 소련 수뇌들의 빈번한 일본방문외교와 「브르즈네프」 서기장의 친서 전달 등으로 끈덕진 대일본 접근자세를 펴고 있음이 사실이다.

소련의 대일본 접근자세는 주일본 소련대사 「도로야노브스키」 씨의 1973.7. 일본신풍정치 연구회 주최 「세미나」에서의 다음 연설에서 솔직히 나타나고 있다. 즉, 「도로야노브스키」 대사는 "소·일본 관계가 지금까지의 「애프롯치」로는 불충분하며 대담한 전환이 요구된다. 경제적 관계는 보통의 무역관계에서 경제협력으로 옮겨져야 하며 평화공존에 기초한 우호선린의 경제적 기초를 공고히 할 필요가 있다"고 역설했다.

그러면 소련이 주창하고 있는 아세아 집단안보 구상이 현재 일·미 안보체제를 기초로 한 일본의 안전보장에 어떠한 영향을 가져올 것인가? 이는 몇 가지로 분류해서 분석될 수 있다. 즉, 첫째, 소련의 집단안보구상이 가까운 장래에는 일본의 안전보장에 직접적인 영향을 미치리라고는 생각되지 않는다.

비록 소련의 집단안보가 소위 「블록 시스팀」에 의해 상당히 진전된다 해도 일본의 대미관계가 대폭적으로 변경되지 않는 한 일본의 안전보장에 직접적이고 근본적인 위협이 될 것으로는 보지 않는다. 그러나 소련의 집단안보구상이 장기적인 차원에서 고려되고 있는 이상 장차 일본의 대미, 대소, 대중국 및 대아세아제국 관계에 변화가 일어날 경우를 가상해서 새로운 상황 변화에서 예상되는 일본의 새 정책 노선에 소련의 집단 안보 제안은 중요한 의미를 갖고 있다고 보지 않을 수 없다.

둘째로 장기적인 관점에서 본다면 미국의 영향력, 특히 군사적인 면에서의 영향력이 아세아제국으로부터 점차 감퇴되고 있는 현재 소련은 2개국 및 3개국 간의 협력 및 동맹관계를 적극적으로 추진하고 있어 궁극적으로는 아세아 제국들이 소련의 안보제안을 심각히 검토해야 할 때가 올 것 같다. 이는 소련을 구심점으로 소위 「블록크 시스팀」에 의해 조립 가능한 곳부터 아세아 제국들을 「블록」 건축화할 가능성을 말하며, 이러한 가능의 측면에서는 일본도 장기적으로 뿐만 아니라 단기 및 중기적으로 경제, 정치면에서 영향을 받지 않는다고 말할 수 없다. 그 단계에 가서는 일본도 소련의 안보구상 그 자체뿐만 아니라 소련제안에 대한 아세아 각국의 반응과 동향에 세심한 주의를 기울이지 않을 수 없을 것이다.

셋째, 소련의 집단 안보체제가 상당히 진전되어 거의 완성될 경우에 이는 일·미 안보체제에 대한 "재보험"의 역할을 담당하게 될 것도 가상할 수 있다. 이 논리는 물론 일·미 안보체제가 장래에도 유효히 존속한다는 전제하에서만 가능한 것이다. 고래부터 아세아의 역사와 운명이 지역적으로 아세아에 존재하는 국가들에 의해 좌우되었다기보다는 직접·간접으로 아세아에 관계하고 있는 외부세력에 의해 크게 좌우되어 온 사실과 또 이러한 사실이 금후에도 당분간 되풀이될 것임에 틀림없다는 관점에서 추론될 수 있다.

마지막으로 만약 일·미 안보체제가 어떠한 이유로서 위험하게 발전된다든가 또는 동 안보체제의 유효성이 의문시될 상황을 가상한다면 이 경우 일본은 소련의 「블록 시스팀」의 건축작업에 참여할 것으로 보인다. 그러나 일본이 능동적으로 대미 안보관계를 파기하면서까지 소련의 아세아 안보체제에 참여할 수 있을 것이냐 하는 문제는 현 단계에서는 상상할 수 없다. 동시에 소련도 동 구상 때문에 대중공, 대북한 우호조약을 파기할 것으로는 볼 수 없으며 오히려 소련은 동 기구들을 아세아 안보 가운데에 포함시켜 자동 소멸시켜 버릴 것으로 간주하고 있을 지도 모른다.

결론적으로 아세아 집단안보구상은 획기적인 시야에서 시도해 본 소련의 대 평화전략으로서 실현에의 시간적 요인은 별도로 하고서도 동 구상 중의 "무력불행사", "국제분쟁의 평화적 해결" 등의 대원칙은 특히 강대국이 엄수한다는 전제라면 그 가치가 자못 크다 하겠다.

제2편
THE LEADERSHIP OF SYNGMAN RHEE

The Charisma Factor as an Analytical Framework

– 이미지 자료–

THE LEADERSHIP OF SYNGMAN RHEE

— The Charisma Factor as an Analytical Framework —

By KWON CHAN

I. Max Weber's Concept of Charismatic Authority

WHILE most contemporary writers who concern themselves with charisma such as Carl Friedrich, Lucian W. Pye, David E. Apter and K.J. Ratnam argue that there are many reasons why such charismatic leaders appear in certain societies, they are all of the opinion that the definition of charismatic leaders is based very largely on followers' belief. In other words, the social scientist must not judge whether a certain leader is charismatic or not on the basis of an abstract model which measures charisma without regard for the unique societal context or specific experience. It is necessary, instead, to systematically observe what the leader does in the societal circumstances in which he appears, and to measure the followers' acknowledgement and recognition of those actions. In short, a leader succeeds in generating charismatic authority if his followers accept his authority without question because that which is authorized in the circumstances is issued from a respected and acknowledged political actor.

A definition of the term "charisma" drawn from Webster's New International Dictionary yields:

> A spiritual gift or talent regarded as divinely granted to a person as a token of grace and favor and exemplified in early Christianity by the power of healing, gift of tongues, or prophesying. Or supernatural power or virtue attributed especially to a person or office regarded as set apart from the ordinary by reason of a special relationship to that which is considered of ultimate value and as endowed with the capacity of eliciting enthusiastic popular support in the leadership.....[1]

KWON CHAN serves at European and American Affairs Bureau, the Ministry of Foreign Affairs. This article reflects his personal view.

1. *Webster's New International Dictionary.* 3rd ed. (Springfield, Mass.: G, & C. Merriam Company, 1961), p. 377.

seen that the Greek term "charisma" originally meant a gift of
grace by a divine being, and accordingly genuine charisma means leadership
based upon transcendent call by God or a super being.

Now, the central questions associated with Max Weber's concept of
charismatic authority should be asked: (1) What are the factors which
make certain leaders "charismatic"? (2) What are the social and political
conditions which accompany it? I shall elaborate on Weber's model of
charismatic authority, which is commonly regarded as a significant contri-
bution to the study of power and leadership. Weber expressed his funda-
mental idea on legitimate authority in the following words:

> There are three pure types of legitimate authority. The validity
> of their claims to legitimacy may be based on: (1) Rational grounds
> — resting on a belief in the 'legality' of patterns of normative rules
> and the right of those elevated to authority under such rules to issue
> commands (legal authority); (2) Traditional grounds — resting on
> an established belief in the sanctity of immemorial traditions and the
> legitimacy of the status of those exercising authority under them (tradi-
> tional authority); or finally, (3) Charismatic grounds — resting on
> devotion to the specific and exceptional sanctity, heroism or exemplary
> character of an individual person, and of the normative patterns or
> order revealed or ordained by him (charismatic authority).[2]

Weber thus distinguishes three generic types of legitimate authority
and he seeks to make them the basic criteria to characterize forms of leader-
ship. Two essential requisites of a charismatic leader pointed out by Weber
are: (1) that an exceptional personality is a necessary condition associated
with charismatic authority; (2) the leader personifies a cause which gives
him "absolute" popularity with his followers.

The personality of a charismatic leader is thus so vivid, strong and
dynamic that the mass of the people follow him and thereby give him the
power to lead. Power given to such a leader in this way constitutes his

---

2. Max Weber. *The Theory of Social and Economic Organization.* Translated by
A. M. Henderson and Talcott Parsons. (New York: Oxford University Press, 1947),
p. 328.

authority, for he is obeyed "by virtue of personal trust in him.; ..., (his) heroism or his exemplary qualities."[3] In addition, the leader's "cause", his ideology or political philosophy, becomes the vehicle by which he is able to generate his charismatic authority and ascend to political power.

However, it should be pointed out that the concept of "charisma" is insufficiently operational, simply because of the vagueness of its meaning, and as such Weber's concept of charismatic authority does not provide an adequate tool for the social scientist in analyzing leadership. K.J. Ratnam, for example, makes the following statement:

..... I propose to argue that the notion of "charisma" as used to describe and explain certain types of leadership ..... and, at times, even the "functions" of such leadership..... is not a useful one and that, while we all roughly know what is usually meant by the term, it has not in any substantial way improved our understanding of the problems it touches on. The frequency with which it is used, without meaning anything very specific and without conveying anything more than what one or two other more ordinary words can convey, has affected adversely our understanding of authority, particularly in the "new states."[4]

Though Weber's concept is in many ways unsatisfactory, his model of charismatic authority is nevertheless a challenging one, and it is therefore useful to further explore it in relation to contemporary research on the subject. The most significant study of the case in point is Richard R. Fagen's study of the leadership of Fidel Castro.[5] By elaborating on Fagen's findings, we can gain a clearer understanding of Max Weber's charismatic authority, for Fagen's study points explicitly to what causes personal charisma and authority.

The kernel of Fagen's research and theory can be summarized in five important points. The first is that a leader accorded charismatic authority

---

3. *Ibid.*
4. K.J. Ratnam. "Charisma and Political Leadership," *Political Studies*, Vol. 12 (October 1964), p. 341.
5. Richard R. Fagen, "Charismatic Authority and the Leadership of Fidel Castro," *The Western Political Quarterly*, Vol. 18, (June 1965), pp. 275-284.

is the creation of his followers. No leader can be "charismatic" unless his
followers perceive him in such a way, no matter how strong and dynamic
a personality he has. Charisma exists and operates only in the belief system
of the followers. This belief system works mainly by what one perceives
and by the effects of the feedback from the perceiver to the actor. It is,
therefore, the perceiving attitudes of the followers rather than some trans-
cendental characteristics of the leader that are decisive for the validity of
charisma.

Fagen's second point is that the nature of charisma is closely related
to the type of society. In other words, a form of charisma which is effective
in one social context does not necessarily work in other social contexts.
There are no such thing as universal charismatics. The most favorable social
climate for the working of charisma would seem to be either in a new state
which has not yet achieved political stability and continuity, or a nation-
state which suffers from severe political unrest, economic crisis, or threat
to its national security. In a new state, for example, the shift from tradi-
tional leadership to new forms of democratic government tends to produce
conditions of political uncertainty conducive to the emergence of charismatic
leaders. Another way of describing this emphasis of social climate has been
suggested by Ann R. and Dorothy Willner:

> Charismatic leadership seems to flourish today particularly in the
> newer states that were formerly under colonial rule. Their very attain-
> ment of independence generally signified that the old order had broken
> down and the supports that sustained it had disappeared or were rapid-
> ly being weakened.
>   ..... in successfully having discredited the colonial rulers and
> their works, they also unquittingly discredited the rule of law intro-
> duced by the colonial powers. However, the certainty of the traditional
> order had already been shattered during the colonial period. Thus
> there were no longer clear-cut and generally acceptable norms for the
> legitimacy of authority and the mode of its exercise. Their absence
> created the need for leadership that could serve as a bridge between
> the discredited past and the uncertain future. A climate of uncertainty
> and unpredictability is therefore a breeding ground for the emergence

of charismatic leadership.[6]

The third point is concerned with the leader's own perception of himself and his followers. The charismatic leader, according to Fagen's theory, perceives himself as "chosen" or being summoned by a super being. He regards himself as being sent to perform a certain mission, and thus does not feel dependent upon his followers. Such a psychological aspect of charismatic leaders such as Nasser, Hitler and Syngman Rhee tends to make them appear to be extreme autocrats, especially from the point of view of democracy. Furthermore, the historical fact that such charismatic leaders tended to rule their countries as long as their physical condition permitted could be explained from this psychology. Nevertheless, a number of heroic leaders, including some "founders" of the newly independent nation-states, who were initially welcomed as heaven-endowed statesmen, were later ousted as anachronisms by their people.

Fagen's fourth point is concerned with the behavior of the charismatic leader. The charismatic leader is, Fagen argues, "anti-bureaucratic." He tends to scorn the old traditions and orders. The Cabinet members chosen by charismatic leaders are usually "un-hierarchical"; they are "disciples chosen for their devotion rather than staffs selected by more formal means."[7]

The last point concerns the instability of personal charisma. Fagen contends that charismatic leadership is unstable and thus its authority must be transformed into a rational form through time; a man cannot play God indefinitely, consequently the emotional bond between himself and his followers must be transformed over time into a rational structure. On this point, Max Weber's position was clear, too. Weber wrote that "in its pure form charismatic authority may be said to exist only in the process of originating. It cannot remain stable, but becomes either traditionalized or rationalized, or a combination of both."[8]

The five points made by Fagen will be further elaborated when applied to the context of Korean society and its political system. My contention will

---

6. Ann R. Willner and Dorothy Willner, "The Rise and Role of Charismatic Leaders," *The Annals of the American Academy*, Vol. 358, (March 1965), pp. 80-81.

7. Richard R. Fagen. *op. cit.*, p. 276.

8. Max Weber. *op. cit.*, p. 364.

be that the Korean societal circumstance in the transitional period following
the Second World War were most favorable for the influence of personal
charisma. The central figure, Syngman Rhee, whose personal magnetism
was largely responsible for the political phenomena of the period, nurtured
and fed on his countrymen's need for charisma. For twelve years he led
the newly independent nation with at times almost dictatorial authority.

Then, what made Syngman Rhee so popular at the beginning of the
Republic? Was it his vivid personality and political philosophy, merged
with the belief system of his followers? or was it due primarily to the parti-
cular situation of Korean society —— the political uncertainty, the urgent
need for national security, and so on? Using Weber's theory together with
the findings of current research on the subject as a framework, I shall en-
deavor to deal with (1) the societal factor in Korea's transitional period,
and (2) the factor of Syngman Rhee's personality, and the issues associated
with his charismatic features. On the societal factor, perhaps a brief exami-
nation of the historical events after World War II might give us some of
the answers. On the point of Rhee's personality and his issues, an analysis
of his attitudes, behavior and decision-making on certain important issues
might help us understand some of his charisma.

II.   Rhee's Charismatic Power and Its Effects

A.   The Societal Climate in the Transitional Era

How can Syngman Rhee be viewed as a charismatic leader? Was it
mainly due to his innate personality characteristics and the issues he brought
to his people? or was it rather the charism-producing social climate of Korea
after World War II? If the former was the necessary factor, but if the
latter was also essential for the rise and role of the charismatic leader, then
to what degree does each of these factors operate in the situation of the
Korean transitional period? In an attempt to answer these questions, let
us begin by examining the historical events and international politics that
influenced the Korean political situation.

With the surrender of the Japanese government in August, 1945, the
Korean people attained their territorial independence from the Japanese

after 36 years of domination; this unexpectedly "sudden" independence brought considerable confusion to Korean political circles. This confusion was accelerated by two foreign occupiers. The two occupying forces, the United States and the Soviet Union, were to stay "temporarily" in the Korean peninsula. This "temporary" character of occupation of both victors did not give their commanders a chance to establish a long range policy for their military Governments.

What is worse, General Hodge "unfortunately" hired and invited the collaboration of many Japanese leaders and army officers who fled from the North, a policy which aroused much anger among the Korean people and their leaders.[9] It was mainly for this reason that General Hodge lost the cooperation of the Korean leaders who at the beginning enthusiastically welcomed his arrival at Inchon harbor. In addition, Hodge's ignorance of the Korean societal and political situation generated more difficulties in his governmental administration, leaving Korean leadership in even greater confusion.[10]

Confusion after confusion caused a chain reaction, leading to conflict and frustration among the Korean leaders and the leaders of the American Military Government. In the circumstances, the internal desire of the people and their leaders to have their own government became sharply contradictory to the external factors described above.

As George M. McCune expressed it, "the independence movement began on the day when Korea lost its independence and never ceased to exist both as an organized movement and as a dominant spiritual force in the

---

9. In this unexpectedly worsened situation, President Truman consoled the Korean leaders and their people by stating that "Such Japanese as may be temporarily retained are being utilized as servants of the Korean people and of our occupying forces only because they are deemed essential by reason of their technical qualifications ....." White House Press Release, September 18, 1945, quoted by George M. McCune. *Korean Today*. (Cambridge: Harvard University Press, 1950), p. 48.

10. E. Grant Meade has written: "There was little or no briefing on the Korean assignment, and there was little information available on which to base it. The policy statements provided General Hodge were so sparse, vague, and ambiguous that he was required to feel his way at every step." in *American Military Government in Korea*, (New York: King's Crown Press, 1951), p. 48.

life of the Korean people."[11] Independence for Korea became once and for all the aim of all citizens, young and old, man and woman. Yet they were unable to achieve their own unity when their independence did become a reality. When the Korean people lost their country in 1910, they were willing to sacrifice everything, including their lives, to regain it. But when their country finally reclaimed its independence after the long period of loss, they struggled among their brothers for personal profit and advantage. This is, I think, not due to the unique national character of the Korean people, but rather to the immaturity of development of human beings in general who are unable to reconcile their aims and values with each other. This political confusion, moreover, was the result of a political vacuum, a not uncommon happening when new states come into being.

In contrast to this considerable political confusion, the Communist agents were very strong and active. The People's Republic, the Leftist Organization, which was set up on September 6, 1945, two days before the arrival of the United States troops in South Korea, had organized local committees throughout Korea including the Soviet zone. This Leftist organization was the single political force when United States troops under Lieut-General Hodge landed in Korea. Later, a conservative organization was formed on the opposite side when Syngman Rhee arrived from America on October 16, 1945. The latter political force, mostly comprised of the Provisional Government leaders hitherto in exile, later suffered division over the leadership among Rhee, Kim Koo and Kim Kiu-Sic, and over the issue of whether Korea would be set up in the Southern part alone or not.

To complicate the air of uncertainty, nearly 60 political parties, small and large, sprang up all over the country at the beginning of the U.S. Military Government. Only through a tedious process were these groups gradually absorbed into either the Rightist or the Leftist group, represented by the Provisional Government and the People's Republic Party, respectively. States and the Soviet Union failed to fill the political vacuum in the insuffi-

In summation, during the early stage of American military occupation in Korea after World War II, during which there was considerable disorder within Korean internal political circles, the Commanders of both the United

---

11, George M. McCune. *op. cit.*, p. 27.

ciently elaborated occupation scheme. As a result, their governments agreed
to put the problem on the agenda of the Council of Foreign Ministers Meet-
ing in December 1945, in Moscow. The Moscow Foreign Ministers Meeting
of the Big Four Powers, the United States, the Soviet Union, China and
Great Britain, announced on December 28, 1945 an agreement for a four-
Power trusteeship of Korea for a period of up to five years. I believe that
such a decision and announcement simply made the internal political situation
worse. All Right-wing parties united solidly in opposition to the Moscow
decision, organizing an Anti-Trusteeship Committee, taking over the police
force and the judicial system, and starting a general strike and violent resist-
ance.

Thus, the Moscow agreement led directly to a conflict between the
Korean conservative leaders, centered around Syngman Rhee, and General
Hodge's Military Government. Rhee and Hodge were both very cooperative
at the outset of Hodge's administration, in their opposition to the People's
Republic Party led by Lyuh Woon Hyung. Such a conflict was unfortunate
both for Syngman Rhee, the most favorable Korean nationalist to the United
States, who had put his trust in the Military Government as a guarantor of
Korea's national independence, and for General Hodge who had anchored
his hopes on the conservative leaders for setting up a Pro-American govern-
ment in the peninsula.

Faced with the unexpectedly strong opposition, the Joint United States-
Soviet Commission attempted to find the best possible way to solve the pro-
blem and to invite all the Korean political forces into consultation. How-
ever, the United States-Soviet Joint Commission unfortunately failed when
the two big Powers disagreed sharply on the question of which Korean politi-
cal party should be chosen to consult with on the future of Korea: the Soviet
Union predictably favored the Leftist political forces and insisted upon ignor-
ing most of the Rightist groups.

With the failure to reach an acceptable agreement with the Soviet Union
through the Joint Commission, the United States Government requested on
September 17, 1947 that "The Problm of the Independence of Korea" be
included on the agenda of the second session of the General Assembly. The
Soviet Union protested that it was "illegal" to bring the Korean question

before the General Assembly, because this was a matter resulting from the
War which the Great Powers had agreed to deal with in a particular way.
The general Committee decided by a vote of 12 to 2 to recommend its inclu-
sion on the Assembly's agenda.[12]

When the United Nations Temporary Commission on Korea encounter-
ed difficulty in establishing working relations with the Soviet Military Com-
mand in the Northern part of Korea, another difficult question arose: Should
the UNTCOK proceed with carrying out the Assembly program in the South-
ern part of Korea alone? The United States' position was that it was in-
cumbent upon the Commission to proceed with the task allotted to it in that
part of Korea to which it had access, this was finally adopted by the Assembly
on February 26, 1947.

The approval of this draft resolution by the General Assembly was
of great importance to the United States, because if she had failed at this
point it would have been impossible for the United States to carry out its
program of holding elections and setting up a Korean National Free Govern-
ment in the Southern part of Korea and subsequently of withdrawing its
occupation troops from Korea. Once the Republic of Korea was established
by the Conservatives led by Syngman Rhee, the United States quickly ac-
corded *de facto* recognition to the Rhee Government; following the adoption
of the General Assembly's resolution of December 12, 1948, the United
States extendd full *de jure* recognition to the Republic of Korea.

In such an initial stage of political development as that of post-war
Korea, which is usually accompanied by political confusion and conflict,
charismatic leaders might arise more often than not. This societal condition
is indeed much more conducive to the popularity and election of a charisma-
tic leader than to a legal-rational authority. The high level of illiteracy in
Korea had the effect of further enhancing this condition. Indeed, the series
of events dating from the American landing on September 8, 1945, the
Moscow's Foreign Ministers' meeting, and the Anti-Trusteeship movement
to the arrival of the UNTCOK and the general election held in the southern

---

12. *UN Official Records: General Assembly*. Second Session, General Committee,
pp. 19-20,

part of Korea alone on May 10, 1948, had developed into a situation in which Syngman Rhee could be the only available leader of the nation.

Such a social climate as existed in the Korean transitional period, then, provided an ideal situation for the emergence of a charismatic leader rather than either a traditional or rational-legal national leader. Specific conditions for the emergence of charismatic leadership included the breakdown of traditional and colonial systems of authority, with the resultant political uncertainty. The political instability and confusion were accelerated not only by the "passionate" desire of the Korean people for the establishment of a nation, but also by external pressures exerted by the big Powers in their effort to help solve the problem of Korean independence in accordance with their own interests. The aims of the big Powers were directly opposed to each other, with the result that this stirred up Korean nationalism to the extreme, in both the people and their leaders. This emotional situation, fused with the great degree of illiteracy among the Korean people, produced the ideal conditions and public mood conducive to the emergence of charismatic leadership.

Under such a circumstance as this, a patriotic leader, who perceives himself as "chosen", presents himself as being sent to rule and to carry his appeal to the masses of the people; the people, ignorant or innocent, favorably accept him as a savior. The interaction between the leader and his followers is a complicated process involving several stages of validation, but it is usually with this interaction that the nationally popular leader can command the loyalty of his people. In the case of Korea, it was Syngman Rhee who was able to do this in the peculiar situation of Korean transitional politics. In short, it is my belief that his charisma was largely due to the societal climate—the political confusion, the pressure of the external Powers, the illiteracy of the people, the sudden breakdown of the traditional and colonial system of authority, and so on.

To what degree, then, did Rhee's personality and political outlook also influence his charismatic appeal? And how did his charismatic power affect Korean politics in the period concerned? These questions I shall examine briefly in the following section.

B.. Rhee's Personality and His Issues

Syngman Rhee returned home to Korea on October 16, 1945, when the
People's Republic party led by Lyuh Woon Hyung was alrady formed as
the only political organization on the peninsula. Though some of the leaders-
in-exile had returned earlier and gotten some support from the people,
theirs was only fragmentary, so that no one had the unified forces strong
enough to meet the challenge of the People's Republic. It was, however,
evident that Syngman Rhee's return gave a momentum to unify the majority
of the conservatives and moderates. In many senses his return to Korea filled
a political vacuum. Not only the Rightist and Moderate leaders but also the
Leftist leaders expected him and were eager for his patriotic leadership and
for guidance out of the grasp of world power politics. However, Rhee re-
fused all the requests from the Leftists and Moderates such as Pak Hun-
Yung, the chairman of the South Korean Communist party, and Lyuh Woon
Hyung, chairman of the People's Republic party, to assume the leadership,
because he realized that he would be the prisoner of those he was presumed
to be leading. Instead, he formed the Society for the Rapid Realization of
Independence, which would deal a hard blow to the People's Republic.

At this point the question of major concern is: Why and how did
Syngman Rhee early become for his own people a transcendent figure? In-
deed, Rhee is by far the greatest statesman yet produced in the history of
Korea, as his many designations attest: "The problem child of the United
Nations"; "A little Chiang Kai-shek"; "Terroristic dictator"; "The founder
of the new Korea"; "A messianic leader"; "Catalyst of democracy in Asia";
"Man who is worth his weight in diamonds"; "The greatest political pro-
phet"; etc. He has been highly admired and loved both in and out of Korea.
It is true that even those who denounced him have paid tribute to his selfless
patriotism and to his principles. It is curious that Rhee has been commonly
rated high by his critics as well as by his friends. The following points
might give us some answers to the basic question asked above.

In the first place, Rhee had been dedicated to a cause: the establish-
ment and defense of Korean independence. The 33 years of his exiled life
in fighting against the Japanese was the evidence of his devotion. After the

surrender of the Japanese, this cause was well expressed in his fighting against the big four Powers' Trusteeship proposal. Although the commander, General Hodge of the United States Military Government, tried to persuade Rhee that trusteeship meant "aid and assistance," Rhee did not listen to him. Asking for the real definition of Trusteeship and democracy in his open letter, he flew directly to Washington to appeal for Korean independence. Even when Rhee was practically under house arrest by General Hodge to stop his political activities, he continued fighting through the Korean Commission and his secretaries in Washington.

The quarrel between Rhee and General Hodge did not cease after the Moscow's Foreign Ministers' Meeting decreed a Trusteeship agreement over the Korean peninsula, and Rhee was even threatened by the Russian Military Commanders. And it was not until the real intention of the Soviet Union ... the communization of the whole peninsula ... was revealed at the final stage of the United States—Soviet Joint Commission by cutting drastically the numbers of the Korean Rightist representatives and including a majority of the Leftists for consultation, that General Hodge began to understand what Rhee fought for. In short, the cause Rhee was possessed of an dedicated to ... the establishment and defense of Korean independence ... constituted a spiritual rapport with his nation, and thus with destiny he became the man of the century in Korean history.

Concerning Syngman Rhee's personality attributes, it is evident that his strong and dynamic personality would be another necessary factor for his charisma among his followers. Richard C. Allen suggests this when he remarks that "His (Rhee's) popular support stemmed ... from his ability to dramatize the general desire for unification."[13] It was, above all, the sheer force of his personality that could command millions of his followers and this quality of personal magnetism was perhaps the base of his policies and administration. One of Rhee's admiring biographers has described it in the following terms:

Like Washington, Jefferson and Lincoln in their times, he has had the capacity of arousing virulent denunciations and astonishingly zealous

13. Richard C. Allen. *Korea's Syngman Rhee*. (Rutland, Vermont: The Charles E. Tuttle Company, 1960), p. 237.

devotion and loyalty. He has become one of the epicenters of his age
... a symbol, a magnet, target; and also a prophet and a statesman
as well. He has been described as having the messianic delusion that
the Korean people with follow blindly whereever he may choose to
lead them, and also with perfecting a tight political organization that
reaches down into every myun and goon [14]

There are many reports that say that in the early stages of the Korean
independence, Syngman Rhee was regarded by large segments of the Korean
population as a Moses or a messianic leader. He was the most popular
figure among the Korean people, most of whom at that time believed him
to be the only true patriotic leader of the country. When he arrived in
Seoul on October 16, 1945, the warmth of his welcome was, according to
Robert T. Oliver, spontaneous. Professor Oliver reported that Rhee wrote
as follows:

> It seems the whole nation is agog since my arrival was announced.
> Hundreds of people gather around the hotel entrance and ask for a
> chance to see me. General Hodge and I had agreed not to announce
> my arrival until we are ready but the next morning the general came
> and said the American news reporters were demanding an interview.
> ... crowds gathered in front of the outside gate and many men and
> women managed to come inside and I could not find one minute for
> rest. Yesterday afternoon I had to call to them, saying that they must
> go away and do their work.[15]

Of course, it would be an unwarranted inference simply to assume
that all of the fervent supporters are charismatic followers. However, it
seemed true that Rhee's compelling personality and personal magnetism
became a necessary condition for his charisma among his people, "capable
of mesmerizing his followers by projecting a radiant public image on which
the creeping corrosion is (was) concealed by artfully arranged floodlights."[16]

---

14. Robert T. Oliver. *Syngman Rhee: The Man Behind the Myth.* (New York:
Dodd Mead and Company, 1954), p. 323 & p. 325.

15. *Ibid.*, p. 213.

16. Williard A. Hanna. *Eight Nation Makers: Southeast Asia's Charismatic Statesmen.*
(New York: American Universities Field Staff, 1964), p. 290.

C. Rhee's Leadership Style

The quality and style of Rhee's leadership has been closely identified with the nature of the transitional process through which Rhee and the new political élites in the First Republic emerged.[17] Then, how did Rhee's charismatic power affect Korean politics in general and in particular during the period of his leadership?

As indicated by the findings of contemporary researchers on the subject, Syngman Rhee seemed to perceive himself as the only man who could accomplish Korean independence, and to that end he perceived himself as being sent for the purpose of ruling the nation. He perceived himself as strong, the people as weak; he as superior, the people as inferior; and so forth.

As a matter of fact, he emphasized the unity and cooperation of all parties and factions, but this always meant unity under his personal leadership. He never recognized the role and significance of other leaders, and accordingly his attitude was that there should be no opposition leader or party.

Such an attitude of Rhee's was clearly demonstrated in the process of forming and executing his foreign policy. All the important decisions in the shaping of foreign policies were made by himself. The governmental party, the Liberal party, which was founded by himself and overwhelmed by his own authoritarianism, became the instrument of his rule and of his policy control. It was through this party that Rhee mobilized public opinion and rationalized his policy decisions. This he managed without reference to public opinion and with an authoritarianism arising from his self-perception as a predestined leader. Gabriel A. Almond has well described this kind of phenomenon in contrasting the policy-making process in two different countries like the United States and the Soviet Union:

In the United States there is both a public and private separation

---

17. For further details on the point of transitional process, see Kwon Chan's "Social Backgrounds of the Emergent Political Leadership of Korea," in *Koreana Quarterly*. Vol. XII, (Spring-Summer, 1970), pp. 41-63.

of powers as well as a specialization of functions. Policy unity in the public and private sectors can only be produced by voluntary co-ordination. There is no single point in the policy-making process where the strings of influence, so to speak, are held in a single hand. In this sense the Soviet élite is functionally co-ordinated; there is a comparatively clear chain of command which mobilizes all the significant policy and opinion functions and points of influence.

A second significant difference has to do with the nature of élite controls over the rank and file of the population. In the United States this relationship is one of contingency, enforced by electoral processes or by the conditions of a relatively competitive opinion and policy market. In the Soviet Union the relationship is one of command and of élite selection from the top down, enforced by a monopoly of coercion and manipulation.[18]

As Ann and Dorothy Willner point out, the charismatic leader does not achieve power and retain in on the basis of charisma alone: "other supports may be needed and are frequently employed to gain and maintain power...."[19] There were, in fact, many examples of Rhee's case in point, which were demonstrated, for example, in his manipulation of the Constitution, the manipulation of elections, the manipulation of public opinion, etc.

When the second Presdential election neared in 1952, for example, there was no certainty that Rhee could be re-elected by the National Assembly, because he was not so popular among the opposition group who had gained in strength. Thus, Syngman Rhee brought strong pressure to bear on the National Assembly by threatening and arresting the opposition legislators and had them amend the Constitution by unlawful means. As a result, he was re-elected by direct popular vote rather than by the National Assembly.

---

18. Gabriel A. Almond, "The Elites and Foreign Policy," in James N. Rosenau (ed.). *International Politics and Foreign Policy*. (New York: The Free Press, 1961), p. 271.

19. Ann R. Willner and Dorothy Willner. *op. cit.*, p. 84.

At this point, the introduction of Peter Bachrach's theory would be significant to further understand the relationship between Rhee and his followers. Bachrach argues that power and authority are different in character, and that the former is relational rather than possessive or substantive. As such, power relationship must be differentiated from authority relationship. While there must be no conflict of values in the authority relationship, according to him, there is involved the exercise of force in the power relationship. He points out the three-fold characteristics of the power relationship:

> First, in order for a power relation to exist there must be a conflict of interests or values between two or more persons or groups. Such a divergence is a necessary condition of power because ... if A and B are in agreement as to ends, B will freely assent to A's preferred course of action; in which case the situation will involve authority rather than power.

> Second, a power relationship exists only if B actually bows to A's wishes. And if B does not comply, A's policy will either become a dead letter or will be effectuated through the exercise of force rather than through power.

> Third, a power relation can exist only if one of the parties can threaten to invoke sanctions: power is 'the process of affecting policies of others with the help of severe deprivations for non-conformity with policies intended.'[20]

According to Bachrach's theory, the relationship between Rhee and his followers is the power relationship rather than the authority relationship. For in the authority relationship, the people and followers obey their leader because they perceive that the demand is rational, while in the power relationship the people obey their leader because they perceive a coercive threat. All the policies of Rhee regime for 12 years clearly exemplified this point.

---

20. Peter Bachrach and Morton S. Baratz, "Decisions and Non-decisions: An Analytical Framework," *The American Political Science Review*, Vol. LVII, (September 1963), p. 633.

출간후기

국가를 위해 헌신한 외교관들과 외교관을 희망하는
꿈나무들에게 행복과 긍정의 에너지가 팡팡팡 샘솟기를
진심으로 기원합니다!

| 권선복 도서출판 행복에너지 대표이사

국가 간 소통이 활발한 글로벌 시대에서 오직 사명감 하나로
만리타국에서 조국을 위해 헌신하는 이들 하면 '외교관'이 생각
납니다. 공식적으로 한 국가의 얼굴이자 대표인 이들이 타국에
서 펼치는 일들은 상상을 초월합니다. 때론 화려하게, 때론 비

밀스럽게 행동 하나, 말 한마디에도 주의를 기울여야 하는 삶을 살고 긴급 상황에서는 모든 것을 내려놓고 오로지 국가를 위해 헌신을 해야 합니다.

책 『외교관의 사생활』의 저자 권찬 전 쿠웨이트 대사는 30여 년 동안 6개국에서 그 어려운 외교관으로서의 삶을 충실히 살아온 사람입니다. 또한 약 15년 이상을 일상이 전쟁터와 같은 중동 지역에서 근무하고 가족과 멀리 떨어져 지내야 했음에도 그는 오로지 애국심 하나로 자신의 삶을 조국을 위해 초개처럼 던졌습니다.

특히 1990년 초, 걸프 전쟁 당시 초조하고 긴박하게 펼쳐진 바그다드에서의 전투를 피해 필사의 탈주를 감행하여 우리나라 교민들을 무사하게 구출한, 숨어있는 영웅이기도 합니다. 과거 냉전 시대에 더욱 치열할 수밖에 없었던 북한 대사관과의 대립 관계에서 승기를 잡기 위해 펼친 작전 또한 손에 땀을 쥐게 합니다.

비록 짧게나마 그가 선진국에서 외교 활동을 펼치며 느낀 소회와 감동, 보람 등에 대해서도 감각적으로 담아낸 한 편의 자서전을 통해 앞으로 글로벌 시대에 더욱 활발하게 움직여야 할 외교관들의 활동에 대해 더욱 깊이 있는 이해를 전달할 것이며 자라날 미래 꿈나무들에게도 외교관이라고 하는 훌륭한 직업에 대해 알려주는 교과서적 역할을 충실히 하리라 생각됩니다.

우리나라는 UN사무총장까지 배출하며 국가의 외교적 위상이 이미 세계만방에 퍼져있다는 것이 과언이 아닌 사실이 되었습니다. 대한민국이 세계의 중심이 되기까지 노력을 기울인 저자를 비롯한 외교관들에게 큰 박수와 응원을 보냅니다. 또한 이 책을 통해 외교관을 꿈꾸는 이들이 더욱 많아지기를 바라오며, 모든 독자들의 삶에 행복과 긍정의 에너지가 팡팡팡 샘솟으시기를 기원드립니다.

ADVENTURE & DESTINY

Sally(Sumin) Ahn, Trina Galvez 지음 | 값 13,000원

시집 『ADVENTURE & DESTINY』는 시와 문학에 대해서 깊은 열정을 가지고 꾸준히 창작활동을 계속하고 있는 한 젊은 시인의 문학적 사색과 고뇌를 보여주는 세계로의 모험이라고 할 수 있다. 각 챕터는 영어 원문과 한국어 번역을 모두 포함하여 원문의 느낌과 의미를 온전히 살리는 한편 한국어 독자들에게도 쉽게 접근할 수 있도록 하였다.

무일푼 노숙자 100억 CEO되다

최인규 지음 | 값 15,000원

책 『무일푼 노숙자 100억 CEO 되다』는 "열정이 능력을 이기고 원대한 꿈을 이끈다."는 저자의 한마디로 집약될 만큼 이 시대 '흙수저'로 대표되는 청춘에게 용기를 고하여 성공으로 향하는 길을 제시하고 있다. 100억 매출을 자랑하는 (주)다다오피스의 대표인 저자가 사업을 시작하며 쌓은 노하우와 한때 실수로 겪은 실패담을 비롯해 열정과 도전의 메시지를 모아 한 권의 책으로 엮었다.

정부혁명 4.0 : 따뜻한 공동체, 스마트한 국가

권기헌 지음 | 값 15,000원

이 책은 위기를 맞은 한국 사회를 헤쳐 나가기 위한 청사진을 제안한다. '정치란 무엇인가?' '우리는 무엇이 잘못되었는가?' 로 시작하는 저자의 날카로운 진단과 선진국의 성공사례를 통한 정책분석은 왜 정치라는 수단을 통하여 우리의 문제를 해결해야 하는지를 말한다. 정부3.0을 지나 새롭게 맞이할 정부4.0에 제안하는 정책 아젠다는 우리 사회에 필요한 길잡이가 되어 줄 것이다.

나의 감성 노트

김명수 지음 | 값 15,000원

이 책 『나의 감성 노트』는 30여 년간 의사로서 의술을 펼치며 그중 20여 년을 한자리에서 환자들과 함께한 내과 전문의의 소소한 삶의 기록이다. 삶과 죽음에 대한 겸허한 자세, 인생과 노년에 대한 깊은 성찰, 다양한 인연으로 맺어진 주변 사람들에 대한 따뜻한 시선은 현대 사회를 사는 독자들의 메마른 가슴속에 사람 사는 향기와 따뜻한 감성을 선사할 것이다.

워킹맘을 위한 육아 멘토링

이선정 지음 | 값 15,000원

이 책은 일과 가정을 양립하는 데 어려움을 겪는 워킹맘에게 "당당하고 뻔뻔해지라"는 메시지를 전한다. 30여 년간 워킹맘으로서 직장 생활을 하며 두 아들을 키워온 저자의 경험담과 다양한 사례를 통해 일과 육아의 균형을 유지하는 노하우를 자세히 알려준다. 또한 워킹맘이 당당한 여성, 또 당당한 엄마가 될 수 있도록 응원하고 있다.

늦게 핀 미로에서

김미정 지음 | 값 15,000원

이 책 『늦게 핀 미로에서』는 학위도, 전공도 없지만 음악에 대한 넘치는 열정과 사회에 기여하는 인생이 되고 싶다는 소명감으로 음악치료사의 길에 발 디딘 저자의 이야기를 보여주고 있다. 사회 곳곳의 소외되기 쉬운 사람들과 음악으로 소통하고 마음으로 하나 되며 치유를 통해 발전을 꿈꾸는 저자의 행보는 인생 2막을 준비하는 사람들에게 많은 것을 생각하게 할 것이다.

위대한 도전 100人

도전한국인 지음 | 값 20,000원

이 책은 위대한 도전인을 발굴, 선정, 출판하여 도전정신을 확산시키는 것을 목적으로 도전을 통해 세상을 바꾸어 나간 위대한 인물 100명을 다양한 분야에서 선정하여 그들의 노력과 역경, 극복과 성공을 담았다. 어려운 시대 속에서 이 책은 이 시대를 살아가는 우리 모두의 가슴속에 다시금 '도전'을 키워드로 삼을 수 있도록 도울 것이다.

정동진 여정

조규빈 지음 | 값 13,000원

책 『정동진 여정』은 점점 빛바래면서도 멈추지 않고 휘적휘적 가는 세월을 바라보며 그 기억을 글자로 옮기는 여정에 우리를 초대한다. 추억이 되었다고 그저 놔두기만 하면 망각의 너울을 벗지 못한다. 그러기에 희미해지기 전에 기록할 것을 은근히 전한다. "기록은, 그래서 필요하다"라는 저자의 말은 독자들의 마음에 여운을 남기며 삶의 의미와 기억 속 서정을 찾는 길잡이가 되어 줄 것이다.

인생 르네상스 행복한 100세

김현곤 지음 | 값 15,000원

미래디자이너이자 사회디자이너인 저자가 고령화혁명으로 발생될 장수시대를 안내
한다. "내 일이 없으면 내일도 없다"라는 키워드를 중심으로 평균연령 100세, 장수
연령 120세 시대에 겪어야 할 인생의 후반전을 '내 일'을 가지고 살아야만 진정 행
복한 100세 인생을 누릴 수 있음을 역설한다. 그림을 통해 알기 쉽게 100세 시대를
안내함으로써 행복한 황혼기를 개척하는 사람들의 환한 길잡이가 되어 줄 것이다.

남불 앵커 힘내라, 얍!!

남불 지음 | 값 15,000원

이 책 『남불 앵커 힘내라, 얍!』은 혼란한 세상 속 행복한 삶을 꿈꾸는 사람들에게 일
상 속에서 깨닫는 삶과 행복의 본질을 말하고 있다. 웃음과 눈물이 공존하며 일견 평
범해 보이는 일상 속 작은 깨달음과 마주하다 보면 '무탈하게 살아가는 것이 행복'이
며 '삶은 누려야 하는 향연'이라며 힘주어 이야기하는 저자의 목소리에 자연스럽게
공감하게 된다.

끌리는 곳은 서비스가 다르다

박정순 지음 | 값 15,000원

책 『끌리는 곳은 서비스가 다르다』는 현재 11년 차 소상공인이며 서비스와 이미지
메이킹 전문가인 저자가 사업을 성공으로 이끄는 서비스 노하우를 알려준다. 모든
사업의 핵심 바탕이 되는 '서비스'에 대해 심도 있게 다루면서도 독자들로 하여금 쉽
게 이해할 수 있게 실제 사례를 들어 친절하게 설명한다. 모든 사업 성공의 바탕에는
'서비스'가 있다는, 잊기 쉽지만 가장 중요한 핵심을 잘 짚어내고 있다.

울지 마! 제이

김재원 지음 | 값 15,000원

책 『울지 마! 제이』는 방황하며 힘겨워하는 모든 '제이'들을 위로하며 삶의 지혜를
담은 메시지를 전해주는 책이다. 때로는 위로하고 때로는 채찍질을 하듯 따끔한 충
고를 던지면서도 격려를 아끼지 않는 저자의 따뜻한 마음이 책 곳곳에서 느껴진다.
가장 강력한 힘을 가진 친구이자 인생의 멘토가 되는 나의 자아 '제이'에게 들려주는
황금메시지가 인생의 길을 친절하게 안내할 잠언이 되어 줄 것이다.

하루 5분나를 바꾸는 긍정훈련

행복에너지

'긍정훈련' 당신의 삶을 행복으로 인도할 최고의, 최후의 '멘토'

'행복에너지
권선복 대표이사'가 전하는
행복과 긍정의 에너지,
그 삶의 이야기!

인터파크
자기계발 분야 주간
베스트 1위

권선복 지음 | 15,000원

권선복

도서출판 행복에너지 대표
영상고등학교 운영위원장
대통령직속 지역발전위원회
문화복지 전문위원
새마을문고 서울시 강서구 회장
전) 팔팔컴퓨터 전산학원장
전) 강서구의회(도시건설위원장)
아주대학교 공공정책대학원 졸업
충남 논산 출생

책『하루 5분, 나를 바꾸는 긍정훈련 - 행복에너지』는 '긍정훈련' 과정을 통해 삶을 업그레이드하고 행복을 찾아 나설 것을 독자에게 독려한다.

긍정훈련 과정은 [예행연습] [워밍업] [실전] [강화] [숨고르기] [마무리] 등 총 6단계로 나뉘어 각 단계별 사례를 바탕으로 독자 스스로가 느끼고 배운 것을 직접 실천할 수 있게 하는 데 그 목적을 두고 있다.

그동안 우리가 숱하게 '긍정하는 방법'에 대해 배워왔으면서도 정작 삶에 적용시키지 못했던 것은, 머리로만 이해하고 실천으로는 옮기지 않았기 때문이다. 이제 삶을 행복하고 아름답게 가꿀 긍정과의 여정, 그 시작을 책과 함께해 보자.

『하루 5분, 나를 바꾸는 긍정훈련 - 행복에너지』